L'INFINUIT

*Pour Lorna, en souvenir des aventures
que nous avons partagées enfants*

L'édition originale de ce livre a été publiée
pour la première fois sous le titre *Evernight*
en Grande-Bretagne aux éditions Andersen Press

24-32 rue des Amandiers, 75020 Paris

Mise en pages : IGS-CP
Correction : Maxime Gillio/Catherine Rigal
Illustration de couverture : Antonin Faure

Loi n° 49-956 du 16 juillet 1949 sur les publications destinées à la jeunesse,
modifiée par la loi n° 2011-525 du 17 mai 2011.
Dépôt légal : janvier 2021 – Imprimé en Serbie.

Produit conçu et fabriqué sous système de management
de la qualité certifié AFAQ ISO 9001.

FSC www.fsc.org
MIXTE
Papier issu de
sources responsables
FSC® C117682

L'Infinuit

Ross MacKenzie
Traduit de l'anglais par Marie Leymarie

AUZOU

Jack Dombre

C'était un homme taillé dans l'étoffe même de la nuit. Il s'appelait Jack Dombre.

Ce nom lui allait comme un gant ; ses vêtements étaient sombres, ses cheveux plus sombres encore, ses yeux deux flaques d'ombre. Et tandis qu'il se faufilait à travers le dédale des ruelles, cette nuit où commence notre histoire, ses intentions étaient on ne peut plus sombres.

Il traversa un pont de bois qui menait à une bande de terre putride, à moitié inondée, située à l'écart du bidonville. Une crasse épaisse recouvrait les baraques où s'entassaient les habitants, et sur les eaux gonflées de la rivière, noires comme du goudron, flottait une couche d'herbes et d'écume. Il y avait peu de rues dans cette partie-là de la ville, ni même de terrains vagues. Des canaux entouraient les maisons sur pilotis qui tenaient par miracle, remparts dérisoires contre la rivière, dont le niveau semblait monter de minute en minute.

Telle était l'île du Diable, et, même à cette heure tardive, des silhouettes en manteaux s'entassaient sur des barques en bois et on apercevait des mouvements furtifs jusque dans les recoins les plus obscurs. Nul n'aurait eu l'idée d'empêcher Jack Dombre de vaquer à son affaire.

Il renifla l'air humide, cherchant à percer les relents de mort, de boue et de maladie.

— Ah, voilà…

Il déboucha sur la rive d'un canal, où il huma l'air à nouveau.

Quelque part, des bruits de querelle et de coups se firent entendre par-dessus le ruissellement de la pluie, puis le silence retomba. Sur la rive d'en face, l'œil vif de Jack Dombre repéra la lueur d'une lampe. Une silhouette malingre apparut à une fenêtre et déversa un seau d'eau sale dans la rivière.

Dans un geste rapide, Jack Dombre disparut de la ruelle, tandis qu'un corbeau noir de la taille d'un aigle s'envolait dans la nuit. Le corbeau fit un cercle au-dessus des canaux tortueux et des bâtiments délabrés de l'île du Diable, puis il plongea en piqué et se posa sur le rebord d'une fenêtre en hauteur. Il sautilla ensuite dans l'appartement humide et, dans un bruit de velours, il reprit sa forme humaine, enveloppée de son manteau de minuit. La pièce était nue, ne disposant que d'un simple lit et d'une chaise en bois placée sous la fenêtre. Au premier regard, il n'y avait pas âme qui vive. Mais il entendait un battement, le battement effréné d'un cœur effrayé.

— Nous savons tous deux que tu es là, Jenny Blizzard, dit-il d'une voix basse, dangereuse. Tu sais qui je suis. Tes petites ruses ne marcheront pas avec moi. J'entends battre ton cœur, je sais que tu as peur. Et tu as raison d'avoir p...

Il s'interrompit. L'air se troublait de l'autre côté de la pièce... Une femme se matérialisa alors devant lui, comme si elle venait de retirer une cape taillée dans le tissu du monde. Jenny Blizzard leva une main tremblante. Elle tenait une fine baguette de bois munie, comme un pistolet, d'un barillet ; mais, en guise de balles, les chambres du barillet contenaient de petites fioles dans lesquelles dansaient des lueurs colorées. Jack Dombre retira une saleté de son manteau, l'examina, puis la jeta d'un geste bref.

— La magie ne peut pas me tuer, tu sais. Les douze autres ont essayé avant toi. Ils ont tous échoué.

Il fit un pas vers elle. Instantanément, elle leva sa baguette. Les sorts étincelaient dans leurs fioles.

— Encore un pas et je vous envoie à travers ce mur !

Jack Dombre leva les yeux au plafond.

— Écoute... nous savons l'un et l'autre que ce voyage touche à sa fin. Tu es seule, Jenny. Où que tu ailles, je te trouverai. Tu fuis depuis si longtemps... Tu dois être *épuisée*.

Sa voix avait pris des intonations rassurantes.

— Imagine comme tu te sentirais légère sans le poids que tu portes. Donne-moi le Dernier Sort, Jenny, et tu seras soulagée.

Ses pensées la trahirent ; sa main se dirigea par réflexe vers l'endroit où elle avait caché le plus précieux de tous les objets.

Leurs regards se croisèrent.

Jack Dombre fondit sur elle.

Tout se passa alors très vite : Jenny Blizzard agita sa baguette ; l'une des fioles étincela, comme traversée d'un rayon de soleil. L'extrémité de sa baguette s'illumina et une balle de lumière frappa Jack Dombre à la poitrine. Il fut projeté à travers le mur de briques et plongea dans le vide.

Jenny le regarda tomber. Lorsqu'il toucha l'eau, elle reprit ses esprits et dévala l'escalier. Elle s'élança dans la ruelle sous la pluie battante, traversa une étroite passerelle en bois qui surplombait les eaux tourbillonnantes, puis courut le long d'une petite rue. Dans sa panique, elle trébucha, puis se releva, chancelante, et reprit sa course. Elle s'engagea ensuite sur le pont de l'île du Diable, qui menait au cœur de la ville.

Elle n'avait pas le moindre plan en tête, ni la moindre cachette où trouver refuge. La pluie et le vent lui fouettaient le visage, froids et impitoyables, et ses cheveux lui collaient à la peau. Elle tourna à un coin et se retrouva dans un passage étroit et tortueux – dérangeant au passage quelques ivrognes qui l'insultèrent. Elle courut, courut, courut. Ses poumons la brûlaient, ses jambes étaient raides et chaque inspiration lui transperçait la poitrine d'un coup de couteau. Elle s'arrêta enfin dans une ruelle déserte qui partait de la rue du Lait et s'écroula à genoux dans une flaque, inspirant de grandes goulées d'air. Mais elle ne pouvait pas se permettre de se reposer. Elle se releva péniblement et, apercevant une bouche d'égout, pointa sa baguette vers le sol. Une lumière éblouissante jaillit et la plaque d'égout fondit, laissant un trou noir au milieu de la rue.

Dans les égouts, le flot d'eaux sales était devenu un torrent tumultueux. Jenny sut immédiatement qu'elle ne pourrait pas fuir par le tunnel sans se noyer.

Au-dessus des toits, quelque chose bougea. Un énorme corbeau descendit en cercle dans la tempête pour se poser au bout de la ruelle. Il déploya ses ailes et, dans un tourbillon de pluie et de brume, Jack Dombre réapparut.

Jenny lui jeta un sort, mais il l'esquiva. Elle en lança désespérément un deuxième, puis un troisième et un autre encore, jusqu'à vider toutes ses fioles.

— Terminé, commenta l'homme.

Il tendit la main. À sa grande surprise, Jenny tira de son manteau une petite boîte en bois lisse. Il fixa la boîte, incapable de croire qu'après toutes ces années, il l'avait enfin trouvé – le Dernier Sort, la clef de sa liberté.

Alors qu'il allait s'en emparer, Jenny Blizzard jeta l'objet si convoité dans les égouts.

— Maudite sorcière !

Il l'assomma d'un coup sur la tempe, puis scruta le flot d'eaux sales. Lorsqu'il se retourna, elle fouillait frénétiquement les compartiments de sa ceinture. Elle en sortit une fiole et tenta de la vider dans une des chambres du barillet, mais il lui donna un coup de pied sur la main, envoyant baguette et fiole tournoyer quelques mètres plus loin.

Alors qu'il se dressait au-dessus d'elle de toute sa hauteur, un éclat de lumière attira son attention. Il se pencha en avant et tira d'un coup sec sur la fine chaîne qu'elle portait autour du cou. Le pendentif en bois lui resta dans la main. Il avait la forme d'une larme et portait un dessin gravé, si simple qu'on l'eût dit réalisé par un enfant. Il représentait un oiseau en plein vol.

Jack Dombre l'observa un bref instant, puis plongea la main dans une des nombreuses poches de son long manteau noir. Il en ressortit onze pendentifs absolument identiques.

— C'est le dernier qui me manquait, dit-il, laissant tomber le pendentif au milieu des autres. Dommage qu'un des treize ait été détruit. J'aurais adoré avoir la collection complète.

Il referma ses longs doigts sur les breloques et les remit dans sa poche.

— Je peux te dire, Jenny Blizzard, que certains de tes amis ont craqué très vite. Je n'ai pas eu besoin d'insister longtemps. Quelques-uns m'ont supplié et ont cherché à négocier. Les noms et les lieux sont sortis tout seuls, jusqu'à ce qu'enfin il ne reste plus que le tien.

Jenny le regarda à travers ses cheveux trempés. Le sang qui coulait de sa bouche se mêlait à la pluie et aux larmes qui ruisselaient sur son visage.

— Dans les anciennes légendes, les djinns sont des êtres puissants, dit-elle. Mais vous êtes faible. Vous êtes brisé et désespéré. Vous ne m'inspirez que de la pitié !

Jack Dombre s'accroupit, et Jenny remarqua pour la première fois qu'il ne projetait aucune ombre.

— Tu peux penser ce que tu veux, je m'en moque. Ce que je veux, c'est trouver ce sort et recouvrer ma liberté.

— Vous ne savez pas ce que vous faites ! Si Hester met la main dessus, ça changera *tout* !

— Ce qui se passe ici-bas ne m'intéresse pas. Une fois libre, d'autres mondes m'ouvriront les bras. Et toi non plus, tu n'as pas à t'inquiéter pour l'avenir…

Il se pencha vers elle comme s'il voulait l'embrasser. Il ouvrit grand la bouche, dévoilant dans un cliquetis d'os des rangées de dents pointues et un gouffre béant et putride. Jenny ne pouvait plus ni bouger ni même respirer.

— Tu as peur de moi, maintenant, Jenny Blizzard ?

Elle hurla.

Sous les pavés

Larabelle Goupil avait trouvé refuge dans les tunnels sous la ville lorsqu'elle entendit un bruit sourd.

Entre la pluie, le vent et le ruissellement de l'eau dans les égouts, il régnait un tel vacarme qu'elle faillit ne rien remarquer. La pluie torrentielle avait fait monter les eaux, rendant impraticable une partie des voies souterraines. Un flot tumultueux se déversait à ses pieds, éclaboussant ses bottes enduites de cire, charriant des débris de branches et de feuilles, mais aussi des rats et des chats noyés.

Le regard de Lara, vif et alerte, furetait de droite à gauche, scrutant l'eau à la lueur de la lampe à souffle-de-dragon accrochée à son cou. Sa silhouette se reflétait sur les eaux boueuses, celle d'une jeune fille de treize ans à la peau brune, intensément concentrée sur sa tâche. Elle guettait l'éclat d'un objet brillant : pièce de monnaie ou bijou perdu.

Mais ce ne fut pas un trésor qui attira son attention.

Ce fut le bruit d'une dispute.

Elle éteignit immédiatement sa lampe et se retrouva enveloppée de ténèbres. Tout autre qu'elle se serait senti perdu. Désorienté. Paniqué. Mais Lara inspira profondément et garda son calme. Elle connaissait les égouts jusqu'au moindre recoin, comme un enfant connaît par cœur chaque phrase d'une comptine.

Elle suivit les éclats de voix, le bruit de ses pas couvert par le ruissellement de l'eau. Elle tourna à un coin et arriva à une intersection. De la lumière provenait d'un tunnel adjacent. Elle s'accroupit contre le mur de briques lisse et froid, puis glissa un regard furtif dans le passage, piquée par la curiosité.

Ils étaient cinq. Cinq garçons qui arboraient tous la panoplie des glaneurs d'égout : un ciré, des bottes, des gants et une lampe à souffle-de-dragon autour du cou. Quatre d'entre eux, costauds, étaient presque des hommes, mais le cinquième était bien plus jeune et bien plus petit. Les plus grands formaient une sorte de cercle autour de lui. Lara le connaissait pour lui avoir appris les rudiments du métier : il s'appelait Joe Petitpied, et il fixait les autres de ses yeux verts pleins de fureur et de crainte.

— C'est à moi ! protestait-il, s'agrippant au sac hissé sur son épaule. C'est moi qui l'ai trouvé ! Et pis, c'est même pas vot' territoire !

— Pas de bol, on a décidé de l'agrandir, not' territoire, rétorqua un des plus âgés.

Son crâne était pâle et rasé, et sa voix râpeuse à cause de toutes les pipes qu'il avait fumées. Il s'appelait Vince Coton. Lara les connaissait, lui et sa bande, et les évitait scrupuleusement.

— À partir d'maintenant, on va dire que le tunnel qui passe sous la rue du Lait est à nous. Alors, tout c'que tu ramasses ici nous r'vient, déclara-t-il en désignant le sac.

— Vous pouvez pas vous approprier des tunnels comme ça !

— Et qui va nous en empêcher, hein ? *Toi ?*

En entendant ces mots, Lara se hérissa. Glaner n'était pas le plus noble des métiers, certes, mais il existait un certain sens de l'honneur et un respect tacite entre ceux qui risquaient leur vie pour récupérer des objets perdus sous la terre. Glaner demandait du courage, de la jugeote et de l'habileté, et Coton ne possédait aucune de ces qualités. C'était un lâche. Une brute.

— Dernière chance…, annonça-t-il.

Joe secoua la tête.

— J'ai besoin de tout ce que j'trouve. Ma mémé a besoin de moi !

Coton leva le doigt pour le faire taire, puis il prit un couteau dans son manteau et en pressa la pointe sur la gorge de Joe ; pas assez pour le faire saigner, mais assez pour le terroriser. Lara faillit laisser échapper un cri.

— J'me fiche de ta mémé comme d'une langue de sorcier. T'as besoin qu'on t'apprenne le respect, mon coco.

Il fit un signe de tête aux autres.

— Prenez-lui tout ce qu'il a.

Ils se rapprochèrent. Sans perdre de temps, Lara plongea la main dans son propre sac et en sortit une cuillère tordue qu'elle avait trouvée un peu plus tôt. Elle se releva, recula de quelques pas et lança l'ustensile le plus loin possible dans le tunnel. Il heurta la paroi dans un bruit métallique. Coton et sa bande firent volte-face, levant leur lampe.

— Qui est là ?

— Cours, Joe ! Cours !

Lara se montra dans la lumière. Joe ouvrit des yeux ronds, puis fonça dans sa direction, soulevant des gerbes d'eau dans sa course. Ils s'élancèrent à travers le labyrinthe des tunnels. Les jurons et les menaces de Coton et de sa bande résonnaient en écho dans l'air putride.

— Fils de sorcière ! Attrapez-les !

— Z'êtes morts !

— Éteins ta lampe, lança Lara à Joe.

Il s'exécuta, et ils continuèrent à courir dans une obscurité presque totale, ne pouvant se fier qu'à leur mémoire et à leur instinct.

— C'est quoi la sortie la plus proche ? demanda Joe.

Lara, tout en essayant de calmer sa respiration, tenta de se représenter le réseau de tunnels dans sa tête.

— Rue de l'Aiguille !

Ils coururent jusqu'à une fourche et prirent à gauche. Leurs poursuivants les pourchassaient en hurlant… se rapprochant de plus en plus…

Ils commençaient à manquer de souffle quand Lara prit conscience qu'il y avait un problème. Elle stoppa net.

— Pourquoi tu t'arrêtes ?

— Chut. Tu remarques rien ?

— Si, que tu t'es arrêtée. Viens !

Mais Lara ne bougea pas. L'air avait changé. Elle tapa du pied sur le sol.

— L'eau, dit-elle. Ousqu'elle est passée ?

Le flot torrentiel s'était réduit à un petit filet.

— Qu'est-ce que ça peut faire ? Dépêche !

— Non ! C'est pas normal !

Lara chercha à tâtons la lampe autour de son cou et l'alluma. Instantanément, la lumière dorée repoussa les ténèbres.

Joe se mit à la houspiller, puis il s'interrompit et la rejoignit. Ils contemplèrent le bout du tunnel. Quelques mètres plus loin, les parois s'étaient écroulées, obstruant complètement le passage.

Derrière eux, Coton remontait le long de la galerie.

Ils étaient piégés.

LES RATS

— Qu'est-ce qu'on fait ? Lara ?

Lara resta silencieuse, car elle n'en savait rien. Elle n'eut même pas le temps de réfléchir à un plan que déjà, quatre lueurs apparaissaient au coin du tunnel. Leurs lampes projetaient d'étranges ombres sur leurs visages grimaçants, donnant à Coton et ses amis des allures de gobelins. Ils s'approchèrent telle une meute de loups, et Lara et Joe reculèrent jusqu'à se cogner à l'éboulis.

Coton s'avança en levant sa lampe.

— Lara, c'est ça ?

Elle ne répondit pas. La peur lui broyait l'estomac, mais elle était décidée à ne pas la laisser paraître, surtout devant lui. Elle serra les poings, enfonçant ses ongles dans sa chair, et soutint son regard froid.

— Première fois que je te vois sur not' territoire, continua Coton.

— C'est pas vot' territoire. Ces tunnels sont pas à vous.

Il sourit.

— Ah ouais ? C'est pas mon avis.

Il fit une pause, avant de désigner son sac d'un geste de la tête.

— Paraît que t'es une des meilleures glaneuses d'la ville. Qu'est-ce que t'as là-d'dans ?

Elle haussa les épaules.

— Rien.

Un sourire dur lui monta aux lèvres.

— Aboule.

Lara agrippa son sac encore plus fort. Le sac d'un glaneur était sacré, il faisait presque partie de lui. Lara était prête à perdre un doigt, ou même un bras, plutôt que de le donner.

— OK, dit Coton.

Il se tourna vers ses acolytes et leur désigna Joe.

— Prenez les affaires du p'tit.

Avant que Lara ait pu réagir, ils se jetèrent sur Joe : le premier le fit se plier en deux d'un poing dans l'estomac, le deuxième lui arracha son sac et le troisième le poussa à terre. En un instant, tout fut fini. Joe, affalé dans l'eau, gémissait et toussait.

— Joe !

Lara s'accroupit près de lui et posa la main sur son dos. Puis elle tendit un doigt accusateur vers Coton.

— Si tu l'touches encore une fois, je… je…

Il lui agrippa le bras et la releva de force, puis approcha son visage du sien, enroula une de ses boucles noires autour de son doigt et lui caressa la joue de la lame de son couteau.

— Comme ça s'rait dommage d'abîmer c'joli minois…

Il s'interrompit, l'œil attiré par un éclat métallique.

— Oh oh… Qu'est-ce que c'est que ça ?

Lara sentit une panique froide s'insinuer en elle tandis que Coton s'emparait de la chaîne qu'elle portait autour du cou, cachée sous ses vêtements. Un médaillon en bois en forme de larme. Coton le tira et l'examina à la lumière de sa lampe.

— Pas touche !

— M'est avis que ça vaut pas grand-chose, dit Coton, dont l'haleine empestait le tabac. Mais je pourrais te l'prendre, ça t'servirait de leçon…

C'était plus qu'elle n'en pouvait supporter. Elle était terrifiée au-delà de tout, mais une colère immense brûlait en elle. Elle leva violemment un genou vers le haut.

— Ouuuuch !

Coton lâcha le couteau, mais il réussit à lui attraper le bras et le lui tordit si violemment qu'elle crut qu'il allait lui déboîter l'épaule. Elle tomba et se cogna la tête contre les briques. Sa vision se troubla. Dans sa chute, sa lampe à souffle-de-dragon se fracassa et s'éteignit. Un rire cruel résonna dans le tunnel et elle sut, alors qu'elle gisait dans l'eau froide, que rien ne pourrait la sauver cette fois.

La brume de son esprit se dispersa. Grâce à la lueur de la lampe de Coton, elle aperçut son propre reflet dans la flaque. Son front était écorché et des larmes brillaient dans ses grands yeux sombres.

Si on a de la chance, pensa-t-elle, *Coton et ses potes vont nous prendre nos sacs et nous laisser. Mais s'ils veulent faire un exemple… on est fichus.*

Tout près, dans l'obscurité, quelque chose remua.

Un rat noir se frayait un passage au milieu des briques écroulées et des débris. Il s'avança jusqu'à son visage ; Lara s'immobilisa tandis qu'il la reniflait – elle sentait ses moustaches et son museau froid lui frôler la peau. Elle cligna des paupières pour refouler des larmes de colère, de douleur et de peur, et regarda le rat droit dans les yeux. Elle se souvenait de vieilles légendes de glaneurs, des histoires de hordes de rats si féroces qu'ils étaient capables de tuer le pauvre gars qui avait eu le malheur de les croiser.

Si ça pouvait arriver à Coton, songea-t-elle. *J'aimerais tellement que toi et tes amis, vous leur donniez une leçon !*

Soudain, alors que Coton et sa bande se moquaient d'elle, le pendentif en bois se mit à vibrer contre sa poitrine et, dans le même temps, une douce mélodie, à peine un murmure, résonna dans sa tête.

Le rat s'assit et la fixa, puis il inclina la tête sur le côté. Le son mourut, le médaillon cessa de vibrer et l'animal disparut dans l'obscurité.

Lara sentit qu'on lui arrachait son sac. Deux paires de mains l'obligèrent à se relever et la tinrent solidement, tandis que Coton ramassait son couteau plein de boue et l'essuyait sur les vêtements de la jeune fille. Sa lame étincela à la lueur de la lampe… Il leva le couteau vers sa gorge et soudain se figea.

— C'est quoi, c'bruit ?

Lara plissa les yeux pour mieux tendre l'oreille. Elle distingua un bruit familier par-dessus le lointain rugissement de la tempête.

— Des rats ! C'est des rats, Vince !

Ils surgirent soudain en masse, par dizaines, par centaines, si nombreux qu'ils tapissaient entièrement le sol. Sans prêter aucune attention à Lara et à Joe, ils se jetèrent sur Coton et sa bande, leur grimpant dessus, griffant et mordant.

Les garçons hurlèrent en battant des bras et tentèrent de les décrocher de leurs vêtements. Ils prirent la fuite, trébuchant sur les animaux, se cognant contre les murs. Lara les suivit des yeux, bouche bée, jusqu'à ce que la lueur de leurs lampes disparaisse et que leurs cris s'éteignent.

Alors que Joe allumait la sienne, Lara sentit un frôlement sur son pied. Un rat la regardait en remuant les moustaches. Elle porta la main à son médaillon.

J'me suis cogné la tête, pensa-t-elle. *J'me suis cogné la tête et j'ai cru qu'mon médaillon s'animait. Voilà l'explication.*

— Lara ?

— Oui, Joe ?

— Par les crocs de l'Enfer, qu'est-ce qui s'est passé ?

Lara secoua la tête. On entendait l'eau ruisseler dans les canaux voisins.

— Pas la moindre idée.

La Grande Mage du roi

Au cœur de la tentaculaire ville du Havre-du-Roi, Mme Hester, la Grande Mage du roi d'Argent, regagnait ses appartements dans sa tour privée. L'ascension jusqu'au dernier étage était longue et pénible ; lorsqu'elle arriva enfin en haut, sa respiration était sifflante. Elle s'arrêta devant la porte afin de reprendre son souffle, voûtée, le visage dissimulé par un châle blanc. Elle se consola à l'idée d'avoir bientôt des poumons jeunes et en bonne santé.

— Désolée de t'avoir fait attendre, déclara-t-elle en entrant. Mais la vie de mage du roi n'est pas de tout repos…

Elle referma la porte à l'aide d'une lourde clef.

La pièce, carrée, était en pierre nue ; pas un seul tapis sur le sol, ni de tableau ou de tenture accrochée aux murs. Au centre, une chaise en bois, munie de sangles pour les bras, les chevilles et la taille. En face se trouvait disposé un objet haut et étroit, recouvert d'un drap de soie.

Mme Hester observa la jeune femme attachée à la chaise.

— Adorable, dit-elle, faisant courir son doigt noueux le long de la mâchoire de sa prisonnière.

Celle-ci, tremblante, tenta de détourner la tête. Un haillon plaqué sur sa bouche l'empêchait de parler, mais elle laissa échapper des sons étouffés et ses yeux agrandis par la peur se firent suppliants.

— Du calme, du calme, lui dit Mme Hester en lui caressant les cheveux. Tu ne vas pas souffrir.

La jeune femme plissa les yeux, essayant de percer les épaisseurs de tissu qui dissimulaient le visage de la mage.

— Tu te demandes ce que je cache? devina celle-ci. Très bien, mon petit. Mais je te préviens, ce n'est pas joli à voir.

Mme Hester retira le châle de sa tête.

À cette vue, les cris de la jeune femme se firent aigus et désespérés.

Le visage de Mme Hester était monstrueux. Ravagés par l'âge, le temps et le délabrement, ses traits semblaient sculptés de la cire fondue. Ses yeux engoncés étaient recouverts d'une pellicule blanchâtre. Son nez s'était creusé et érodé au point d'atteindre le cartilage. Sa bouche était un trou d'ombre sec et étroit. Sa peau, fine comme du parchemin, formait d'horribles plis dans son cou et des poils gris poussaient sur ses joues affaissées. Son crâne était parsemé de touffes blanches broussailleuses.

Elle s'avança d'un pas traînant jusqu'à l'objet qui faisait face à la chaise et tira sur le drap de soie, laissant apparaître un miroir en pied au cadre en bois sculpté, représentant une volée d'oiseaux: corbeaux et moineaux, chouettes et merles, étourneaux et aigles. Le miroir était doté de deux faces, de sorte que la jeune femme assise pouvait y contempler son reflet en même temps que Mme Hester de l'autre côté.

— Ça, je ne suis pas belle à voir…, convint celle-ci en secouant la tête, son cou se plissant comme un accordéon. Mais c'est ce qui arrive, vois-tu, lorsqu'on traîne sur cette Terre aussi longtemps que moi. (Elle se toucha le visage de ses doigts tordus.) Et l'effet du sort est imprévisible. Je ne sais jamais quand il va commencer à s'estomper. C'est allé très vite, cette fois. C'est pour ça que nous sommes là, mon petit. Pour régler ça. (Elle jeta rapidement un regard à la femme assise.) Je te l'ai dit, mon petit, tu n'auras pas mal. Tu rends un grand service à ton pays. Tu peux être fière de toi.

Mme Hester plongea la main dans ses jupes blanches et en sortit d'abord sa baguette, puis une petite fiole contenant quelques gouttes de liquide très sombre. Elle alla se placer derrière la chaise, avant d'ajouter :

— Un dernier détail, mon petit, et nous pourrons commencer.

Elle arracha à la femme un de ses cheveux auburn, puis ôta le bouchon de la fiole et, d'une main tremblante, glissa le cheveu à l'intérieur. Tandis qu'elle replaçait le bouchon, le sort se mit à pétiller.

— Allons-y.

Mme Hester retourna à sa place et vida la fiole dans la chambre de sa baguette. Elle effleura ensuite la surface du miroir. Le sort s'embrasa.

Du côté de la jeune femme, les oiseaux du cadre tournèrent tous la tête vers elle. Elle les fixa, fascinée, s'attendant à les voir s'envoler. Mais il n'en fut rien.

En revanche, son reflet dans le miroir changea. Au début, elle crut que son cerveau terrifié lui jouait un tour.

Des rides marquaient à présent le coin de ses yeux et de sa bouche. Ses cheveux s'affinaient et devenaient gris. Derrière ses lèvres serrées, ses dents pourrissaient, ses gencives se rétractaient et s'asséchaient. Ses épaules se voûtaient, ses mains devenaient douloureuses et ses doigts se déformaient. Ses iris perdaient leur couleur, sa peau se détendait et se plissait. En moins d'une minute, son reflet avait subi les atteintes d'une vie entière. Lorsqu'elle baissa les yeux vers ses mains et qu'elle découvrit que c'était réel, qu'il ne s'agissait pas d'un tour et qu'elle était vraiment devenue une vieille femme, un sanglot assourdi lui échappa. Mais elle était déjà trop faible pour se débattre, trop fatiguée et trop usée, et elle resta affaissée sur sa chaise, à fixer son reflet.

De l'autre côté du miroir se produisait le phénomène inverse.

Le corps de Mme Hester, défiguré par les stigmates de l'extrême vieillesse, retrouvait une nouvelle jeunesse. Les aiguilles du temps repartaient en sens inverse : sa peau se lissait, ses yeux s'agrandissaient et retrouvaient leur couleur marron foncé, ses cheveux blond cendré redevenaient souples. Levant la main, elle observa ses doigts se redresser et ses taches de vieillesse s'effacer, laissant sa peau aussi douce que de la soie. Quand sa métamorphose fut achevée, Mme Hester était redevenue une jeune femme de toute beauté.

Elle minauda devant le miroir, un sourire aux lèvres. Ce n'est que lorsque les sanglots et les gémissements devinrent impossibles à ignorer qu'elle contourna le miroir.

Là où, une minute plus tôt, était assise une belle jeune femme, se trouvait à présent une malheureuse créature, vieille et bossue, à peine capable de soutenir le poids de sa propre tête. Mme Hester observa sa peau flasque et sa bouche édentée, ses yeux laiteux et ses articulations noueuses. Ce qu'elle ressentit alors ressemblait presque à de la pitié.

Presque.

Mais elle était à nouveau jeune, et elle avait d'autres chats à fouetter.

Elle caressa les cheveux de la vieille femme.

— Silence, maintenant, mon petit. Je t'avais dit que tu ne souffrirais pas, pas vrai ? Tu as fait une bonne action, aujourd'hui, cette pensée devrait adoucir tes dernières heures.

La vieille femme tenta d'émettre un son, mais Mme Hester avait déjà quitté la pièce.

Le Dernier Sort

À l'autre bout du palais, le chef suprême du royaume d'Argent, le roi Auguste Rossignol, écrivait assis à son bureau, au milieu d'une pièce somptueuse. Le seul bruit qu'on entendait était le grattement de sa plume sur le papier et les crépitements du feu.

Lorsqu'il fut satisfait, il reposa son stylo et s'appuya de tout son poids contre le dossier qui grinça. La feuille ensorcelée se plia jusqu'à former un oiseau en papier, qui déploya ses ailes et fit un tour dans la salle en attendant qu'on lui entrebâille l'une des hautes fenêtres. Puis il s'envola au-dessus des toits de la ville et le souverain le regarda disparaître.

La porte du bureau s'ouvrit et le roi sut que Mme Hester venait de le rejoindre. Elle était la seule à oser entrer dans ses appartements sans frapper. Il se tourna vers elle.

— Ah, je vois que vous avez réglé votre petit problème !

Mme Hester remua la mâchoire comme pour relâcher une tension.

— Oui, Votre Majesté. Il me faut toujours un peu de temps pour apprivoiser ma nouvelle peau. Vous m'avez envoyé chercher ?

Le roi acquiesça, et elle remarqua l'anxiété qui se lisait dans son regard.

— Est-ce à propos des mages blancs qui ont rallié les sorciers, Votre Majesté ?

Le roi laissa échapper un geste de rage. Il claqua la fenêtre, faisant trembler les vitres.

— C'est inacceptable !

Maudits sorciers ! Une flamme de colère jaillit dans sa poitrine, mais elle l'étouffa et garda son calme. Il fallait éviter à tout prix que le roi soupçonne que ses pouvoirs faiblissaient. Un fauteuil en cuir faisait face au feu. Elle s'y assit et passa la main dans ses cheveux. Quel bonheur d'avoir à nouveau une chevelure épaisse et douce…

— C'est contrariant, je le reconnais…

— Contrariant ? Vos gens se retournent contre vous et c'est tout ce que vous trouvez à dire ?

Mme Hester appuya ses doigts les uns contre les autres.

— Que voulez-vous que je dise ?

Le visage du roi s'assombrit.

— Que ça ne se reproduira plus !

— Ce serait vous mentir, Votre Majesté. Mais j'y travaille, et je ne désespère pas de trouver une solution rapidement. C'est vrai, les sorciers de Mages-du-Ponant ont aidé quelques-uns de nos mages blancs à s'échapper, mais n'oublions pas que ce sont des cas isolés. Mes mages blancs sont privés de leur âme, ils n'ont pas accès à des concepts tels que l'amour ou la liberté. La plupart d'entre eux n'éprouvent aucune *envie* de s'évader, voyez-vous ? Ils sont nés dans la servitude, comme leurs parents et les parents de leurs parents. Ils vous sont totalement dévoués, cela fait partie de leur identité. Mais extraire une âme n'est pas une mince affaire, Votre Majesté, et il est possible qu'au fil des ans, j'aie pu faire quelques erreurs, que j'aie pu laisser un bout d'âme dans un ou deux corps. C'est ce qui a nourri un désir de fuite chez une petite poignée d'entre eux. Mais je ne pense pas qu'ils soient nombreux.

Le croyait-elle vraiment elle-même ? Depuis combien de temps, songea-t-elle, avait-elle commencé à perdre la main ? Combien d'erreurs avait-elle pu commettre ?

Le roi d'Argent ricana.

— Et s'ils étaient une armée en train de comploter dans l'ombre et d'attendre que les sorciers viennent les aider à s'échapper ? Toutes les révolutions commencent par un murmure, madame Hester. Et si les murmures de vos mages devenaient un vacarme que plus rien ne puisse faire taire ?

— Votre Majesté, ce problème doit être résolu et il le sera. Mais cela demandera un peu de temps…

— Je veux que vous le régliez tout de suite ! asséna le roi, frappant le bureau de son large poing.

À trente-cinq ans, il était encore jeune, et, dans des moments comme celui-ci, lorsqu'il était fâché ou anxieux, il ressemblait à un gros bébé joufflu. Il était gâté, égoïste, et se désintéressait totalement de ses deux fils, qu'il avait envoyés vivre avec leur mère dans un château au sud du royaume, afin de pouvoir se consacrer à ses activités favorites : chasser, manger et boire de bons vins. Ses lèvres épaisses dessinèrent un rictus de mépris.

— Si je ne peux plus faire confiance à mes mages blancs, madame Hester, s'ils s'enfuient et m'abandonnent, pouvez-vous me dire exactement à quoi vous m'êtes encore utile ?

Les yeux de Mme Hester lancèrent des éclairs.

Comment oses-tu, fulmina-t-elle intérieurement. *Par les crocs de l'Enfer, sans moi, le royaume d'Argent n'existerait même pas, ou alors pas aussi puissant ! Une révolution ? Ne me parle pas de révolution, gamin ! J'ai moi-même mené une révolution, et si les choses avaient mieux tourné, si j'avais pu m'emparer du trône à Mages-du-Ponant à l'époque, il y a quelques centaines d'années… le monde serait très différent. Je ne serais pas là à devoir te répondre, pour commencer, espèce de sale limace glu…*

La mage ne prononça pas une seule de ces paroles à voix haute, bien évidemment. Elle avait vu défiler un paquet de rois et de reines et savait se plier aux règles du jeu.

Elle s'inclina face au roi avec une déférence excessive.

— J'espère vous apporter bientôt, Votre Majesté, la preuve que je vous suis toujours utile. Ce sera tout ?

Le roi d'Argent grogna, se rassit et se remit à écrire à son bureau.

Mme Hester fit une grimace dans son dos en quittant la pièce.

Cinq minutes plus tard, elle claquait la porte de ses appartements avec une telle force que les fioles rangées sur ses étagères s'entrechoquèrent. Elle s'approcha de l'une d'elles et prit une urne antique, en argile, aux motifs à moitié effacés. En retirant le couvercle, elle activa le sortilège ancien qui liait le djinn à l'urne. Un tourbillon noir surgit au milieu de la pièce et, quand il eut disparu, Jack Dombre se tenait devant elle. Il avait à la main un couteau taché de sang frais.

Mme Hester fixa la lame ensanglantée, puis haussa les sourcils.

— Je t'ai interrompu en pleine affaire ?

— Ça peut attendre, Maîtresse, dit Jack Dombre en rangeant le couteau. Vous avez un nouveau visage.

— Certes.

— Vous avez l'air… contrariée.

— Non, juste impatiente.

Elle plissa les yeux.

— Combien de temps encore avant que le sort soit à nous ? Tu m'as assuré que nous touchions au but. Des mages blancs se sont encore enfuis, et le roi perd patience. Il faut que j'écrase les sorciers, une bonne fois pour toutes.

— Vous l'aurez d'un jour à l'autre. Jenny Blizzard est morte. La confrérie n'existe plus.

— Alors, qu'est-ce que tu attends ? Où est le sort ?

— Il y a un petit… contretemps. Le Dernier Sort est tombé dans les égouts. Mais pas d'inquiétude. J'ai déjà passé en revue un grand nombre de tunnels, je vais le trouver rapidement. Il sera à vous d'ici peu.

— Et si quelqu'un met la main dessus avant toi ?

— Les seuls à traîner sous terre sont des glaneurs ou des bandits. Si jamais l'un d'entre eux le trouve, il n'aura aucune idée de ce que c'est. Il essaiera de le vendre, et j'ai alerté tous les négociants et les marchands de la ville. Ça ne saurait tarder, d'une façon ou d'une autre.

Mme Hester se pinça la lèvre inférieure. Son front lisse, parsemé de quelques taches de rousseur, se plissa.

— Je suis si près du but… si près…

Jack Dombre pencha la tête sur le côté.

— Vous êtes sûre de vraiment le vouloir, Maîtresse ? Vous me paraissez un peu nerveuse.

Mme Hester le fusilla du regard.

— Je suis sur le point de plonger le monde dans des ténèbres éternelles, et la seule chose qui pourra les contrôler est un sort que tu as promis de m'apporter et que j'attends toujours ! S'il y en a un qui devrait être nerveux, c'est toi ! Parce que si tu ne trouves pas ce sort rapidement, tu vas retourner à jamais dans ton urne. Aurais-tu oublié qui commande ici ?

— Non, Maîtresse.

— Bien. Ça fait assez longtemps que les sorciers de Mages-du-Ponant me provoquent. Je veux qu'ils disparaissent et je veux l'Arbre-mère pour moi seule.

Elle se passa la main dans les cheveux.

— Montre-le-moi encore une fois.

Jack Dombre leva les yeux au plafond. Tout cela lui paraissait si *petit*, si *mesquin*. Lui-même était un djinn créé par les anciens dieux, forgé dans les flammes et l'ombre au cours d'une guerre qui avait laissé l'univers exsangue. La guerre avait opposé deux factions de dieux : Lumière et Ténèbres, et leurs armées avaient été créées à partir de la poussière, du feu et de la roche. Jack Dombre se battait aux côtés de la déesse Dame Lumière, mais le combat s'était éternisé et il l'avait trahie pour le dieu Ténèbres. Lorsque les hostilités avaient pris fin, il s'était retrouvé dans le camp des perdants. Les dieux étaient partis pour d'autres réalités, et il avait été oublié dans une urne en guise de punition. Il était aussi vieux que le monde, et seuls deux autres êtres étaient aussi anciens que lui.

Le premier était le grand Arbre-mère de Mages-du-Ponant. On disait que lorsque la dernière déesse, Terre-mère, avait quitté ce monde, ses larmes avaient formé les océans, et de l'eau avait jailli l'Arbre-mère, dont la Floraison enchantée chargeait l'air de magie.

Quant au deuxième…

C'était une arme, un vestige de la guerre entre les dieux. Des ténèbres haineuses et avides qu'on appelait l'Infinuit.

Jack Dombre claqua des doigts, et les murs de la pièce disparurent. Les deux conspirateurs se retrouvèrent au milieu d'une vision qui paraissait presque réelle, sur les rives d'un grand lac noir dominé par un ciel illuminé d'étoiles. Au milieu du lac se dressait une petite île rocheuse. Mme Hester la regarda, puis elle baissa les yeux sur ses mains et vit qu'elles tremblaient. C'était sur cette île qu'était enfermée l'Infinuit. Elle la sentait gronder sous la terre, effervescente, affamée et rageuse…

Jack Dombre claqua à nouveau des doigts et ils se retrouvèrent dans la lumière de la pièce de Mme Hester.

— Va chercher ce sort, lui ordonna-t-elle en frappant dans ses mains pour cacher leur agitation. J'ai assez attendu.

Sans une hésitation, Jack Dombre se transforma en corbeau et s'envola par la fenêtre. La mage le regarda disparaître au-dessus des toits de la ville, puis elle se tourna vers l'ouest et pensa à l'Arbre-mère et à la ville de Mages-du-Ponant, dont elle était native. Elle se rappelait clairement la grande Floraison de chaque printemps sur l'arbre aussi haut qu'une montagne, ses fleurs diffusant leur magie à travers le monde, leur parfum aussi doux que du miel, enchantant les oreilles de leur délicate musique cristalline.

Tout ça, bientôt, lui appartiendrait.

Avec l'aide de l'Infinuit, elle ferait disparaître les sorciers comme on nettoie une tache. Ensuite, elle s'opposerait aux ténèbres, les bannirait à jamais et serait accueillie en sauveuse. Chaque fleur de la Floraison, chaque pétale, chaque murmure cristallin de magie pure serait à elle. Et tout ce qui lui manquait pour réaliser son plan était un sort ancestral dissimulé dans le mécanisme d'un oiseau.

Le Dernier Sort.

Pluie et fer

Ce n'était pas juste de la pluie, mais un déluge venu du ciel ; les gouttes d'eau martelaient la terre comme des coups de poing. Malgré ce temps épouvantable, la route du Dé-à-Coudre grouillait de monde, entre les échoppes, les vendeurs à la criée, les chevaux et les charrettes.

— Fruits frais ! Ach'tez vos fruits frais !

— Hé, vous ! Vot' cheval a essayé d'me mordre !

— Châtaignes grillées ! Deux pièces de bronze l'sac !

— Crabes à dos bleu ! Coques ! Moules ! Soupe aux yeux d'merlan frit !

Au milieu de toute cette agitation, une plaque d'égout se souleva et se renversa, livrant passage à deux enfants dépenaillés et couverts de boue. Autour d'eux, les passants grommelèrent.

Lara et Joe remirent la plaque en place, puis se hâtèrent au milieu de la foule, plongeant sous les parapluies, contournant les flaques et les crottins de cheval, jusqu'à se réfugier sous l'auvent d'un troquet. Une délicieuse odeur de café grillé recouvrait la puanteur du bidonville, des chevaux, de la fumée des cheminées et de tous ces gens qui auraient tiré grand profit d'une rencontre avec un savon.

— T'avais d'jà vu un truc comme ça, toi ? demanda Joe, secouant l'eau de sa tignasse blonde. Ce qui s'est passé avec les rats ?

Lara redressa le col de son manteau de glaneuse pour se protéger de la pluie.

— Jamais.

Elle portait sans cesse la main à son médaillon pour vérifier qu'il ne vibrait pas. Mais c'était stupide. Il n'avait pas pu s'animer, enfin ! Elle était terrifiée, elle avait reçu un coup sur la tête, et son imagination lui avait joué un tour.

— Jamais j'en avais vu autant à la fois, continua Joe. On aurait cru qu'ils savaient qu'on avait des ennuis ! Comme s'ils étaient venus nous *aider* !

— Dis pas d'bêtises, Joe. C'est des rats ! Leur cervelle est encore plus petite que la tienne.

Il haussa les épaules et leva vers elle un regard plein d'admiration – il avait onze ans, deux de moins qu'elle, et c'était un tout petit gabarit.

— Tu m'as *sauvé la vie* !

— Allez, c'est pas l'moment de faire du sentiment. Écoute-moi bien : à partir de maintenant, tu t'approches plus jamais de la rue du Lait.

— Que Dame Lumière nous en protège ! M'fais pas la leçon, Lara.

— Je suis sérieuse. C'est déjà assez dangereux comme ça. J'ai entendu dire qu'hier, les miliciens avaient coincé un sorcier rue de l'Éclopé – ils ont versé tout un tas de sorts interdits dans le caniveau. Et maintenant, toute cette saleté d'magie traîne dans les égouts. Tu tournes le coin, et paf! tu te transformes en porc. Ou t'as des fleurs qui te poussent dans les narines. Enfin, ce genre de truc.

Elle s'interrompit soudain.

— J'te parie que les rats qui nous ont aidés étaient sous l'influence d'un sort jeté dans les égouts!

Joe fronça les sourcils.

— Ça s'pourrait bien. Ils ont attrapé plein d'sorciers, ces derniers temps, à ce qu'il paraît…

Lara confirma d'un air sombre. Ils n'étaient pas supposés le savoir, mais selon les rumeurs, il n'y avait jamais eu autant de sorciers que ces derniers temps. On racontait même que des mages blancs s'étaient enfuis après avoir eu le cerveau lavé par des sorciers. Mais comment était-ce possible? Les mages blancs, contrôlés par Mme Hester, étaient privés de libre arbitre. Ils ne vivaient que pour servir le roi d'Argent. Leurs sorts étaient soigneusement contrôlés, produits à la chaîne dans d'immenses manufactures. C'étaient des sorts destinés à soutenir l'effort de guerre et à permettre au royaume de maintenir sa domination: ils étaient utilisés pour produire des armures plus solides, faire pousser d'immenses récoltes pour nourrir l'armée ou encore insuffler la vie aux chevaux mécaniques qui tiraient les carrioles de soldats sans jamais fatiguer. Les sorts des mages blancs étaient comptés et recomptés, étiquetés, et on veillait scrupuleusement à ce qu'ils ne tombent jamais entre les mains de gens ordinaires : même ces sorts stériles et fades pouvaient s'avérer instables chez un non-initié et produire les résultats les plus imprévisibles.

Quant aux sorciers… il était difficile de trouver une race plus redoutée ni plus méprisée. Les sorciers et les mages blancs ne formaient au départ qu'un seul peuple, d'après ce que Lara avait compris, jusqu'au jour où les mages blancs avaient fait sécession, plusieurs siècles auparavant, et avaient traversé la mer pour rejoindre le royaume d'Argent. La magie des sorciers était aussi libre, fantaisiste et indomptable que celle des mages blancs était incolore et stérile. Les sorciers étaient des hors-la-loi et lorsque l'un d'entre eux se faisait attraper, on jetait ses fioles dans les égouts. La plupart flottaient sans encombre jusqu'à la mer d'Étain, mais certaines se coinçaient en route ou, pire, se brisaient, ce qui représentait un véritable danger pour les glaneurs…

— J'suis désolé que tu te sois retrouvée mêlée à c't'histoire, reprit Joe en secouant la tête. C'est ma faute. J'aurais dû faire plus attention. J'me suis retrouvé nez à nez avec eux…

— Par les crocs de l'Enfer, fais pas une tronche pareille, Joe ! On s'en est tirés, c'est tout ce qui compte ! Seulement, fais gaffe, à partir de maintenant. Il y a assez de dangers comme ça, pas besoin de rajouter Coton et sa bande à la liste…

— J'sais bien, Lara.

Elle ébouriffa ses cheveux, ce qu'il détestait, et elle le savait. C'est drôle, quand il avait commencé à traîner dans les égouts, il l'avait d'abord agacée. Comme une croûte. Elle l'avait arrachée, mais il avait repoussé, en quelque sorte. Et quand elle avait découvert l'existence de sa pauvre Mémé, elle avait commencé à lui donner un coup de main par-ci par-là. Deux ans plus tard, elle s'était presque attachée à lui. Enfin. Aussi attachée qu'on peut l'être à une croûte.

— J'peux me défendre tout seul, tu sais. J'leur aurais filé d'ces coups, je leur aurais montré à qui ils avaient affaire !

Lara fit entendre un petit rire.

— Oui, bien sûr.

Il jeta un regard à la lampe à souffle-de-dragon que Lara tenait à la main. Elle était inutilisable.

— Je t'en trouverai une nouvelle. Je t'dois bien ça.

Lara enfonça le doigt dans sa poitrine.

— Joe Petitpied, si tu fais ça, j'serai tellement en colère que t'auras qu'une envie, c'est de retourner dans les égouts avec Coton !

— Alors, laisse-moi au moins t'offrir de la soupe, plaida Joe en fixant ses bottes. J'suis tombé sur un bon filon dans les tunnels. J'ai réussi à m'acheter deux, trois légumes corrects et des os de poulet. C'est bon, j't'assure.

Il haussa les sourcils.

— Y a même des pommes de terre.

Lara avait le ventre vide depuis plusieurs jours. Jamais de toute sa carrière de glaneuse elle n'avait rencontré si peu de succès dans ses explorations. Cela faisait plus d'une semaine qu'elle n'avait rien trouvé qui puisse intéresser le vieil Hans, qui achetait leurs trésors aux glaneurs pour les revendre dans sa boutique.

— T'es sûr que t'en as assez ?

— Certain. Mémé sera contente de te voir.

Lara lui sourit d'un air triste. C'était vrai autrefois. Plus maintenant.

— OK. T'as gagné.

Le vent se leva. Une bourrasque s'engouffra dans les rues étroites et tortueuses, arrachant un parapluie des mains d'une pauvre femme. Lara et Joe le regardèrent se retourner sur lui-même et tourbillonner à travers les airs jusqu'à heurter le poitrail d'un cœur-de-fer, un grand cheval mécanique animé par la magie des mages blancs du roi. Il atterrit au milieu des flaques, où un des sabots métalliques du cœur-de-fer l'écrasa et le mit en pièces comme un vase en verre fragile. Il tirait une charrette chargée de tonneaux. Lara et Joe coururent derrière et grimpèrent à bord pour un voyage clandestin.

Feuilles de thé et sombres prédictions

Dans la cage d'escalier de l'immeuble flottait une odeur lourde, qui vous prenait aux tripes. Le plancher était couvert de poussière et des bruits de dispute, des rires tonitruants et des pleurs de bébé leur parvenaient des appartements surpeuplés.

Ils montèrent tout en haut, jusqu'au dernier palier, où il n'y avait qu'une seule porte dans le mur rongé par les moisissures. Joe sortit une clef de son manteau, ouvrit et invita Lara à entrer.

La mansarde où il habitait était petite et nue. Deux lits et un réchaud en constituaient l'unique ameublement, hormis un fauteuil râpé installé près d'une lucarne sale. Dans ce fauteuil se tenait recroquevillée une vieille femme à l'allure frêle, qui ne sembla pas remarquer leur arrivée. Une couverture à motifs usée lui recouvrait les jambes, et ses mains noueuses étaient jointes sur ses genoux.

— J'fais réchauffer la soupe, annonça Joe. Tu veux du thé ?

La pluie les avait trempés, et Lara frissonnait de froid.

— J'veux bien.

Joe s'affaira près du réchaud.

— Bonsoir Mémé, dit Lara.

La vieille femme était tournée vers la fenêtre, mais ses yeux semblaient ne rien regarder. Elle mit un moment avant de réagir à la voix de la jeune fille, puis elle leva la tête et lui sourit. Lara crut voir briller dans ses prunelles une étincelle de reconnaissance.

— Bonjour, ma colombe. Comme t'es mignonne ! Cette jolie peau brune et ces yeux brillants ! J'parie que les gars sont tous à tes pieds ! C'est chez toi, ici ?

Lara ferma les yeux, envahie par la déception. Elle se força à sourire.

— Non, Mémé. C'est chez toi, tu te rappelles ? Tu vis ici avec Joe.

Mémé la fixa sans réagir, puis son regard s'éclaira.

— J'ai une fille, tu sais. Elle a ton âge, à peu près. Tu la connais ?

Lara ne sut quoi répondre. La fille de Mémé – la mère de Joe – était morte depuis longtemps, quand son ami était tout petit. Celui-ci croisa son regard et haussa les épaules d'un air triste. Lorsque la bouilloire se mit à siffler, Lara fut soulagée de cette diversion.

Le thé chaud et sucré réchauffa leurs corps transis jusqu'aux os.

— Est-ce qu'elle retrouve parfois la mémoire ? chuchota Lara.

Joe but une gorgée.

— De moins en moins. Et elle picore comme un oiseau.

Il s'interrompit, parce que la vieille dame s'était tournée dans son fauteuil, soudain alerte. Elle désigna du doigt la tasse de Lara.

— Finis de boire, ma colombe, et je lirai tes feuilles.

Des années plus tôt, avant que sa mémoire ne s'effrite, Mémé avait été une liseuse de thé reconnue dans le quartier. Elle était tombée juste un certain nombre de fois, par exemple en annonçant le sexe d'un enfant à naître ou bien le lieu où une jeune fille allait rencontrer son futur mari. En prédisant une inondation, elle avait un jour sauvé la vie de centaines d'habitants du bidonville. Mais les gens se méfiaient toutefois des liseurs de thé, et la vieille dame avait compris qu'il valait mieux garder son don caché.

Lara finit de boire, puis elle tendit sa tasse à Mémé, qui la prit entre ses mains et fit tourner les dernières gouttes, tout en scrutant les fragments de feuilles. Elle claqua la langue.

— Tu vas partir. Quitter le Havre-du-Roi. Quitter le royaume d'Argent.

Lara fronça les sourcils.

— Partir ? Non, Mémé, je crois pas…

Celle-ci leva le doigt sans quitter des yeux le fond de la tasse.

— Moi j'dis ce que les feuilles disent, ma colombe. Quoi d'autre… oui… oh ! j'te vois en train de voler.

— De voler ?

Lara glissa un regard en direction de Joe.

— Sur des ailes de feu, ma colombe ! Des ailes de la couleur du soleil !

Elle s'anima et fit tourner de nouveau les feuilles dans la tasse.

— Le médaillon. Tu l'as toujours ?

Lara fut sidérée. Depuis le jour où elle avait fugué de l'orphelinat, encore petite, elle n'en avait jamais parlé à personne.

— Comment vous savez ?

— C'est pas moi, ma colombe. C'est les feuilles. Alors. *Le médaillon*. Tu l'as toujours ?

Lara hocha la tête, mal à l'aise et troublée, envahie par un pressentiment irrationnel.

— Bien, dit Mémé. C'est important. Garde-le près de toi. Garde-le précieusement ! Écoute-le !

Elle s'agitait à présent et voulut se lever. Joe posa doucement la main sur son bras maigre.

— Mémé, faut qu'tu te calmes. Reste assise, d'accord ? Détends-toi.

Elle se débattit, puis fixa de nouveau les feuilles de thé et son visage s'assombrit. Elle lâcha la tasse, qui tomba sur le sol et se brisa.

— Oh ! oh, je suis désolée ! Chuis qu'une vieille bête !

— T'inquiète, Mémé. C'est rien.

Joe alla chercher un balai.

— Ça va, Mémé ? demanda Lara en lui posant la main sur le poignet.

Elle sentait son pouls qui battait vite et fort.

La vieille dame plongea le regard dans les yeux noirs de Lara et prononça d'une voix lente, soupesant chacun de ses mots :

— Elle va la libérer. Oh, misère, elle va le faire !

— Qui, Mémé ? Qui va libérer *quoi* ?

— La femme ! La femme qui a un faux visage… elle va libérer l'Infinuit.

L'Infinuit. Ce mot réveilla des souvenirs de l'époque où elle était toute petite, à l'orphelinat, et que les plus grands leur racontaient des histoires qui faisaient peur.

Mémé agrippa soudain le poignet de Lara.

— Ils vont venir te chercher, ma colombe. La femme au faux visage et l'homme sans ombre.

Le cœur de la glaneuse battit plus vite. Mais la vieille dame changea d'expression et un sourire absent flotta sur ses lèvres. Elle se remit à fixer la fenêtre. Le bruit de la pluie battant la vitre parut résonner plus fort dans l'appartement. Mémé se tourna vers Lara et parut surprise, comme si elle la voyait pour la première fois.

— Oh ! Bonjour, ma colombe. C'est chez toi, ici ?

Lara toucha machinalement le médaillon à travers sa chemise.

— Non, Mémé, répondit-elle. Non, c'est pas chez moi.

Chez soi

Le bidonville du Havre-du-Roi était si peuplé qu'il rappelait à Lara les cageots qu'elle voyait parfois sur le port, grouillant de crabes qui passaient leur temps à se grimper dessus et à se battre. Beaucoup de gens se réfugiaient dans des hospices où ils se tuaient à la tâche pour un bol de bouillie et un lit dans un immense dortoir puant. Les plus chanceux, comme Joe et Mémé, vivaient dans des immeubles délabrés où proliféraient les maladies et où des familles entières s'entassaient dans de minuscules appartements.

Mais pas Lara.

Elle avait passé une bonne part de son enfance dans des dortoirs surpeuplés et des salles de classe bondées, et, lorsqu'elle s'était enfuie, elle s'était juré à elle-même qu'elle trouverait mieux.

Elle avait tenu sa promesse, tout comme elle avait tenu celle de devenir la meilleure glaneuse de la ville et de ne jamais dépendre que d'elle-même, parce qu'au moins, si on n'attendait rien de personne, on ne risquait pas d'être déçu.

L'opéra était situé au cœur de la cité, loin du bidonville, sur les berges du grand fleuve Ancre. C'était une énorme boîte à bijoux, un lieu où seuls les plus riches étaient admis ; le roi d'Argent en personne disposait d'une loge privée dans ce décor rouge et or, où flottait une odeur de caramel et d'acajou ciré.

Au-dessus de la vaste salle pleine d'échos se trouvait un vieux grenier plein à craquer de bric-à-brac en tout genre, piles d'accessoires et éléments de décor accumulés au fil des années. Il était très ancien et l'opéra avait depuis été agrandi, si bien qu'on avait fini par oublier son existence. Les toiles de décor, navires, murs de palais et collines peintes, s'étaient recouvertes d'une épaisse couche de poussière. C'était une sorte de musée, un peu extravagant, tombé dans l'oubli.

Lorsque Lara l'avait découvert, quelques années plus tôt, elle avait trouvé que ce serait parfait.

D'une luge en bois, elle avait fait son lit. Elle avait arrangé des draps et des couvertures de manière à le rendre confortable et chaud, et, ce soir-là, elle s'allongea sur ces couvertures et leva son médaillon dans la lueur d'une lampe à souffle-de-dragon. Elle suivit du doigt la gravure. D'un côté, un simple oiseau en plein vol. De l'autre, des lettres gravées à la va-vite, formant un nom : *Larabelle Goupil.*

« C'est important, avait dit Mémé. Écoute-le ! »

Écoute-le. Qu'est-ce que ça veut dire ? Ce n'est qu'un vieux morceau de bois !

Elle retourna entre ses doigts ce médaillon qu'elle connaissait par cœur. Des bribes de souvenirs lui revenaient : l'odeur de désinfectant de la pension de Mlle Amisrable pour les Âmes Misérables. L'obscurité humide du dortoir et l'écho des voix des plus grands qui racontaient des histoires… en particulier, l'histoire angoissante d'une nuit qui n'avait pas de fin et de monstres terrifiants et sauvages. L'Infinuit et les Tatoués.

Un frisson la parcourut. Elle serra le médaillon plus fort. Ce bijou en bois était la seule chose qui lui restait de sa vie d'avant, cette vie qui lui avait été volée la nuit où elle avait été recueillie, après le terrible drame de la rue de l'Éclopé : une toute petite, miraculeuse survivante.

Lorsqu'elle avait fui l'orphelinat, Lara avait voulu en apprendre davantage. Elle était allée voir les voisins de l'immeuble où elle avait vécu, rue de l'Éclopé. Les gens – du moins, ceux qui n'étaient pas saouls – l'avaient reçue avec bienveillance. Ils n'avaient aucune peine à se souvenir de la nuit de l'accident.

— Y a eu une grande explosion, avait raconté à Lara une femme édentée. Le mur s'est fissuré comme du papier. Et personne a jamais su ce qui l'avait provoquée.

Lorsque la glaneuse avait évoqué ses parents, cependant, ni la vieille femme ni aucun de ceux qu'elle avait interrogés n'avaient été capables de se rappeler le moindre détail. Comme si la famille de Lara avait été invisible.

Glissant les ongles dans la fente qui séparait les deux moitiés du médaillon, elle s'entêta à essayer de l'ouvrir. Et s'il avait contenu des photos de ses parents ? C'est à ça que servaient les médaillons, non ? À conserver des photos ? Elle se demandait si elle ressemblait à sa mère ou à son père. Avaient-ils tous les deux la peau sombre ? Sa mère avait-elle des boucles noires et rebelles, comme elle ? Elle imaginait parfois qu'ils étaient encore vivants, et, quand elle fermait les yeux et se concentrait fort, elle pouvait presque sentir qu'ils la tenaient dans leurs bras. Mais revenir à la réalité faisait si mal que, ces derniers temps, elle évitait.

Comme chaque fois, le médaillon refusa obstinément de s'ouvrir. Ses ongles se tordirent, elle poussa un juron et jeta le bijou à travers le grenier. Il disparut au milieu du bric-à-brac.

La panique s'empara d'elle.

Elle se précipita au milieu du grenier et se mit à fourrager, écartant les objets un à un, billes de bois et bouts de corde, caisses et cageots, pétrifiée à l'idée de l'avoir perdu. Elle le trouva enfin, niché dans un tas de haillons. Elle s'en empara avidement et le plaqua contre sa poitrine.

— Pardon, murmura-t-elle. Je recommencerai plus jamais.

La fatigue lui tomba dessus. Elle se glissa sous ses couvertures et se laissa gagner par le sommeil, le médaillon serré contre son cœur.

Le mage blanc

Le cœur tambourinant dans sa poitrine, Double Huit se faufila hors de son lit dans le dortoir encore plongé dans l'obscurité. La salle était longue, étroite et nue. De chaque côté se trouvaient alignées vingt-cinq couchettes en métal – cinquante en tout – et dans quarante-neuf d'entre elles des mages blancs dormaient d'un profond sommeil.

Il plissa les yeux pour percer la pénombre ; la seule lumière provenait des hautes fenêtres voûtées situées au bout du dortoir. Le silence n'était brisé que par le battement de son pouls et le léger ronflement des mages blancs endormis.

Vêtu d'une simple chemise de nuit blanche, Double Huit traversa le dortoir sur la pointe des pieds, jetant autour de lui des regards inquiets. Il savait qu'il serait dénoncé si on le trouvait debout à cette heure, et que la punition serait cruelle. Et ce serait pire encore si quiconque découvrait la raison pour laquelle il était sorti de son lit… Il devrait alors affronter la colère de Mme Hester – et tous savaient le sort qu'elle réservait aux traîtres.

Les choses étaient en train de changer. Double Huit le sentait au plus profond de lui-même. Récemment, il y avait eu des rumeurs sur l'existence de fugitifs. On prétendait que les sorciers de Mages-du-Ponant avaient trouvé un moyen de libérer les mages blancs de leur esclavage. Alors que les bruits enflaient, Double Huit sentait se renforcer le désir d'écouter sa petite voix intérieure, celle qui avait toujours été là, qui avait semé des graines dans son esprit – des graines qui avaient fini par germer et enfin, fleurir.

Cette petite voix qui lui chuchotait qu'il pouvait espérer mieux que la servitude.

Et puis, une lune plus tôt, il y avait eu cet étrange incident avec le mendiant.

Double Huit remontait les rues, simple petit point au milieu d'un fleuve de mages blancs qui marchaient en masse vers les manufactures de sorts, avec comme perspective une nouvelle journée de labeur dans la fournaise des chaudrons. Une perturbation avait attiré son attention. En s'approchant, il avait découvert un vieil infirme – un mendiant – tombé sur les pavés humides, incapable de se relever. Il gémissait et suppliait qu'on l'aide, et pourtant les mages blancs l'ignoraient, le contournant ou lui passant dessus comme s'il n'existait pas. Double Huit ne pouvait tout simplement pas laisser le vieil homme se faire piétiner : il lui avait tendu la main et avait ramassé sa béquille.

— Oh, que Dame Lumière vous bénisse ! s'était exclamé le mendiant, tandis que Double Huit l'éloignait dans un recoin pour qu'il puisse retrouver ses esprits. Bénis soient les mages blancs ! Béni soit le roi !

Alors que le mage blanc allait repartir, le vieil homme lui avait saisi la main avec force. Son regard était vif et alerte.

— Tu veux être libre ?

Il était resté muet de surprise, mais le mendiant avait souri.

— Tes yeux t'ont trahi, avait-il dit. Il y a de l'humanité en eux. De la vie. Hester t'a pas retiré toute ton âme, mon garçon, elle en a laissé un morceau… Tu veux être libre, pas vrai ?

Double Huit avait jeté un regard aux visages froids et sans joie des mages blancs.

— Plus que tout.

Le mendiant lui serrait toujours la main.

— On t'fera signe, va.

Il l'avait ensuite poussé vers la foule des mages. Lorsque le garçon s'était retourné, le mendiant avait disparu.

Le premier oiseau en papier était arrivé quelques jours plus tard, au milieu de la nuit, et s'était transformé en fumée après qu'il l'ait lu.

Tu n'es pas seul, Double Huit. Nous veillons. Nous sommes tout près et nous t'aiderons le moment venu…

D'autres oiseaux avaient suivi de façon régulière, et il s'était mis à les attendre, assis sur son lit dans l'obscurité, guettant le froissement des ailes de papier.

Mages-du-Ponant peut t'offrir une autre vie…

Nous pouvons te protéger…

Le moment approche…

Ce soir, il suivait les consignes du dernier message reçu – le second à exiger de lui une action. Le premier, la semaine précédente, lui avait confié comme mission de trouver une cachette sûre pour un objet de la taille d'une boîte d'allumettes. Double Huit avait pris le risque de dérober un couteau à beurre au réfectoire et l'avait gardé dans son matelas défoncé. Il lui avait fallu plusieurs nuits pour desceller une des lattes du plancher près de son lit.

Cependant, ce soir, le risque était bien plus grand.

Lorsqu'il posa la main sur la poignée, elle tressaillait nerveusement. Il serra les dents. Après un dernier regard pour le dortoir endormi, il tourna la poignée, ouvrit la porte et se faufila dans le couloir.

Le quartier des mages blancs était situé à l'est du Havre-du-Roi, non loin des immenses manufactures où ils passaient leurs journées. Il abritait un grand nombre de bâtiments collectifs, ternes et austères, où vivaient tous les mages blancs de la ville. Le luxe leur était interdit ; leurs logements ne comportaient ni tapis, ni décoration, ni le moindre éclat de couleur. Double Huit tressaillit au bruit de ses pieds nus sur le plancher – le plus léger grincement pouvait le mettre en danger. Le bâtiment était plongé dans la pénombre ; les lampes à souffle-de-dragon étaient toutes éteintes, mais cela ne le dérangeait pas, il se sentait protégé par la nuit, même s'il avait parfois l'impression que les ombres s'animaient.

Lorsqu'il arriva au bout du couloir, il déboucha dans un corridor plus large, puis passa une porte qui menait dans le hall d'entrée. C'était là que le plus grand danger le guettait : la lumière de la lune et des lampadaires pénétrait à flots par une immense fenêtre voûtée. S'il voulait atteindre son but, il devait traverser cette flaque de lumière.

Il se baissa et courut jusqu'à l'escalier, qu'il dévala quatre à quatre.

Il arrivait en bas quand des bruits de pas se firent entendre.

Son cœur s'arrêta de battre.

Il resta quelques secondes immobile, un pied sur le sol, l'autre sur la dernière marche. Les pas, qui résonnaient dans le corridor principal, se rapprochaient – d'une seconde à l'autre, ils allaient franchir la porte à double battant, déboucher dans le hall et l'apercevoir…

À droite de l'escalier se trouvait un comptoir d'accueil derrière lequel, en journée, officiait un réceptionniste. Double Huit prit son élan, sauta par-dessus le comptoir et atterrit de l'autre côté à l'instant même où deux mages blancs plus âgés arrivaient dans le hall.

Le jeune mage se couvrit la bouche de la main et tenta de respirer sans bruit. À travers la fente entre le comptoir et le sol, il vit passer des pieds. La lueur de leurs baguettes se réfléchissait sur leurs souliers blancs, projetant des ombres sur le plancher. Ils n'échangèrent pas un mot, marchant dans ce silence froid habituel aux mages blancs.

Lorsque la lumière se fut éloignée, Double Huit resta plaqué au sol un moment avant de trouver le courage de jeter un regard par-dessus le comptoir. Le champ était libre. Il sortit lentement de sa cachette, puis accéléra le pas, longea le couloir et trouva facilement la porte qu'il cherchait. Il s'enfonça ensuite dans les entrailles du bâtiment et avança jusqu'à l'une des blanchisseries.

Là, des lampes restaient allumées en permanence pour sécher les vêtements tout juste lavés. Des rangées de bacs en pierre couraient le long des murs et des cordes à linge étaient tendues en travers de la salle, de sorte que les robes en train de sécher cachaient complètement la vue. L'odeur de savon lui piqua le nez.

Il resta complètement immobile. Dans sa tête, la voix hurlait : *Prends tes jambes à ton cou ! Retourne dans ton lit, triple buse, oublie tout ce qui vient de se passer !*

Mais il ne prit pas ses jambes à son cou.

— Il y a quelqu'un ?

Il avait beau chuchoter, sa voix lui parut assourdissante dans ce silence et il tressaillit.

— Vous êtes là ?

Rien. Il regarda désespérément autour de lui. Dans la pénombre, les vêtements blancs ressemblaient à des fantômes.

Puis, au milieu de ces fantômes, s'éleva une voix.

— Bravo, Double Huit. T'as été courageux.

Il fit volte-face, transi de peur.

— Sortez, dit-il, sortez, que je vous voie !

— Il vaut mieux que je reste cachée, dit la voix (une femme). Dans ma position, c'est préférable. Tu comprends ?

Il hocha la tête.

— Je crois.

— Bien. Maintenant, avant de continuer, mon ami, et que je décide de la suite, j'ai une question à te poser. Pourquoi tu fais tout ça ?

Il fronça les sourcils dans l'obscurité.

Hésita.

— Parce que je veux être libre.

C'était la première fois qu'il prononçait ces mots, et il fut frappé par leur puissance, par le feu qu'ils allumaient dans ses veines.

— Je veux me sentir vivant ! Nous, les mages blancs… on n'a pas vraiment le droit de faire partie du monde, vous savez. On est comme des spectateurs. Mais moi, je ne veux pas être un spectateur. Je veux éprouver des émotions, découvrir le monde et écrire ma propre histoire.

Un silence suivit ses paroles.

— Bien, dit la voix. Je pense que je peux t'aider. Mais la liberté n'a rien de facile, et tes problèmes ne vont pas disparaître par magie. Avant tout, il faut que nous parlions d'une chose…

— De mon âme ? demanda Double Huit avec amertume.

— Oui, de ton âme. Mme Hester l'a enfermée dans un endroit secret avec les âmes de tous les mages blancs. Si tu viens avec nous, tu devras la laisser derrière toi.

Une envie de vomir lui souleva le cœur.

— Mais comment je pourrais être libre sans mon âme ?

Une pause.

— Tu t'es déjà demandé, mon petit, ce qui te rendait différent des autres ? Comment il était possible que tu aies des envies de liberté, de magie et d'amitié, alors que les autres semblaient se satisfaire de leur morne existence ?

— Bien sûr ! J'ai dû cacher ces pensées depuis toujours.

— Les pouvoirs de Hester ne sont plus ce qu'ils étaient, expliqua la femme, non sans une certaine satisfaction. Elle perd la main. Lorsque tu étais très jeune, elle t'a ôté ton âme, mais pas tout entière. Elle en a oublié un morceau. Il reste une part de toi qui s'émerveille, rêve, ressent des émotions ! Et tu n'es pas le seul. D'autres mages nous ont ralliés ces derniers mois. Nous espérons qu'un jour, nous découvrirons où elle garde les âmes volées, afin de toutes les libérer, mais en attendant, nous pouvons quand même aider les mages blancs comme toi.

Double Huit fixait l'obscurité. Il porta la main à sa poitrine et sentit nettement les battements rapides de son cœur. Il avait toujours su qu'il était différent, mais jamais il n'aurait pensé qu'il lui restait une part d'âme. Qu'une part de lui, brillante, précieuse, était là, juste là. C'était fabuleux et effrayant et terrible tout à la fois.

— C'est à toi de choisir, reprit la voix. Si tu as l'impression que partir est trop dangereux, libre à toi de retourner te coucher et d'oublier notre rencontre.

— Non ! Je deviendrais fou ! Je veux partir.

Il entendit alors un bruit de verre qui tombe sur le sol et roule, puis il sentit un objet heurter son pied. Il le ramassa – c'était une petite fiole. Il regarda avec incrédulité la volute jaune pâle qui crépitait. Il n'avait jamais vu de sort de sorcier, naturellement, mais il devina sans peine que c'en était un, car il était coloré, chaud, et paraissait rayonner d'imagination. Le son qu'il produisait n'avait rien à voir avec le ronronnement monotone des sorts des mages blancs. C'était une petite musique pétillante qui réjouissait le cœur. C'était aussi différent de la magie stérile et terne des mages blancs que le feu de la glace.

— Qu'est-ce que c'est ?

— Un sort. Il t'aidera à t'éloigner de ton âme sans trop souffrir.

Double Huit leva la main vers le bouchon.

— Pas maintenant ! s'écria la voix. Planifier ton évasion va demander du temps. Mes alliés à l'extérieur ont besoin de s'organiser. Et l'effet du sort n'est pas immédiat. Tu verseras quelques gouttes sur ta peau chaque soir jusqu'à ce que je t'envoie d'autres informations. Dans mon message, la semaine dernière, je te demandais de trouver une cachette… tu as réussi ?

Il hocha la tête.

— C'est bien, mon garçon. Caches-y le sort. Lorsqu'il sera temps, je t'enverrai un oiseau avec de nouvelles instructions. Compris ?

— Je pense…

— Et d'ici là, ne te fais pas remarquer. Tiens bon.

Double Huit voulut répondre, mais il entendit un froissement et vit bouger les vêtements suspendus, comme s'ils étaient caressés par la brise. Il sut aussitôt qu'il était seul dans la blanchisserie. Il secoua la fiole pour endormir le sort. La lueur jaune s'éteignit et le murmure musical se tut. Puis il repartit en direction du dortoir avec la sensation de porter le plus grand secret au monde.

Une fois revenu dans le dortoir, il s'agenouilla près de son petit lit au milieu des ronflements et des soupirs des mages blancs endormis et tira le couteau à beurre de son matelas. Il souleva la latte, glissa la fiole dans le trou, puis remit tout en place.

— Qu'est-ce que tu fais ?

Double Huit faillit pousser un cri de frayeur ; on n'entendait jamais personne parler dans le dortoir, et encore moins en pleine nuit. Tout en cachant le couteau dans sa manche, il jeta un regard derrière son épaule. Au pied de son lit, Cent Trois le fixait d'un air endormi. C'était un garçon de douze ans, un an de moins que Double Huit, et c'était la première fois qu'il entendait le son de sa voix.

— Je n'arrivais pas à dormir.

— Pourquoi tu es assis par terre ? demanda Cent Trois d'une voix lointaine et sans émotion.

Aucune étincelle de vie n'éclairait ses prunelles.

— Une souris, dit Double Huit. J'ai cru voir une souris.

Le regard de Cent Trois s'attarda sur lui.

— Si tu ne retournes pas te coucher, je vais te dénoncer. Personne ne doit sortir de son lit une fois la nuit tombée.

— Tu as raison, dit Double Huit. J'y vais.

Cent Trois s'éloigna. Tout en se glissant sous ses draps, Double Huit jeta discrètement un regard vers la latte sous laquelle était cachée la fiole. Elle semblait parfaitement en place. Cent Trois l'avait-il surpris ? Non, sans doute pas.

Sa tête explosait de pensées, de projets, de dangers, et son cœur battait la chamade.

Il doutait de trouver le sommeil. La nuit promettait d'être longue.

Les livres qui murmurent

La pluie tombait.

— C'est pas naturel, un temps pareil par c'te saison !

— Dame Lumière nous sauve ! Sur la route du Nœud-Coulant, y a d'l'eau jusqu'aux genoux !

— À coup sûr, c'est les sorciers qui nous ont jeté un sort.

— Le roi devrait faire queuqu'chose ! À quoi ça sert d'avoir tous ces mages blancs s'ils ne fichent rien !

Dans le bidonville, ce genre de commérages allaient bon train. C'était toujours la même chanson. Dès qu'il se passait quelque chose que les gens ne s'expliquaient pas, c'était la faute des sorciers de Mages-du-Ponant.

S'il y avait une sécheresse et que les récoltes étaient gâtées… *C'est sûrement les sorciers !*

Si l'hiver était particulièrement rude et que la rivière gelait… *Les sorciers nous ont jeté un sort !*

Si un chien attrapait la rage… *Il a été touché par un sorcier !*

Et ainsi de suite.

Lara n'y avait jamais cru, parce que la guerre était finie depuis des centaines d'années – pas vrai ? – et, si les sorciers avaient voulu les attaquer, ils se seraient pas contentés de rendre malade un chien ou de faire tomber des seaux d'flotte du ciel…

La pluie n'en était pas moins une calamité ; la jeune fille ne pouvait pas redescendre dans les égouts, parce que le niveau de l'eau était dangereusement haut. Aussi en était-elle réduite à arpenter les rues du Havre-du-Roi à l'affût d'une occasion – et dans une ville si peuplée, qui regorgeait de recoins sombres et de ruelles tortueuses, ce n'était pas ça qui manquait. Parfois, l'occasion se présentait sous la forme d'une tourte en train de refroidir sur le rebord d'une fenêtre, parfois l'éclat d'une pièce de monnaie dans une poche. Aujourd'hui, ce fut une dispute chez un marchand de fruits.

— J'vous dis qu'ces pommes sont pourries !

— Pourries, mes pommes ? Vous manquez pas d'air !

— Rendez-moi mon argent !

— Ha, vous entendez ça ? Elle veut que je lui rende son argent !

Lara se faufila discrètement et, vive comme l'éclair, attrapa deux pommes rouges brillantes sur l'étal. Elle engloutit la première en quelques secondes, trognon et pépins compris, puis elle claqua des lèvres et lécha le jus sur ses doigts. La pluie, qui formait à présent un rideau, rebondissait sur les pavés, et Lara trouva refuge sous le ventre métallique d'un cœur-de-fer à l'arrêt. Elle écouta le cliquetis de son mécanisme enchanté.

— Hé, toi ! Vire de là !

Le conducteur voulut lui donner un coup de pied, mais elle l'esquiva, lui lança quelques-unes de ses insultes les plus fleuries et s'enfuit en courant, la main en visière pour se protéger le visage des rafales de pluie. Lorsqu'elle sentit son médaillon vibrer contre sa poitrine, elle s'arrêta si brusquement qu'une vieille dame lui fonça dedans, avant de la bousculer en jurant.

Lara toucha le bijou à travers le tissu ; il grésillait avec une intensité inquiétante. De petites notes de musique parvinrent jusqu'à ses oreilles – elle en éprouva un tel choc qu'elle s'arrêta presque de respirer. Le son semblait venir d'une boutique voisine. Lorsqu'elle s'en approcha d'un pas hésitant, le pendentif vibra plus fort encore. Il semblait la guider, comme une boussole.

« Écoute ton médaillon », lui avait dit Mémé.

Suivant son impulsion, elle ouvrit la porte et pénétra dans la boutique. La porte se referma, et le rugissement de la tempête se tut, remplacé par un profond silence. Il flottait dans l'air une odeur de poussière, de vieux papiers et de cuir.

Elle était entrée dans une librairie.

La chance était avec elle : personne derrière le comptoir, pas de vendeur arrogant pour la chasser. Elle secoua comme elle put l'eau de ses vêtements et de ses cheveux, puis elle regarda autour d'elle, piquée par la curiosité.

Son médaillon continuait à grésiller et la mélodie, cristalline et ténue, chantait dans sa tête. Elle n'était jamais entrée dans une librairie. À quoi bon ? Les livres ne se boivent ni ne se mangent. Ses doigts effleurèrent les dos des volumes et soudain, elle se revit dans la salle de classe de l'orphelinat de Mlle Amisrable, en train de tracer à la craie les lettres de l'alphabet sur une ardoise…

A…

B…

C…

— Tu appelles ça un C, Goupil ? Tends la main.

PAN !

— Et si tu pleurniches, ce sera un autre coup de canne ! Efface-moi ça et recommence…

Lara chassa ces pensées. Elle s'aperçut, en essuyant la sueur de son front, qu'elle frissonnait. Elle glissa la main sous sa chemise et examina le médaillon à la faible lumière de la boutique. Il vrombissait dans sa paume, à croire qu'un insecte était enfermé à l'intérieur.

Comme envoûtée, Lara suivit la petite musique jusqu'à l'une des étagères. Lorsque le médaillon tressauta dans sa main, elle le lâcha et observa ce qui se trouvait face à elle. Sur l'étagère, un des livres grésillait et tremblait. Son premier réflexe fut de reculer ; une part d'elle avait peur et voulait fuir, mais sa main brûlait d'envie de toucher le livre…

Lentement, doucement, Lara referma les doigts sur le volume.

Cling.

Elle lâcha le livre, stupéfaite, et celui-ci se remit en place. Puis il se passa quelque chose d'assez incroyable : dans un grondement sourd, l'étagère s'abaissa jusqu'à – *cling* – se rabattre entièrement et former un nouveau plancher. Là où se dressait une bibliothèque se trouvait à présent un passage vers une pièce obscure, tapissée de livres et encombrée de piles instables. Le murmure s'intensifia, et Lara devina qu'il provenait de ces livres clandestins. Elle jeta un regard autour d'elle, à la fois émerveillée et effrayée. Était-ce de la magie de *sorcier* ?

— Je peux t'aider, ma mignonne ?

Lara était seule. Elle en était certaine. Mais une femme se tenait à présent sur le seuil de la pièce secrète. D'âge mûr, elle avait des joues rebondies, des cheveux épais et courts, châtains et grisonnants. Elle était vêtue d'une robe de tricot qui devait la démanger, constituée d'un patchwork de couleurs, et tenait un cigare entre ses lèvres fines. À la grande surprise de Lara, elle ne semblait aucunement fâchée de découvrir une gamine trempée dans sa boutique. Curieuse, certes, mais en colère, pas du tout. Son regard souriant se posa sur le médaillon, et elle pencha la tête.

— Très joli… Où tu l'as trouvé ?

— Je… je suis désolée, balbutia Lara. Je suis perdue. Je suis rentrée par erreur.

La femme l'observa.

— Tu en es sûre, ma mignonne ?

— Oui. Désolée. J'dois partir. Désolée.

Lara passa devant la femme, tenant le pendentif serré dans sa main, traversa la boutique et replongea dans la tempête. La pluie tombait toujours aussi dru, mais les rafales de vent lui paraissaient lointaines, tant elle était absorbée par ce qu'elle venait de vivre.

En tournant au coin de la rue de l'Aiguille, Lara faillit foncer dans un ramasseur de crottes accroupi au beau milieu de la route, occupé à pelleter du crottin dans un seau.

— Attention, là !

— Oh, fermez vot' bouche de sorcier !

Elle continua, tête basse, le col relevé pour se protéger de la pluie battante, prit une ruelle adjacente, passa sous un pont ferroviaire, puis devant une boutique de forgeron et une ferronnerie. Le sifflement et le grondement d'un train à vapeur ébranlaient le sol. Lara traversa ensuite la route de la gare et longea l'une des immenses manufactures dans lesquelles les mages blancs fabriquaient leurs sorts. De la fumée grise s'échappait des cheminées.

Deux mages blancs sortirent de l'usine, les manches de leur robe calcinées après avoir passé la journée au-dessus de chaudrons brûlants. Lara ne put s'empêcher d'observer, fascinée, leur visage pâle et cireux.

Les enfants apprenaient dès leur plus jeune âge qu'ils ne devaient jamais, en aucun cas, se mêler de magie et que s'ils trouvaient une fiole, ils ne devaient surtout pas y toucher. D'une part, c'était dangereux. D'autre part, à supposer qu'ils s'en sortent sains et saufs, ils n'avaient aucune chance de survivre au châtiment qui leur serait réservé.

La magie devait être crainte, donc, logiquement, les mages blancs, ces étranges créatures sans âme, auraient dû susciter chez elle de la peur, pas vrai ? Et pourtant…

Pourtant…

Lara ne ressentait aucune peur. Elle ressentait même une envie inexplicable de leur parler, de leur poser des questions sur la magie et sur son médaillon. En les regardant, elle eut pour la première fois l'impression que le monde de la magie était une toile d'araignée scintillante et qu'elle risquait d'y rester piégée.

Lorsqu'ils eurent disparu, elle se remit en route. Elle prit bientôt conscience que, sans l'avoir voulu, elle avait marché en direction de la mer. Autour d'elle résonnaient les bruits du port – les jurons, le rire des hommes, les grincements des grues à vapeur, le rugissement des machines et les longues sirènes graves des bateaux.

La pluie n'était plus qu'un léger crachin, et Lara inspira une profonde bouffée d'air.

Comme elle aimait les odeurs du port ! Cent parfums différents dansaient ensemble, chacun plus extraordinaire que le précédent. Les navires en bois apportaient les épices parfumées de l'autre bout du royaume d'Argent, du poivre, de la cannelle et de l'herbe de lune moulue, et ces arômes se mêlaient à ceux des autres bateaux, la chaleur sèche du souffle-de-dragon contenu dans les péniches venues du nord, celle du whisky de feu venu du sud et les algues de l'Ancre au goût si salé.

Alors qu'elle zigzaguait entre les caisses de charbon, les cageots pleins d'étoiles de mer et les tonneaux de souffle-de-dragon, elle sentit à nouveau la vibration contre sa poitrine, comme le vrombissement des ailes d'une abeille. Et, au milieu du vacarme du port et des cris, s'élevait à nouveau cette musique délicate et cristalline.

Était-elle en train de perdre la boule ? Avait-elle respiré, dans les égouts, un gaz qui lui était monté à la tête ? Ou avait-elle marché sur un sort interdit qui lui avait détraqué l'esprit ?

Il lui était en tout cas impossible d'ignorer cette musique, qui paraissait provenir à la fois de son médaillon et d'une source extérieure. Elle regarda autour d'elle, se demandant si elle était la seule à la percevoir, mais soit les dockers ne l'entendaient pas, soit ils n'y prêtaient aucune attention.

Lara essaya d'ignorer les autres bruits pour se concentrer sur la musique. Elle s'aperçut alors qu'elle n'écoutait pas seulement avec ses oreilles, mais avec une autre part d'elle-même, qu'elle n'aurait pas été capable de décrire. Le son se frayait un passage au creux de sa poitrine jusqu'à son cœur, et semblait l'appeler. Elle avança jusqu'à la rivière et contempla les bateaux alignés, respirant la vapeur des moteurs. Son regard se posa sur un petit bateau assez quelconque, dont le nom, *La Libellule*, était peint sur la coque en lettres d'or. La vibration s'intensifia.

Se rapprochant, elle chercha des yeux l'équipage, et attendit d'être certaine qu'il n'y avait personne ; il était courant que celui-ci file directement dans les tavernes de la ville après avoir déchargé la cargaison.

La main toujours posée sur son pendentif, sans lâcher des yeux le bateau, elle s'avança encore et posa un pied sur la passerelle en fer…

Qu'est-ce qui lui prenait ? Elle pouvait se faire surprendre à tout instant !

Le médaillon vibrait plus fort que jamais contre sa peau, la pressant d'avancer, et le son paraissait plus net. Les paroles de Mémé tournaient en boucle dans sa tête.

Le médaillon. Tu l'as toujours ? Garde-le précieusement ! Écoute-le !

Écoute-le…

Le bijou essayait-il de lui délivrer un message ? Devait-elle comprendre que quelque chose d'important se trouvait à bord ? Était-ce déjà son pendentif qui l'avait guidée jusqu'à la librairie ? Mais pourquoi ?

Il fallait être folle pour se poser des questions pareilles ! Et pourtant, elle ressentait toujours ce merveilleux pincement dans la poitrine, qui invitait une part d'elle-même qu'elle n'était pas capable d'identifier. Elle jeta un dernier regard à l'agitation du port, vérifia que personne ne faisait attention à elle, puis prit une profonde inspiration et s'engagea sur la passerelle.

La cargaison secrète

Lara n'était jamais montée à bord d'un bateau. Elle en prit conscience au moment où elle posa le pied sur le ponton en bois de *La Libellule*. Comme c'était étrange de sentir l'énorme masse du navire tanguer sous ses pieds !

Le son était de plus en plus cristallin et pur, tandis que le vacarme du port paraissait lointain. L'électricité courait dans ses veines ; elle avait la chair de poule et l'impression d'avancer dans un rêve.

Elle se laissa guider par la mélodie, qui la mena jusqu'à une écoutille sur le pont. Elle tira le verrou et l'ouvrit. Le son s'amplifia, tandis que son médaillon diffusait des ondes de chaleur. La cale était plongée dans l'obscurité. Le cœur battant, elle descendit un escalier en bois grinçant et se retrouva au milieu d'une salle vide. Elle plissa les yeux pour percer la pénombre.

L'endroit respirait la vie, comme si elle se trouvait dans le ventre d'une énorme créature. L'air semblait avoir gardé la mémoire des milliers de cargaisons passées. Elle continua à suivre le murmure. Soudain, ses yeux distinguèrent une lueur : un rai de lumière bleu-mauve filtrait d'une fente entre deux planches.

Un compartiment secret !

Lara inspira profondément et tenta de reprendre ses esprits.

Il n'y avait pas de poignée ni de trou assez grand pour y glisser un levier. Elle s'accroupit. Alors que ses mains exploraient à tâtons la latte rugueuse, elle trouva, au milieu, une zone légèrement différente. Elle appuya sur la planche et sentit que celle-ci s'enfonçait légèrement sous la pression. Galvanisée, elle appuya plus fort.

Un bruit d'engrenage se fit entendre et elle bondit en arrière : le panneau de bois s'abaissa, puis glissa sur le côté. De cette ouverture dans le sol émanait une vive lumière.

Lara s'approcha prudemment, aussi stupéfaite qu'émerveillée, et découvrit toute une cargaison de fioles. Chacune contenait une volute de lumière colorée. Il y en avait des vertes, des bleues, des violettes et des rouges, qui tourbillonnaient et scintillaient : elles semblaient vivantes ! Autour des fioles, l'air crépitait, chargé d'énergie, et Lara devina qu'elle était en présence d'une magie puissante.

Une magie de *sorciers*.

J'devrais prendre mes jambes à mon cou, pensa-t-elle. *Ficher le camp d'ici. Ces sorts sont dangereux ! Et si jamais les miliciens me trouvent à côté de toute cette magie, ils m'passeront la corde au cou.*

Mais Lara ne s'enfuit pas. Elle ne le pouvait pas. La musique des sorts, envoûtante, l'enveloppait d'une douce chaleur. Elle éprouvait une envie irrésistible de toucher l'une des fioles et, sans comprendre comment, elle se pencha et plongea le bras par l'ouverture secrète. Ses doigts effleurèrent les bouchons. Elle choisit l'un des plus petits flacons, qui avait la couleur de la mer un jour d'été. Elle le leva à la hauteur de son visage, et l'observa s'enrouler et se dérouler sur lui-même, étincelant de mille feux.

Soudain, sans crier gare, il s'embrasa. La lumière fut si vive qu'elle l'éblouit, et le verre devint brûlant. Elle lâcha la fiole qui éclata en morceaux en heurtant le sol. Lara resta immobile dans l'obscurité, aveuglée, suffoquant. L'air avait changé. Il était sucré et froid, et on entendait des craquements et des explosions.

Lorsqu'elle recouvra la vue, elle n'en crut pas ses yeux.

Des arbres et des plantes poussaient *à l'intérieur* du bateau, se frayant un passage entre les planches et se déployant dans la cale vide, remplissant peu à peu tout l'espace, formant bientôt une végétation si épaisse et si dense qu'on se serait cru en pleine forêt. La panique l'envahit. Elle retrouva ses esprits, grimpa à la hâte l'escalier en bois et refit surface.

Un homme se trouvait sur le ponton.

C'était une vraie montagne, et l'essentiel de son visage disparaissait derrière sa barbe rousse. Il se figea en apercevant cette gamine étrange sur son bateau.

Leurs regards se croisèrent. Pendant un instant, ni l'un ni l'autre ne surent comment réagir. Puis, sous les pieds de

Lara, les planches se soulevèrent et une branche surgit en plein jour, se couvrant rapidement de feuilles jaunes.

L'homme écarquilla les yeux, furieux, puis il se dépêcha de vérifier que personne, sur le port, n'avait remarqué ce qui se passait. Il se tourna ensuite vers elle, livide de rage.

— Ma *Libellule* ! Qu'est-ce. Que. Tu. As. Fait ?

— Euh…

Lara passa désespérément en revue son catalogue d'excuses toutes prêtes accumulées au fil des ans, en tant que glaneuse et voleuse occasionnelle.

— C'est pas moi, m'sieur ! J'passais, comme ça, quand j'ai vu une bande de garçons monter à bord de votre beau bateau. J'me suis dit, comme ça, « Ils ont des mauvaises idées derrière la tête, ceux-là », et je les ai virés d'là, mais ils avaient déjà fait pas mal de dégâts…

L'homme sortit de son manteau une baguette en bois équipée d'un barillet. Lara le regarda fouiller dans ses poches, pétrifiée. Il finit par en extraire une petite fiole, qu'il chargea dans l'instrument. Il s'avança d'un pas et pointa sa baguette en direction de la cale.

Lara saisit sa chance au vol. Elle fonça vers lui, réussit à esquiver la main qui tentait de l'attraper, s'élança sur la passerelle et traversa le port en courant sans oser se retourner.

La fin de Coton

— Bien joué, les gars. Pour un jour de r'prise après une inondation, on s'en tire plutôt pas mal…

Vince Coton et sa bande se tenaient en cercle dans les égouts sous la rue du Lait. Coton cracha une chique de tabac dans l'eau. À ses pieds se trouvait un sac de chanvre. Il entreprit d'en sortir les objets dérobés aux glaneurs qui avaient eu la malchance de croiser leur route ce jour-là.

— Tiens, Davo. Pour toi, John-John. Prends ça, Bouchon.

Des bruits de pas résonnèrent dans le tunnel et Coton interrompit sa besogne. Il fit un signe aux autres, qui brandirent leurs pinces-monseigneur, tandis que lui-même empoignait son couteau.

Un homme surgit de l'obscurité, grand, mince, vêtu de noir. Lorsqu'il aperçut la bande, il s'arrêta pour les dévisager. Coton trouva bizarre qu'il n'ait pas l'air le moins du monde effrayé.

Ça va pas durer! pensa-t-il.

— C'est pas une tenue pour glaner ! s'exclama-t-il avec mépris, en désignant les vêtements de l'homme.

Celui-ci ne prit pas la peine de lui répondre.

— Je cherche une boîte en bois, de cette taille à peu près. Je sais qu'elle est ici, dans les égouts. L'un d'entre vous l'aurait-il vue ?

Coton échangea un sourire avec ses camarades.

— Une boîte en bois, qu'tu dis ? Ça vaut cher, ça ?

L'homme ne répondit toujours pas. Il se contenta d'examiner leur visage, puis se pourlécha les lèvres.

— J'ai *très faim*.

Le glaneur pensa que cet olibrius avait dû s'évader d'un asile de fous.

— J'm'en tape, que t'aies faim. C'qui m'intéresse, c'est de d'venir riche. J'peux t'assurer qu'si je trouve ta boîte en bois dans un d'mes tunnels, ce qui est d'dans, ça m'appartient. En attendant, si tu veux rev'nir à la surface avec tous tes membres, tu f'rais bien d'vider tes poches.

L'homme se déplaça si vite qu'il parut soudain à plusieurs endroits à la fois. Brandissant un grand couteau, il virevolta au milieu de la bande et leur trancha la gorge tour à tour. Seul Coton resta debout. Il regarda fixement ses amis à terre, leur sang rougissant l'eau du canal. Il leva sa lame d'une main peu assurée.

La lueur de sa lampe à souffle-de-dragon vacilla et, soudain, il réalisa que l'homme ne projetait aucune ombre sur les murs des égouts.

Il bondit en avant et lui planta son poignard dans la poitrine. Sans le moindre effet.

L'homme se pencha.

Il ouvrit la bouche, plus grand qu'il n'était possible, plus grand, toujours plus grand, révélant des rangées et des rangées de dents aussi pointues que des aiguilles, et tout au fond, un gouffre noir béant.

Coton voulut crier, mais il se sentit aspiré hors de son corps – comme si la part de lui qui pensait, s'étonnait, riait, la part de lui qui était *lui*, était avalée. Il y eut alors un bruit de déchirure, et il ne lui resta que le froid, l'obscurité et une douleur infinie.

Jack Dombre regarda ce qui restait de son dernier repas sur le sol des égouts. Le corps de Coton était étendu, flasque, dans une position étrange. Sa peau paraissait flotter, comme si son squelette avait rétréci, et ses yeux inexpressifs ressemblaient à deux billes de marbre noir. Jack Dombre ramassa le sac en chanvre et passa en revue son contenu, puis il fouilla les poches de chacun des membres de la bande. Lorsqu'il fut certain que la boîte n'était pas dans le tunnel, il s'éloigna, laissant les quatre larrons servir de festin aux rats.

L'Étrangleur des égouts

Sur le chemin de l'Indigo se trouvait un célèbre pub qui s'appelait « La Souche pourrie ». Il avait autant de charme que son nom pouvait le suggérer. C'était le lieu de prédilection des glaneurs du coin et, lorsque Lara en poussa la porte ce soir-là, il n'était question que de l'horrible agression qui avait eu lieu ce même jour dans les égouts.

— Sans blague ? Tous les quatre ?

— Massacrés, à ce qu'on m'a dit, dans le tunnel sous la rue du Lait.

— Il paraît que c'est un gars tout seul qu'a fait ça. T'imagines ?

— Après, on peut pas dire, ils l'avaient bien cherché !

— Ça, j'vais pas les pleurer !

Lara fouilla des yeux l'épais brouillard de fumée de tabac jusqu'à apercevoir Joe Petitpied, assis avec Albert Coquart et Louis Le Pouce au fond de la salle. Joe, qui était en fonds, insista pour lui payer à boire et ne lui laissa pas le loisir de refuser.

— Ousque t'étais ? demanda-t-il. T'avais complètement disparu de la circulation, ces derniers jours…

C'était vrai ; après l'épisode sur le bateau, Lara s'était faite discrète. En temps normal, elle aurait raconté ce genre d'aventure à qui voulait l'entendre, mais si des bruits commençaient à se répandre sur des sorts interdits, des sorciers et de la contrebande, et que son nom s'y retrouvait mêlé, elle risquait d'avoir des ennuis avec la milice.

Elle versa dans son verre la bière épaisse, couleur de boue.

— J'ai été malade, mentit-elle, avant de changer de sujet : Qu'est-ce qui s'est passé dans les égouts ? C'est quoi, cette histoire dont tout le monde cause ?

Joe regarda les deux autres, qui haussèrent les sourcils.

— T'es pas au courant ?

— Faut croire que non, sinon j'demanderais pas.

— Des glaneurs se sont fait tuer, dit Louis. En bas dans les égouts. Par l'Étrangleur, qu'ils l'appellent.

Joe Petitpied avala une gorgée de bière.

— Sept morts pour l'instant.

Lara fit rouler dans sa bouche une gorgée aussi dense que de la soupe.

— Je parie que c'est encore Coton et sa bande, dit-elle avec amertume. Ils sont de pire en pire, mais là, ils vont carrément trop loin…

Elle s'interrompit en voyant l'expression de Joe.

— Quoi ? Qu'est-ce qui y a ?

— C'est pas Coton.

— Et comment que tu l'sais ?

— Parce qu'ils sont morts, intervint Albert Coquart. L'Étrangleur leur a fait la peau hier !

Lara s'adossa à sa chaise, oubliant la chope de bière qu'elle tenait à la main.

— T'es *sûr* ?

Les autres acquiescèrent.

— Y a deux glaneurs qui ont réussi à échapper à ce fou en faisant semblant d'être morts, reprit Joe. Ils racontent tous les deux la même chose : c'était un homme seul qui a fait le coup, il a surgi de nulle part. Et ils prétendent qu'il a pas d'ombre ! T'y crois, toi, Lara ? Apparemment, il pose des questions sur une boîte en bois…

Quelque chose fit tilt dans la tête de Lara. *Un homme sans ombre*. Où en avait-elle entendu parler ?

— On dirait une histoire de rev'nant, dit-elle, d'un ton qu'elle voulut convaincant.

En réalité, elle n'en menait pas large. En ce moment, elle avait l'impression que le monde qu'elle connaissait s'écroulait, qu'il devenait totalement hors de contrôle. D'abord, ça avait été son médaillon, puis la librairie, les sorts sur le bateau, cette musique étrange qui flottait dans l'air, et maintenant cette histoire d'Étrangleur ! C'était le pire de tout, parce que les égouts avaient toujours été un des rares endroits où elle se sentait en sécurité, là où elle trouvait refuge quand elle voulait fuir le monde.

— J'me demande ce qui y a dans cette boîte, dit Joe. Qu'est-ce qu'il peut bien chercher ?

— En tout cas, intervint Louis Le Pouce, ça doit être aussi précieux qu'un œuf de dragon.

Ils restèrent un moment pensifs, au milieu de cette foule embrumée, quand Joe les fit tous sursauter en s'exclamant :

— Bon sang ! J'ai failli oublier !

Il plongea la main sous la table, en tira un sac en papier brun et le poussa vers Lara.

— Qu'est-ce que c'est ? s'étonna-t-elle.

— Ouvre, tu verras.

Arrachant le papier, Lara découvrit une lampe à souffle-de-dragon munie d'une bandoulière en cuir, du genre de celles qu'utilisaient les glaneurs dans les égouts.

— Joe Petitpied ! Je t'avais interdit…

— Oh, ça va, Lara. Tu m'as sauvé la vie, c'est pas un bol de soupe qui va payer ma dette. Prends-la. Y a un dingue qui rôde dans les tunnels. On sait jamais, p't-être que la lumière de cette lampe te sauvera la peau.

Lara lui lança un regard noir, mais au fond d'elle, elle éprouvait à la fois de la reconnaissance et du soulagement ; un glaneur n'était rien sans sa lampe. Elle tourna la molette en cuivre, faisant jaillir une chaude lumière à l'intérieur du verre. Pendant une fraction de seconde, elle crut distinguer un oiseau dans la flamme. Mais lorsqu'elle regarda plus attentivement, il avait disparu.

Piégé

Une cuillérée de porridge s'écrasa lourdement dans le bol de Double Huit, formant une boule informe et fumante. Il fixa la pâte épaisse, puis leva les yeux vers l'homme imposant et sérieux derrière le comptoir, vêtu d'une toque et d'un tablier blanc. Un énorme furoncle ornait le bout de son nez, si proche d'exploser que Double Huit avait peur qu'il n'éclabousse de pus la marmite de porridge.

— Merci.

Il fit demi-tour et alla s'installer seul à l'une des longues tables du réfectoire. Des centaines de mages blancs, déjà assis, mangeaient et buvaient sans presque échanger une parole. Les menus se répétaient jour après jour : eau et porridge au petit déjeuner, pain et fromage à midi, ragoût de mouton au dîner.

Double Huit se mit à manger, se forçant pour avaler la pâte visqueuse. Il n'y avait pas d'éclats de voix ; les mages blancs ne nouaient pas d'amitié entre eux, car l'amitié implique d'ouvrir son âme à quelqu'un d'autre. Le silence n'était brisé que par le raclement des pieds des chaises sur le sol, le tintement des cuillères dans les bols, les bruits de mastication et de déglutition.

Le son familier de la cloche signa la fin du petit déjeuner. Double Huit longea le corridor principal et sortit. Une pluie drue tombait. Il releva sa capuche blanche sur sa tête et la maintint contre le vent, se dépêchant de traverser ces rues bordées de bâtiments sinistres.

Il n'y avait qu'une seule entrée au quartier des mages blancs, un imposant portail en fer forgé qui ouvrait deux fois par jour, le matin et le soir, pour les laisser se rendre aux manufactures. Le quartier étant entouré d'un mur de plus de quinze mètres de haut, il était impossible d'entrer ou de sortir sans passer par ce portail.

Double Huit rejoignit ceux qui patientaient déjà derrière les grilles, battus par la pluie. Les milliers de mages blancs formaient une foule compacte, mais aucun ne semblait avoir conscience de la présence des autres. Ils ne parlaient pas, ne souriaient pas, ne se regardaient pas. Le portail géant s'ouvrit en grinçant et ils s'engouffrèrent dans les rues du Havre-du-Roi.

Il était encore tôt et le reste de la ville dormait encore. Le royaume tentait de garder les mages blancs isolés du reste de la population, ce dont Double Huit était reconnaissant. Les rares fois où il avait marché dans la rue au milieu des gens, il avait reçu des regards froids et hostiles, assortis de commentaires blessants.

Ils ne voient pas en nous des personnes. Pour eux, on est des animaux – moins que des animaux, même.

La pluie redoubla. À croire que la nature avait soudain pris conscience de la couche de crasse qui recouvrait la ville et tentait de l'en débarrasser. Mais sous chaque couche de poussière s'en cachait une autre, et dans les gouttières se déversait une eau noire de suie.

Les mages blancs franchirent les portails des manufactures. Depuis un an – depuis que sa magie avait mûri et qu'il avait quitté l'école –, Double Huit avait passé chaque jour dans le même bâtiment. Rien ne changeait jamais. Il aurait pu faire le trajet les yeux fermés : passer les portes, puis longer le couloir qui menait à son poste de travail – une paillasse semblable à des centaines d'autres paillasses, sur laquelle était posé un chaudron. Alors que s'élevait le murmure monotone de la magie des mages blancs, Double Huit alluma un feu à l'intérieur du chaudron, comme chaque jour de la semaine. Puis il ouvrit les portes du placard sous la paillasse, en sortit des bocaux et des fioles, qu'il entreprit de peser et de compter.

Il fabriquait toujours le même sort.

Il savait pourtant qu'il en existait d'innombrables de par le monde et que les sorciers de Mages-du-Ponant en inventaient sans cesse de nouveaux, plus fous les uns que les autres. Mais les mages blancs produisaient les mêmes sorts jour après jour, lune après lune, année après année. Double Huit laissait parfois dériver son imagination et voyait presque des éclaboussures de couleur jaillir de son chaudron. Comme ce serait bon, juste une fois, de créer quelque chose de neuf qui ne serait pas répertorié, analysé, vidé de toute vie.

Naturellement, il avait toujours su qu'il ne devait confier ces pensées à personne. Même enfant, il avait compris que les autres ne partageaient pas ses envies. On leur enseignait que les émotions les rendaient faibles et que leurs pensées devaient être tendues vers un seul but : servir Mme Hester et le roi d'Argent. Il avait gardé son secret au plus profond de lui. Il avait le sentiment intime que quelque chose clochait chez lui, qu'il n'était pas normal. Depuis sa rencontre secrète avec la sorcière dans la blanchisserie, il s'était appliqué quelques gouttes du sort qu'elle lui avait donné chaque soir, mais il n'avait remarqué aucun effet. Il se demandait combien de temps encore il lui faudrait attendre avant d'être libre, et s'il serait prêt le moment venu.

Le travail de Double Huit – identique à celui des mages blancs de son atelier – consistait à fabriquer le sort qui transformait le papier en papier ensorcelé. C'était un sort assez simple à produire. Tout d'abord, Double Huit prenait une feuille de papier et suivait les instructions du *Manuel de sorts du royaume d'Argent* (rédigé par Mme Hester) en recopiant soigneusement une série de symboles : L'oiseau, le cœur, la boussole et le nuage.

Lorsqu'il avait fini, il prenait la feuille et la plaçait au milieu des flammes du chaudron, où elle se recroquevillait en noircissant. Il ajoutait ensuite les autres ingrédients nécessaires – une goutte de clair de lune distillé ;

une cuillérée de poudre de plumes d'aigle; l'aiguille d'une boussole.

Venait alors la partie la plus importante du processus: la prière du mage. Double Huit prononçait les mots d'une voix douce et respectueuse.

« *Né de l'esprit, né des flammes d'or,*
Né du désir de la Terre-mère,
Use avec sagesse et délicatesse
De mon cœur, mon sang, mon offrande, mon sort. »

Une étincelle fusait. Le chaudron vibrait, se remplissait de volutes de fumée violette. Avec des gestes rapides et efficaces, Double Huit sortait une série de fioles identiques, qu'il remplissait de quelques gouttes du sort qu'il venait de créer, jusqu'à ce que le chaudron soit vide. Il rangeait toutes les fioles dans une caisse tapissée de paille et sonnait la cloche au bout de son poste de travail. Une minute plus tard, une vieille femme arrivait avec un chariot. Elle posait la caisse avec d'autres caisses qui seraient toutes bientôt privées de couleur. Puis elle s'éloignait sans avoir jeté un regard à Double Huit ni avoir prononcé un mot.

C'était ainsi que se déroulaient toutes ses journées depuis un an environ.

Il ne le savait pas encore, mais ce jour-là serait très différent.

Ce jour-là allait tout changer.

L'heure de midi approchait et Double Huit était content de son travail ; il avait réussi à produire huit séries de sorts, soit une de plus que sa moyenne habituelle. S'essuyant le front de la main, il entendit son estomac gargouiller. C'est alors qu'il remarqua deux mages blancs qui s'approchaient de sa paillasse.

C'étaient des hommes corpulents, l'un à la peau brune et au crâne rasé, l'autre à la peau si pâle qu'elle était presque bleue et à la tignasse grise et hirsute.

Ils s'arrêtèrent devant son poste et le dévisagèrent des pieds à la tête.

— Huit-Huit-Cinq-Quatre-Sept-Six ? interrogea l'homme à la peau brune, utilisant son nom entier.

Le mage blanc acquiesça, la gorge soudain sèche.

L'homme pâle sortit sa baguette. Avant que Double Huit ait pu réagir, il la pointa vers lui. Une des fioles du barillet étincela.

Une douleur fulgurante lui traversa le crâne. Il voulut crier, mais tout tournait autour de lui, et il sombra dans les ténèbres. Il perdit connaissance avant même de toucher le sol.

La cage à âme

— Réveille-toi, mon mignon. Voilà, c'est ça…

Double Huit gémit, ébloui par la vive lumière qui pénétrait par l'étroite fenêtre. Lorsqu'il voulut bouger, il découvrit qu'il était attaché sur une chaise, pieds et mains liés. La panique le prit à la gorge, et il laissa échapper un cri terrifié.

Une main se posa sur son épaule. Puis la personne qui se tenait debout derrière lui contourna la chaise pour lui faire face. Quand il vit son visage, il écarquilla grand les yeux, tandis que ses ongles griffaient les accoudoirs.

Tous les mages blancs la connaissaient pour l'avoir vue et revue, sur des affiches, des tableaux ou encore dans leurs manuels. C'était Mme Hester, la Grande Mage du roi, cheffe des mages blancs du monde entier.

— Ne dis rien, dit-elle en portant un doigt à ses lèvres rouges et charnues. Pas un mot, sauf si je te pose une question.

Double Huit parvint péniblement à acquiescer. Il tremblait de tout son corps ; jamais il n'avait éprouvé une peur aussi profonde.

— Tu as peut-être entendu dire, reprit Mme Hester, que nous avions un petit souci. Des mages blancs qui s'enfuient avec l'aide des sorciers de Mages-du-Ponant. Je trouve ça ignoble. Vous êtes nourris, pourtant, non ? Vous vivez en sécurité, n'est-ce pas ? Vous avez un lit et un travail. N'est-ce pas vrai ?

À nouveau, Double Huit réussit à acquiescer. Une peur froide lui nouait l'estomac.

Mme Hester plongea la main dans ses robes blanches et en sortit une petite fiole scintillante. Double Huit faillit vomir. C'était le sort de sorcier qu'il avait caché sous la latte du plancher.

— Un mage loyal de ton dortoir t'a dénoncé, continua Mme Hester.

Elle leva la fiole et regarda le sort s'enrouler sur lui-même, puis elle sortit sa baguette en bois sombre et lustré. Un sort vert menaçant s'agitait dans une des chambres du barillet.

— Qui t'a donné ce sort de sorcier ?

Double Huit tremblait maintenant si fort que la chaise vibrait. Il secoua la tête.

— Je… je sais pas. Je… j'ai je-jamais vu son visage.

Mme Hester s'approcha, puis planta sur lui un regard si terrible qu'il sentit sa gorge se nouer. Elle était d'une beauté saisissante, mais il sentait que ce n'était qu'un masque et qu'en dessous se cachait quelque chose de pourri.

— Tu ne l'as je-jamais vu ? se moqua-t-elle.

Elle leva sa baguette et l'agita. Le sort étincela dans la fiole, puis une volute verte sortit du bout de la baguette et se transforma en un cobra fumant. Le serpent se dressa avant de fondre sur Double Huit à une vitesse foudroyante et de lui planter les crochets dans la main. Il poussa un cri de douleur et de terreur. Le venin du serpent lui déchirait le ventre. Il n'était plus que souffrance, chaque fibre de son corps brûlait et était réduite en cendres. Il aurait voulu mourir, mourir et laisser la douleur derrière lui…

Mme Hester retira sa main et le serpent lâcha prise.

— Je repose ma question : qui t'a donné ce sort de sorcier ? Qui a voulu t'aider à fuir ?

Les larmes lui brouillaient la vue. La douleur avait disparu. Il vit que sa peau ne portait pas la moindre marque. Il laissa échapper un sanglot.

— Je le jure sur la Terre-mère ! J'ai jamais vu son visage ! Je sais pas…

À nouveau, le serpent referma ses crochets sur sa main, et son ventre s'enflamma.

Il s'entendit hurler.

Laissez-moi mourir, pensa-t-il. *Que tout s'arrête.*

À nouveau, le serpent recula.

Il le mordit encore cinq fois.

Mme Hester observait avec intérêt Double Huit crier et se tordre, ses veines saillant sur son visage, son cou et ses mains.

À peine conscient, il l'entendit dire : « Très bien, je te crois. Tant pis. Nous le trouverons de toute façon. »

Le serpent lumineux s'évapora et des larmes coulèrent sur le visage de Double Huit, envahi par un mélange déroutant de soulagement et de terreur.

Mme Hester disparut dans la pénombre. Elle revint avec une cage à oiseaux dont les barreaux n'étaient pas en fer, mais faits d'un matériau surnaturel, argenté, comme des fils de clair de lune tissés. À l'intérieur se trouvait une chose plus étrange encore. Au premier regard, Double Huit crut que c'était une créature ailée, toute de lumière dorée. Mais plus il l'observait, moins il était capable de dire ce qu'il avait sous les yeux. Cette chose éthérée suscitait en lui de la joie, mais aussi de la nostalgie et un lourd chagrin.

— Tu sais ce que c'est?

Double Huit sut, tout à coup – avec la même certitude qu'il savait que le ciel était bleu et la mer composée d'eau.

Cette chose, dans la cage, n'était pas une créature. C'était une part de lui-même.

Double Huit regardait son âme.

— C'est ça, confirma Mme Hester, tandis qu'un désir désespéré s'emparait de lui. Ton âme m'appartient. Comme celle de tous les mages blancs.

Elle se frappa le front, les sourcils froncés, et, pendant une fraction de seconde, il crut voir son vrai visage, vieux et flétri. Puis elle lui effleura la poitrine du bout de sa baguette.

Il ferma les yeux, s'attendant au pire.

Mme Hester, cependant, ne lui jeta pas de sort.

— Je pense que j'ai dû en laisser un petit morceau là-dedans. C'est pour ça que tu rêves d'être libre.

Elle se pencha si près que leurs nez se touchaient presque. Il sentit dans son haleine un léger relent de maladie et de mort.

— Mais tu ne seras jamais libre. Je pourrais te la prendre maintenant, tu sais. T'arracher ce qui te reste. Ce serait facile. Et quel plaisir de voir mourir cette lueur dans tes yeux, de voir disparaître toutes tes stupides envies de liberté !

— Je vous en supplie, murmura Double Huit.

À travers ses larmes, il vit la lumière de son âme rayonner en un kaléidoscope de couleurs.

Mme Hester se redressa.

— Mais je ne vais pas le faire, je ne vais pas te prendre ce qui reste de ton âme. Sais-tu pourquoi ?

Elle caressa les étranges barreaux lumineux de la cage.

— Lorsqu'un mage blanc meurt, s'il a été un serviteur loyal, je libère son âme. Cela permet à Alice Grise de la guider à travers le désert des Os jusqu'à sa nouvelle vie. Mais un traître… un traître ne mérite pas d'être libéré par la mort. Non, tu vas servir d'exemple. Les mages blancs vont voir quel sort je leur réserve, aux traîtres. Je vais te faire pendre place de la Faucheuse. Et lorsque tes jambes auront cessé de remuer, je mettrai ton âme au vu et au su de tous. Tu resteras pour toujours coincé entre la vie et la mort. Ah ! on verra combien d'entre vous auront envie de fuir, après ça !

Elle se pencha pour essuyer les larmes de son visage et il sentit à nouveau cette odeur de pourriture.

— Regarde les choses du bon côté. La plupart des mages blancs vivent et meurent sans laisser de trace. Demain, Double Huit, tu vas devenir célèbre.

La corde du pendu

Ce que Lara appréciait le plus, dans son grenier sous les toits de l'opéra, c'était le silence. Dans une ville à l'activité incessante, qui bourdonnait comme une ruche, le silence était un luxe rare.

Lorsque qu'elle se réveillait, Lara savait ce qui l'attendait avant même d'ouvrir les yeux. Le chant des oiseaux sur le toit annonçait une belle journée ensoleillée, tandis que l'appel lointain des cornes de brume signifiait qu'un épais brouillard s'étendait sur la ville. Parfois, en hiver, elle s'éveillait au doux bruit étouffé des flocons.

Depuis plusieurs jours, c'était avec le crépitement régulier de la pluie d'été. Mais ce matin-là, lorsqu'elle émergea du monde des rêves, le murmure de la pluie s'était tu et un bruit inhabituel remplissait le silence.

Des clameurs au loin.

Des cris.

Des insultes.

Alors qu'elle se débarrassait des dernières bribes de sommeil, Lara prit conscience que les voix obéissaient à un rythme, comme un battement de tambour.

La foule scandait le même mot en boucle…

SOR-CIER !

SOR-CIER !

SOR-CIER !

Elle s'habilla rapidement, attrapa son médaillon sous son oreiller et le passa autour de son cou avant de le glisser sous sa chemise. Elle dévala les escaliers dans le silence de l'opéra désert, sortit par une porte dérobée et se faufila dans la ruelle. Quelques secondes plus tard, elle débouchait dans l'avenue des Dieux.

Elle avait déjà assisté à des pendaisons de sorciers et elle détestait ça, comme elle détestait toute cruauté envers les êtres vivants. Des sorciers se cachaient à travers le royaume pour les espionner, du moins c'est ce qu'on disait. D'après les lois du roi, c'étaient de dangereux criminels, et pourtant Lara n'en avait jamais eu la preuve. Les délations étaient encouragées, et tout sorcier arrêté se voyait offrir la chance de se convertir pour devenir un mage blanc. Mais s'il refusait, c'était la potence, et ces pendaisons réveillaient les instincts les plus bas du peuple. À la simple vue d'un sorcier, des gens apparemment normaux se transformaient en fous furieux.

Ils étaient des centaines dans la rue. Lara se fraya un passage à travers la meute, choquée par les cris qu'elle entendait autour d'elle.

— Pendez-le !

— Écorchez-le !
— Au bûcher !
— Écartelez-le !

Lara joua des coudes pour gagner les premiers rangs. La procession se dirigeait vers la place de la Faucheuse. C'était le cirque habituel : un bouclier de miliciens en uniforme noir suivis par deux énormes cœurs-de-fer qui tiraient une lourde cage sur roues. À l'intérieur de cette cage se trouvait le sorcier.

Sauf que cette fois, ce n'était pas un sorcier.

Lara écarquilla les yeux, incrédule.

C'était un mage blanc ! Ils avaient enfermé un des leurs ! Son cerveau n'arrivait pas à accepter ce qu'il voyait, tellement c'était incroyable. Le mage n'était encore qu'un enfant de quatorze ou quinze ans ; il était maigre, le visage pâle comme de la farine, les yeux cachés sous des cheveux hirsutes… Il paraissait terrifié. La foule le bombardait de fruits pourris, de cailloux ou de poignées de boue. Une pierre l'atteignit sous l'œil, et le sang gicla.

Regardez-vous, pensa Lara en fixant les gens autour d'elle avec une envie de vomir. *Bande de brutes !*

La procession se déversa sur la place de la Faucheuse tout en continuant à chanter, à crier et à proférer des insultes, jusqu'à s'arrêter face au palais, devant une estrade en pierre où avait été dressée une unique potence. Les miliciens encerclèrent le chariot et firent sortir le petit mage avant de le tirer vers les marches, couvert de boue, de crotte, de poisson pourri et de légumes.

— Traître ! cria la foule.

— Étripez-le !

— Donnez-le à bouffer aux chiens !

Lara ne pouvait quitter des yeux les miliciens, qui entraînaient de force le garçon vers la potence et lui passaient la corde autour du cou.

Une certaine agitation, près des hautes grilles du palais, attira l'attention de la jeune fille. Une femme se dirigeait vers l'estrade. Lara n'avait vu Mme Hester, la Grande Mage du roi, qu'à de rares occasions, car celle-ci restait la plupart du temps calfeutrée entre les murs du palais, avec les gens de la haute société. Mais il était difficile d'oublier ses cheveux dorés et sa peau parfaitement lisse, tout comme l'étrange énergie qui se dégageait d'elle.

Mme Hester avait fait réunir tous les mages blancs de la ville derrière les grilles, dans l'enceinte du palais ; ils patientaient en rangs, silencieux, et la suivaient du regard tandis qu'elle gravissait une à une les marches de l'échafaud. Elle considéra un instant le pauvre garçon, puis sortit sa baguette et en effleura furtivement ses propres lèvres. Un sort étincela dans la chambre du barillet, et, lorsque Mme Hester éleva la voix, elle retentit avec force sur la place, magiquement amplifiée.

— Mes amis ! Il n'y a pas plus simple que le rôle d'un mage blanc : il doit servir le royaume d'Argent. Il doit être à *votre* service. Sa mission est de fabriquer des sorts conformes aux directives royales, qui vous garantissent à tous une longue vie prospère et qui permettent au royaume de garder le contrôle de ses nombreux territoires.

Elle fit une pause.

— J'ai apporté mes mages blancs au royaume d'Argent il y a maintenant quatre cents ans. J'ai servi tous vos rois et vos reines, et ensemble, nous avons bâti le plus grand empire que le monde ait jamais connu. Dans chaque territoire nouvellement conquis, nous avons pourchassé les sorciers, mais ils sont toujours là. Ils continuent à nous espionner !

À la mention des sorciers, la foule cracha et siffla. Mme Hester leva la main. Instantanément, le silence retomba sur la place. Elle fit signe à un homme qui attendait au pied des marches. Il monta alors sur l'estrade, portant avec précaution un objet recouvert d'un voile de soie rouge. La Grande Mage du roi, qui semblait tirer un malin plaisir de cette scène, le lui prit des mains et tira sur le tissu d'un geste théâtral…

… Double Huit cligna des paupières. Sa coupure sous l'œil perdait toujours du sang et la corde lui entaillait la peau du cou. Il était épuisé, fourbu, couvert de bleus, et la puanteur des ordures qui couvraient ses vêtements lui soulevait le cœur.

Il bougeait à peine, les pieds et les mains liés, les yeux baissés, refusant de regarder la foule ; jamais il n'avait vu autant de gens réunis en un même lieu, et l'idée que tous ces gens étaient venus le voir mourir fit remonter les larmes.

Un frémissement traversa la place. Il leva alors les yeux et découvrit que Mme Hester tenait la petite cage aux barreaux couleur de lune.

— Lorsqu'un mage blanc vient au monde, reprit-elle en direction de la foule, il nous donne son âme. Il *vous* donne son âme ! Ce mage que vous voyez là a lui aussi donné son âme. La voici, dans cette cage. Mais il a voulu nous abandonner. Il a cherché à s'enfuir. Aussi est-ce mon… *triste* devoir de faire de lui un exemple. Sachez-le, mes amis : les mages blancs ne vous abandonneront jamais. Ils ne vous déserteront jamais !

Elle se tourna ensuite vers le palais pour s'adresser à l'assemblée des mages.

— Retenez-le bien, mes mages blancs : si vous tournez le dos au royaume, je vous retrouverai et vous ferai pendre. Et quand vous mourrez, je garderai votre âme pour que vous erriez éternellement entre la vie et la mort…

Les cris fusèrent. La clameur était si vive que Double Huit la sentit passer sur lui comme une vague. Puis un roulement de tambour se fit entendre, lent et régulier, et la populace se tut, dans l'attente.

Le bourreau s'avança, le visage dissimulé par une cagoule noire.

Double Huit aurait aimé être courageux, garder la tête haute, respirer lentement et contempler le ciel une dernière fois. Mais le courage lui fit défaut. La peur le tenait en étau et il se sentait immensément seul. De nouvelles larmes lui remplirent les yeux et se mêlèrent au sang.

Il cligna face à la foule qui réclamait sa mort, cette mer de visages distordus par la rage.

Et soudain, son regard tomba sur un visage qui n'exprimait ni colère ni haine.

La peau brune de la fille semblait luire au soleil et ses grands yeux sombres et intelligents le fixaient avec tant de honte et de tristesse qu'il ne put s'en détourner. La froide solitude qui habitait son cœur se réchauffa un peu. C'est alors que la fille fit quelque chose d'inattendu et de merveilleux qui, pour Double Huit, valait tout l'or du monde…

… Lara lui sourit.

Elle n'aurait pas su expliquer pourquoi, elle savait seulement qu'à sa place, si elle avait eu la corde autour du cou, elle aurait préféré que le dernier visage qu'elle voie avant de mourir reflète de la douceur plutôt que du mépris.

Pourquoi ce garçon devait-il mourir ? Parce qu'il avait désiré être libre ? Si elle avait été condamnée à une vie entière de servitude et qu'on lui avait offert une chance de s'enfuir, elle l'aurait saisie elle aussi. Et si les sorciers avaient voulu l'aider à retrouver sa liberté, ils ne pouvaient être tout à fait mauvais…

Le roulement de tambour accéléra.

Lara se cacha les yeux et surveilla la scène entre ses doigts. D'un instant à l'autre, le bourreau allait tirer le levier qui actionnait une trappe sous les pieds du garçon. S'il avait de la chance, son cou se briserait d'un coup net, mais elle avait déjà assisté à des pendaisons horribles où le pauvre gars s'agitait dans tous les sens au bout de la corde, les yeux injectés de sang, s'étouffant lentement.

Le bourreau tendit la main vers le levier.

Un éclair de lumière zébra soudain le ciel.

— Regardez ! Là-haut !

— Y a des gens sur les toits !

— Qu'est-ce qui se passe ? Qu'est-ce qu'ils font ?

Si Lara ne les avait pas vues elle-même, elle ne l'aurait pas cru : deux personnes se tenaient effectivement debout sur un toit voisin. Des panaches de fumée noire fusaient de leurs baguettes, formant un nuage au-dessus de la place. Puis celui-ci roula sur lui-même et changea de forme : des ailes se déployèrent et une tête couverte d'écailles surgit, aussi grande qu'un chariot.

— Un dragon ! cria une voix dans la foule.

— Dis pas d'bêtises ! C'est que d'la fumée !

— C'est les sorciers !

— D'la magie d'sorcier !

— Courez !

Une puissante détonation retentit et la peur se répandit dans la foule comme une traînée de poudre. Le nuage avait éclaté, laissant place à un dragon de feu qui battait des ailes et crachait des rafales d'air brûlant.

Lara eut l'impression que tout se déroulait au ralenti. Elle regarda ce qui se passait comme si c'était un rêve, ou la vie de quelqu'un d'autre. La panique. Les cris. Le chaos. Des gens étaient à terre, d'autres tombaient et se faisaient piétiner…

Le dragon de feu rugit, puis vola en cercle au-dessus du palais et fondit en piqué vers la place de la Faucheuse. Lara se jeta sur le sol, certaine qu'il allait les écraser ou les brûler, et qu'elle allait mourir. Mais, arrivé à un mètre au-dessus des têtes, il se cabra. La chaleur, intense, était suffocante. Lara se releva tant bien que mal, puis tendit la main à sa voisine – une bourgeoise.

— Fuyez ! lui conseilla Lara. FUYEZ !

Le dragon de feu forma de nouveau un cercle, puis rasa la foule, qui se dispersa comme des feuilles poussées par le vent.

Il ne blesse personne, réalisa Lara.

Ce n'était pas une attaque. C'était une *diversion.* Elle se retourna vers la potence et vit le nœud de la corde se balancer dans le vide. Le mage avait disparu. À côté, la Grande Mage du roi vidait fiévreusement une fiole dans le barillet de sa baguette, avant de tendre le bras vers le ciel.

Une longue langue de flammes jaillit de sa baguette et se transforma en serpent. Celui-ci affronta le dragon au-dessus des rues. Il s'enroula autour de lui et les deux créatures de feu s'effilochèrent jusqu'à disparaître, ne laissant que des traînées de fumée.

Les gens se remirent sur leurs jambes, tout en levant vers le ciel des yeux stupéfaits.

Lara pensa qu'il valait mieux déguerpir. La milice allait vouloir faire payer quelqu'un, n'importe qui, et en tant qu'habitante du bidonville, elle ferait une coupable idéale.

Elle se fraya un passage à travers la place et s'engagea sur le pont de l'Os qui menait au bidonville et aux égouts, en quête d'un endroit qui ait encore un semblant de réalité.

*

Debout près de la potence, Mme Hester, essoufflée, scrutait frénétiquement la place remplie de fumée. Elle se dirigea à grands pas vers la potence vide, attrapa la corde et examina les toits des maisons alentour. Aucune trace des sorciers. L'inquiétude se répandit dans les régiments de mages blancs. Bien que Mme Hester les ait privés d'âme et qu'ils ne puissent rêver ni de bonheur ni de liberté, ils n'étaient pas pour autant immunisés contre la peur. Or, rien n'était plus terrifiant que la fureur de Mme Hester.

Les yeux fous, elle traversa l'estrade et ramassa la cage qui, dans le chaos, s'était renversée. L'âme était toujours là. Ils n'étaient pas parvenus à la libérer. Mais ils avaient utilisé leur maudit sort d'évasion sur le garçon et l'avaient ridiculisée devant toute la ville, devant ses propres mages ! Mme Hester leva les yeux vers le ciel et poussa un hurlement de rage. Puis elle partit d'un pas résolu vers le palais.

L'Infinuit

Sur le chemin du palais, Mme Hester tua trois mages blancs en mettant le feu à leurs boyaux. Ils moururent en se tordant sur le sol et en hurlant. La colère et la haine la consumaient. L'exécution de ce matin aurait dû être une démonstration de force, afin d'étouffer chez ses mages blancs tout désir de liberté. Au lieu de quoi, les sorciers l'avaient humiliée et l'avaient fait paraître faible. Pire encore, ils la faisaient douter d'elle-même, ce qui ne lui était jamais arrivé. Combien d'erreurs avait-elle pu commettre ? Combien de mages blancs avaient gardé en eux un morceau de leur âme ? Après ce spectacle, elle craignait qu'un nombre toujours plus grand d'entre eux ne rêve d'évasion. Elle ne pouvait laisser une telle chose arriver. Elle ne pouvait pas se le permettre. Le roi commençait à s'inquiéter ; si ce nigaud décidait de se débarrasser d'elle, elle n'aurait pas d'autre choix que de le tuer – ce qui ne ferait que compliquer ses affaires.

Non. Elle ne laisserait pas ses plans – l'œuvre d'une vie – être ruinés sous ses yeux. Elle devait éradiquer

Mages-du-Ponant et prendre le contrôle de l'Arbre-mère afin d'aspirer la magie directement de la Floraison.

Elle grimpa dans sa tour, ouvrit les portes d'un coup de pied et envoya plusieurs fioles se briser contre le mur. Puis elle prit l'urne et en ôta le bouchon. Lorsque Jack Dombre apparut à ses côtés, il contempla son visage défiguré par la haine.

— Aurais-je raté quelque chose ?

— C'est maintenant, je l'exige.

— Quoi ?

— Je veux que l'Infinuit soit relâchée. Tout de suite !

— Tout de suite ? Vous êtes sûre que c'est une bonne idée ? Nous n'avons pas encore le Dernier Sort.

— Ça ne saurait tarder, d'après ce que tu m'as dit.

— Quand bien même, il vaudrait mieux attendre. Si vous relâchez l'Infinuit sans pouvoir en reprendre le contrôle…

— Non, j'en ai assez d'attendre. C'est maintenant !

Elle fondit sur lui, le visage éclairé par sa baguette. Une étrange folie dansait dans ses yeux.

— Les sorciers m'ont ridiculisée devant toute la ville ! Ils m'ont fait paraître faible devant mes mages blancs ! Je ne peux pas le tolérer plus longtemps ! Je veux qu'ils périssent. Tous. Et lorsque l'Infinuit descendra sur eux, je veux qu'ils sachent que c'est Mme Hester qui la leur a envoyée ! Emmène-moi là-bas, maintenant.

— Maintenant ? Vous ne voulez pas vous reposer d'abord ? C'est à deux jours de vol.

— Non. Je ne veux pas voler. Je veux que tu m'y emmènes autrement. À la façon des djinns.

Jack Dombre secoua la tête.

— Vous pouvez y laisser la vie…

— Bien des choses auraient dû me tuer depuis longtemps. Je suis coriace. Fais-le.

Jack Dombre s'avança et l'entoura de ses bras. Ils restèrent enlacés un moment, mal à l'aise, puis un tourbillon les enveloppa comme un cocon.

Lorsque le cocon les relâcha, ils étaient sur la rive d'un lac noir, sous un ciel constellé d'étoiles. L'air était glacial et une couche de givre faisait scintiller le paysage. Au milieu du lac se dressait une petite île rocheuse. Mme Hester connaissait ce lieu : Jack Dombre l'y avait souvent amenée en esprit.

La tête lui tourna. Les étoiles dansaient et dessinaient des traînées dans le ciel. Elle tomba à genoux, le souffle court, vomit et vit qu'elle avait craché du sang. Jack Dombre voulut l'aider à se relever, mais elle le repoussa et se redressa sur ses jambes chancelantes.

— J'ai l'impression… d'avoir éclaté en un milliard de petits morceaux, puis de m'être reconstituée ensuite…

Il acquiesça.

Elle tendit le doigt vers lui.

— Tu as intérêt à avoir tout remis à la bonne place. Quoi, qu'est-ce qu'il y a ? Qu'est-ce que tu regardes ?

— Vous avez un peu vieilli, répondit Jack Dombre.

Mme Hester regarda ses mains. Sa peau jeune et laiteuse était devenue plus fine. Elle s'approcha du lac, chargea un sort de lumière dans sa baguette et observa son reflet sur l'eau immobile ; elle avait à présent des pattes-d'oie et des rides sur le front. Des fils argentés s'étaient glissés dans ses cheveux. La jeunesse volée à la jeune femme dans la tour s'évaporait déjà, sans doute à cause de l'énergie qu'avait exigée le voyage. Il y a des années, cela ne lui aurait pas coûté le moindre effort. Mais maintenant… elle était devenue si terriblement vieille. Et garder toutes ces âmes de mages blancs consumait une grande part de ses forces.

Il fallait qu'elle passe à l'action avant qu'il ne soit trop tard. Cela faisait si longtemps qu'elle vivait loin de l'Arbre-mère, ne s'abreuvant qu'à la magie diffusée par les fleurs de la Floraison, qui se diluait en se répandant dans le monde. Quel ne serait pas son pouvoir si elle contrôlait la source même de la magie ! Si elle pouvait marcher au cœur de la Floraison et la sentir tout autour d'elle…

Mme Hester plongea la main dans ses poches, chargea une autre fiole dans le barillet de sa baguette et envoya le sort vers le lac. Lorsqu'il toucha l'eau, un mince pont de glace se forma jusqu'à l'île rocheuse. Mme Hester s'élança sur le pont, Jack Dombre sur ses talons. Arrivée sur le piton rocheux, elle entreprit de grimper la pente abrupte.

— Où est-elle ?

— Je ne sais pas exactement. Je sais juste qu'elle est ici.

— Maudit manteau ! pesta-t-elle.

Son long manteau de mage s'était pris dans la roche. Plusieurs fioles tombèrent de sa poche et se perdirent dans l'obscurité.

— Tant pis. Regarde !

Ils se hissèrent plus haut – le rocher était bien plus élevé qu'il ne le paraissait depuis la rive – et s'arrêtèrent à mi-parcours, sur un replat où se laissait deviner une ouverture.

Respirant avec difficulté, Mme Hester chargea un sort de lumière. Il était si puissant qu'il l'éblouit, mais elle n'en avait cure. Elle s'avança vers l'ouverture et plongea le regard à l'intérieur.

— Des marches. Viens.

C'était en effet un escalier taillé grossièrement dans la roche, avec des marches inégales, parfois inclinées. Ils s'enfoncèrent profondément sous terre, jusqu'à une salle située sous le lac. Une odeur de renfermé, humide et aigre, flottait dans l'air. Lorsque Mme Hester voulut s'appuyer sur la paroi, elle réprima un mouvement de dégoût tant elle était gluante.

— Quel est ce bruit ?

Dans l'obscurité, au-delà du cercle de lumière de la baguette, leur parvenait un bruit de respiration régulière.

— Qui est là ?

Elle se tourna vers Jack Dombre.

— Qui est là ?

— Je ne sais pas.

Mme Hester prit les quelques fioles qui lui restaient et les chargea dans le barillet de sa baguette. Alors qu'elle avançait dans la grotte, son regard furetait dans le moindre recoin. Elle finit par s'arrêter, pencha la tête sur le côté et plissa les yeux, comme si elle ne pouvait pas croire ce qu'elle voyait.

Tout au fond, un vieillard roupillait sur une chaise en bois. Sa barbe était si broussailleuse et ses cheveux si longs qu'on distinguait à peine son visage : seule sa bouche ouverte était reconnaissable au milieu des poils hirsutes et sales. Il était vêtu d'un long manteau de mage et sur ses genoux était posée une très jolie baguette au barillet en argent richement orné.

Mme Hester regarda Jack Dombre, qui haussa les épaules. Elle lui fit signe de s'écarter. Il obéit et s'enfonça dans la pénombre. Puis elle s'avança, ramassa la baguette du vieillard et lui donna une taloche dans le menton.

Il se réveilla en sursaut, regarda autour de lui avec stupeur, puis aperçut Mme Hester et tenta de se lever. Mais il était si vieux que l'effort l'épuisa.

— Qui êtes-vous ? lui demanda la mage du roi.

Il ouvrit la bouche.

— Flaahrghensht fwoop.

Mme Hester le regarda sans comprendre.

— Quoi ?

— Longki-yopdoudlepip !

— Pardon ?

Le vieillard secoua la tête avec force. Il enfonça vigoureusement le doigt dans son oreille comme s'il se raclait le cerveau pour le réveiller.

— Fwaaaa. Hhhnnnggggg.

Il cligna des yeux.

— Je s-suis désolé. Je n'ai pas… parlé depuis… oh, ça doit bien faire neuf cents ans, maintenant. J'ai un peu oublié comment on s'y prend.

Il se redressa comme il put et ajouta, d'une voix étonnamment grave et impérieuse :

— Pourquoi êtes-vous ici ? Que voulez-vous ?

Mme Hester essaya de rester calme, malgré son cœur qui tambourinait dans sa poitrine.

— l'Infinuit, naturellement.

Le vieillard prit un air grave.

— Qui êtes-vous ?

— Je m'appelle Mme Hester. Je suis la cheffe des mages blancs.

— Les mages blancs ? Qu'est-ce qu'un mage blanc ?

— Le monde a changé depuis que vous êtes descendu ici. Il y a eu une guerre civile entre deux groupes de mages. Maintenant, il y a les sorciers, qui se sont emparés de Mages-du-Ponant, et les mages blancs, qui voudraient le reprendre.

— Tout ça ne me regarde pas, dit le vieillard. Tout ce qui m'importe, c'est l'Infinuit.

Son expression devint tourmentée et ses yeux semblèrent s'enfoncer plus profondément dans leurs orbites.

— Vous n'imaginez pas sa puissance. On dit que Dame Lumière elle-même l'a enfermée aux Enfers pendant la guerre des dieux. Lorsque les mages l'ont involontairement libérée il y a mille ans, c'est Sam Faucon, le plus grand mage de tous les temps, qui l'a re-capturée. Après quoi, il m'a envoyé monter la garde pour la surveiller. C'est ce que j'ai fait, et je continuerai jusqu'à mon dernier souffle.

Jack Dombre s'avança dans la lumière. Le vieillard leva les yeux vers lui, puis les baissa vers le sol, où Jack ne projetait aucune ombre.

— Un djinn, murmura-t-il d'une voix rauque. Un *vrai* djinn ?

Mme Hester brisa la baguette de l'homme sur son genou. Il porta la main à sa poitrine dans un gémissement.

— Ne faites pas ça. Si vous relâchez l'Infinuit, elle engloutira toute bonté, toute lumière, toute joie. Vous n'avez pas idée de ce dont elle est capable ! Vous ne pourrez pas la retenir !

Mme Hester se pencha pour lui déposer un baiser sur le front.

— Tu as mérité un peu de repos, va. Dors bien.

Elle fit un signe de tête à Jack Dombre, qui sortit sa lame. Un instant plus tard, la vie quittait le vieillard, un homme parmi les plus forts de son temps, qui était resté fidèlement à son poste pendant presque mille ans.

Lorsqu'il eut poussé son dernier soupir, un grondement profond secoua l'île. Mme Hester et Jack Dombre vacillèrent. Des morceaux de roche tombèrent du plafond et se brisèrent par terre. La poussière accumulée pendant mille ans se souleva et se dispersa, pour révéler un sceau gravé dans le sol : un anneau constitué de branches entrelacées qui figurait, au centre, un oiseau en plein vol.

Lorsque le grondement cessa, la mage se campa devant le sceau.

— Vous êtes sûre ? s'enquit Jack Dombre.

Mme Hester tenta d'immobiliser ses mains agitées de tics nerveux. Elle sentait une puissance ancienne gronder sous ses pieds et, pour la première fois, elle eut peur. Mais une peur plus grande la poussait à agir : la peur de perdre son pouvoir. Sa haine envers les sorciers, envers le roi et son humiliation récente face aux mages blancs avaient allumé dans son esprit un feu qui consumait jusqu'aux derniers vestiges de sa raison. Elle n'éprouvait plus qu'un seul désir : faire souffrir les sorciers, posséder l'Arbre-mère pour elle seule et voir l'Infinuit ôter à la Mage Suprême son dernier souffle de vie.

Du bout de sa baguette, elle effleura le sceau. Les gravures s'illuminèrent et la grotte fut soudain ébranlée : une énergie brûlante embrasa les veines de Mme Hester, qui laissa échapper un cri. Elle fut soudain soulevée dans les airs.

— Oooooouf !

Elle atterrit lourdement sur le sol, lâchant sa baguette dans sa chute. Jack Dombre se précipita pour l'aider à se relever et la lui rendit. Elle éclaira les lieux, puis examina la brûlure de ses doigts. Sa peau lisse était maintenant fine et ridée.

— C'est trop puissant, réussit-elle à articuler, stupéfaite par ses propres paroles. Je suis trop vieille.

Un silence suivit.

— Reculez, ordonna le djinn.

Il se posta au centre du sceau, tapa du pied, s'accroupit et suivit du doigt les inscriptions gravées par Tom Faucon si longtemps auparavant. Il se lécha le doigt, sentit le goût de la magie, hocha la tête, puis se redressa, se transforma en corbeau et s'envola vers le plafond. Mme Hester leva sa baguette et le vit en train de rabattre ses ailes pour fondre en piqué. Malgré la courte distance, il gagna une vitesse phénoménale et fonça à travers le sceau, laissant derrière lui un trou qui recracha un liquide noir visqueux et fumant.

Mme Hester recula d'un pas, ouvrant des yeux ronds comme des soucoupes. Un grondement souterrain fit trembler le sol et la secoua tout entière. Ses genoux cédèrent. Le sceau explosa, propulsant Jack Dombre, qui avait repris sa force humaine. Il se releva, entièrement couvert du liquide noir. Il s'essuya les yeux, cracha et se racla la gorge.

— Il faut partir.

Mme Hester ne protesta pas. Les murs commençaient déjà à s'écrouler. Ils remontèrent l'escalier à toute allure et surgirent dans la nuit. Trébuchant à moitié, ils dévalèrent la pente et coururent sur le pont. La crête de l'île explosa, projetant de la roche en fusion et des cendres, faisant fondre la glace, qui craquait sous leurs pieds. Lorsqu'ils atteignirent la rive, ils se retournèrent. Des flammes orange jaillissaient du rocher ouvert.

C’est alors que la roche se fissura. Lorsque la faille atteignit l’eau du lac, un rugissement résonna dans les ténèbres, le fond du lac s’ouvrit et aspira toute l’eau. Sur le lit asséché, les poissons tressautaient, suffocants.

De la fissure au fond du lac s’éleva un deuxième rugissement.

Une substance noire et fumante jaillit vers les étoiles, où elle forma une masse qui ne cessait de grandir, mélange de gaz putride, de peur, de mort et de haine, traversé par instants par des éclairs de lumière.

L’Infinuit s’était réveillée.

Au fond des montagnes, dans les coins les plus reculés des Terres de Minuit, des hordes de créatures avaient dormi pendant près de mille ans. À présent que l’Infinuit s’étirait, sortant de son profond sommeil, ses serviteurs faisaient de même. Les dessins de leur peau, réactivés par la magie noire, luisaient. Ils se mirent en marche en direction du lac.

Les Tatoués étaient en route.

Dans les égouts

— Hé ! c'est vrai, ce qui s'est passé sur la place d'la Faucheuse ?

— On m'a dit qu'y avait un dragon !

— Nan ! J'y étais. Deux dragons, y avait.

— Y en a un qu'a mangé un mage blanc !

— C'est les sorciers ! À coup sûr, c'est les sorciers ! On est fichus !

Les ruelles étroites et tortueuses du bidonville bruissaient de mille rumeurs. Lara était toujours sidérée de la vitesse à laquelle les nouvelles circulaient. Des nuées d'oiseaux en papier volaient dans toutes les directions, filant à travers les rues, transportant messages, notes et ouï-dire sur l'incroyable événement.

— Moi, je l'ai vu de mes yeux vu, affirma Lara en s'approchant d'un groupe de colporteurs de rumeurs. J'y étais. Sur la place même.

— Raconte ! s'écrièrent-ils. Faut qu'on sache ! On est attaqués ? C'est les sorciers ?

— Humm. J'ai la mémoire aussi trouée qu'une passoire. Ça doit être la peur qu'a causé ça. J'pense qu'une piécette ou deux pourraient l'aider à revenir…

Elle leur sourit d'un air innocent. Ils grommelèrent et se rassemblèrent pour lui donner quelques pièces de bronze.

— Ah, ça m'revient…

Lara glissa le pied-de-biche dans la fente entre la plaque et la rue, puis elle fit pression dessus jusqu'à ce que la plaque d'égout cède et se soulève. Elle la décala, s'assit au bord du trou noir, jambes pendantes, et écouta avec la plus grande attention. Elle était capable de savoir, à l'oreille, si l'eau continuait à couler à flots. Mais non, le niveau avait baissé, c'était gérable, du moment qu'elle restait concentrée et faisait attention où elle posait les pieds.

Elle plongea le regard dans l'obscurité, le cœur battant. Elle n'avait pas oublié l'histoire de l'Étrangleur, cet homme sans ombre qui rôdait dans les tunnels, prêt à bondir. Pendant un bref instant, elle se demanda si elle devait éviter les égouts jusqu'à ce que les attaques aient pris fin. Mais elle chassa cette idée comme on chasse une mouche, furieuse contre elle-même de l'avoir seulement eue.

Après un dernier regard autour d'elle, elle se glissa à l'intérieur du trou, posa solidement les pieds sur les barreaux de l'échelle et entama la descente.

Avant de disparaître du monde du dessus, Lara tendit sa barre de métal et tira la plaque d'égout pour la remettre en place. Elle ne comptait plus le nombre de fois où elle avait effectué ce geste et pourtant, chaque fois, il y avait un moment, juste avant que la plaque se referme, où le dernier filet de lumière scintillait avec l'éclat d'un diamant, et où son cœur se mettait soudain à accélérer.

Et si c'était la dernière fois que je voyais la lumière du jour?

Suivaient le claquement métallique de la plaque, et l'obscurité.

Arrivée au pied de l'échelle, Lara fouilla son sac de glaneuse pour y trouver la lampe à souffle-de-dragon offerte par Joe. Elle tourna le bouton situé en bas de la lampe en laiton et une flamme vive surgit à l'intérieur du verre, projetant sur les tunnels alentour une douce lumière dorée.

La plupart des gens auraient frissonné à l'idée de descendre dans les entrailles de la ville, au milieu de la saleté, de la puanteur, des rats et de toutes sortes de créatures, voire des cadavres. Mais Lara regarda sans crainte autour d'elle. La lueur de sa lampe éclairait les briques lisses des tunnels et se reflétait sur la surface à peine ridée du canal. Elle écouta le murmure de l'eau et sourit. C'était son univers. Elle s'y sentait chez elle. Et qui sait quels trésors les lieux allaient lui réserver ce jour-là…

L'odeur est pas trop terrible, aujourd'hui, songea-t-elle en avançant dans l'eau. Parfois, au moment des grosses chaleurs de l'été, quand la rivière était basse et que les égouts n'étaient pas lavés par une pluie régulière, la puanteur était si épaisse qu'elle laissait sur la peau un film gras. Mais ce jour-là, après l'averse et la marée haute, le fond du canal brillait comme un sou neuf. Lara aurait été prête à parier qu'il était bien plus propre que certaines des rues du dessus.

Chaque glaneur avait ses coins préférés – des passages où les briques étaient usées et fissurées, et où les petits objets lourds restaient coincés. Lara en connaissait plusieurs. Le coin de la Jambe Cassée, par exemple, était fabuleux, parce qu'il y avait là un endroit que personne ne semblait connaître, un raccord sous l'eau, où elle trouvait souvent des pièces de monnaie. Le problème, c'est qu'une demi-lune plus tôt, un gaz toxique avait envahi l'endroit, et quand un glaneur était arrivé avec sa lampe à souffle-de-dragon, la flamme avait provoqué une explosion. Adieu, coin de la Jambe Cassée. Adieu, glaneur.

Lara mit donc le cap vers la rivière de Sang.

La rivière de Sang était un petit passage sous la berge sud de la rivière. Il avait hérité de ce nom parce qu'il était situé juste sous les abattoirs et, quand ils nettoyaient le sol au jet d'eau, l'eau rougie se déversait dans les canaux souterrains.

Tout en marchant, Lara restait sur le qui-vive. Les fuites de gaz n'étaient qu'un des nombreux dangers qui vous guettaient sous la terre. À certains endroits, le courant pouvait vous emporter. Tous les glaneurs connaissaient comme leur poche les horaires des marées hautes, afin de remonter à la surface avant que l'ouverture des vannes de la rivière ne provoque une crue soudaine. On racontait aussi toutes sortes d'histoires sur d'étranges créatures des égouts, tapies dans l'ombre, qui attendaient le passage d'un glaneur pour se jeter sur lui et le dévorer.

Non loin de là, des rats détalèrent. Les pensées de Lara la ramenèrent quelques jours plus tôt, quand des rats lui avaient permis d'échapper à Coton. Elle posa son médaillon sur sa paume, laissant la lueur de sa lampe ricocher sur sa surface lisse et accrocher les rainures de l'oiseau gravé. Elle le secoua, sans effet. Elle était de plus en plus convaincue qu'elle avait croisé sans le savoir de la magie déversée sous terre, ce qui expliquait que son médaillon se soit animé. Le sortilège avait dû s'évaporer, à présent, et tout était redevenu normal.

Il y avait plein de magie jetée aux égouts, après tout. Alfie Bouton, à ce qu'on disait, était occupé à glaner quand un cocktail de sorts l'avait enveloppé d'un nuage de magie. Il avait rapetissé, rapetissé, jusqu'à n'être pas plus grand qu'un mulot. Le pauvre Alfie avait trouvé la mort le jour où il avait croisé le chat de son voisin, qui l'avait jugé très appétissant. Et puis, il y avait Jean Debois, qui était tombé dans une flaque luisante et s'était transformé en pierre. Sa statue était toujours là, sous la rue de l'Amiral, et les glaneurs lui tapotaient la tête en passant, ça portait chance. Oui, m'sieur, le danger était partout.

Oublie pas l'Étrangleur des égouts, lui chuchota une petite voix dans sa tête.

Au moins, j'ai l'avantage, riposta-t-elle. *Ici, j'suis chez moi, pas lui.*

Mais elle ne parvint pas à chasser sa peur, et elle s'en voulut.

Le bruit de quelqu'un pataugeant dans l'eau la fit ralentir. Elle éteignit sa lampe et s'accroupit, l'oreille tendue. Glissant la main dans son sac, elle en sortit son pied-de-biche, qu'elle brandit au-dessus de sa tête, prête à frapper.

— Lara ? C'est toi ?

La lueur d'une lampe perça les ténèbres et un visage familier, couvert de taches de rousseur, apparut. Joe Petitpied. Lara se remit à respirer, baissa le pied-de-biche et se moqua intérieurement d'elle-même.

— C'est bien moi, Joe ! Comment ça va ? Bonne pêche ?

Il sourit.

— Pas qu'un peu !

Il décrocha son sac de glaneur de son épaule et l'ouvrit. Lara aperçut deux pièces d'argent, trois de cuivre, une boucle d'oreille qui avait perdu sa pierre et un œil de verre.

— Par les crocs de l'Enfer, Joe ! Laisse-z'en un peu pour nous !

— Ah ah ! J'vais te dire, Lara, j'ai jamais connu un filon pareil. J'm'en vais chez le vieil Hans, maintenant. J'vais avoir de quoi manger pendant une semaine, avec tout ça !

Son visage redevint sérieux.

— T'as vu personne rôder dans les parages ? J'ai tout l'temps l'impression qu'l'Étrangleur va m'sauter dessus !

— Moi pareil ! Mais j'ai rin vu, rin du tout.

Lara serra plus fort le pied-de-biche et lui fit faire quelques mouvements.

— Il peut venir, j'suis prête.

Joe posa sur elle un regard empreint d'admiration, comme s'il se trouvait face à un être surnaturel.

— C'est lui qu'a qu'à bien se tenir, avec toi dans les tunnels ! Bonne chance, Lara !

Il repartit en sifflotant, heureux de sa bonne fortune.

Lorsque la glaneuse arriva à la rivière de Sang, l'eau avait la couleur boueuse et trouble d'une bière, mais l'odeur métallique du sang des abattoirs ne flottait pas dans l'air. Elle se mit immédiatement à l'ouvrage et explora ses recoins préférés, glissant ses doigts fins dans les fissures des briques sous l'eau. Le premier essai ne lui rapporta rien. Le second non plus. Mais au troisième, elle sentit sous ses doigts quelque chose de petit, dur et froid, et son cœur fit un bond dans sa poitrine. Elle décrocha l'objet, le sortit de l'eau et l'approcha de la lumière de sa lampe. Une pièce ! En cuivre, d'accord, mais c'était déjà ça. C'était un bon début !

La rivière de Sang ne recelait pas d'autre trésor, ce jour-là, et Lara s'enfonça dans des tunnels toujours plus profonds, pataugeant péniblement dans l'eau avec ses bottes cirées, visitant un à un les autres coins qu'elle avait gardés en mémoire.

Hélas, ce n'était pas son jour. Elle ne trouva rien d'autre ; au bout de plusieurs heures, ses doigts étaient écorchés et douloureux. L'heure de la marée haute approchant, elle se résigna à revenir sur ses pas et marcha en direction de la ruelle de l'Os, son sac presque vide. Une seule pièce, c'était peu, elle escomptait davantage, c'est sûr, mais ça la mettrait à l'abri de la faim pendant un ou deux jours.

Lara s'apprêtait à escalader l'échelle quand ses yeux tombèrent sur un spectacle glaçant. Dans le faisceau de sa lampe, deux pieds de glaneur tordus, dans une position anormale. Elle se figea net. Levant sa lampe, elle plissa les yeux, le cœur battant à toute allure, la respiration courte.

Elle s'approcha plus près, la lumière révélant peu à peu le reste du petit corps. Le garçon était trempé, comme s'il avait nagé dans l'eau des égouts et s'était hissé sur le bord. Lorsque la lumière éclaira son visage, elle poussa un cri étouffé.

— Joe !

Elle s'élança vers lui, glissa la main sous sa tête et le secoua pour le réveiller. Il avait le visage salement tuméfié, l'œil enflé, le nez couvert de sang séché. Elle dressa l'oreille. Il respirait régulièrement.

— Joe ! Réveille-toi, Joe !

Un râle lui remonta du fond de la gorge. Il entrouvrit son œil valide.

— Lara ?

— C'est moi, Joe. Tout va bien. Tout va bien, Joe.

Il était probablement dans une sorte de rêve, car il sembla soudain se réveiller et s'agita. Il se redressa, laissa échapper une grimace de douleur et chercha à tâtons autour de lui.

— Du calme, Joe.

— Mes affaires, réussit-il à articuler. Mon sac…

Lara le tira jusqu'au mur de briques, contre lequel il s'adossa.

— Qu'est-ce qui s'est passé, Joe ? Qui t'a fait ça ?

Il leva les yeux vers elle, l'air terrifié.

— L'Étrangleur des égouts, Lara ! C'est vrai, ce qu'on dit, il a pas d'ombre ! Au début, j'ai cru qu'il en voulait à mon butin, il m'a pris mon sac et il a fouillé d'dans, mais ça l'intéressait pas. Il a tout vidé dans l'eau ! Pis il est revenu vers moi et, oh, Lara, il s'est penché d'ssus moi ! « Où est la boîte ? », il arrêtait pas de répéter, « Où est la boîte ? », et à chaque fois, il me frappait.

La colère s'empara de Lara, mêlée à de la peur pour son ami.

— Comment t'as fait pour t'enfuir, Joe ?

Une larme coula sur sa joue.

— J'ai plus bougé, dit-il, le regard lointain. J'ai essayé d'avoir l'air tout mou, comme un mort. Il m'a secoué pendant un moment, puis il a eu l'air étonné. C'était tellement bizarre. Il a écarquillé les yeux, l'air est devenu comme flou, et il a disparu.

Lara l'examina des pieds à la tête. Malgré le sang et les contusions, il n'avait pas l'air en danger. Il essaya à nouveau de se relever.

— Mes affaires. Faut que j'trouve mes affaires. Mémé a besoin de moi !

Lara le repoussa.

— Reste assis, Joe. Bouge pas. J'vais chercher tes trésors.

Elle retrouva sa lampe à souffle-de-dragon à quelques pas de là, puis elle s'avança dans l'eau. Le sac de glaneur, alourdi par le pied-de-biche, n'était pas parti loin. Elle tira sur la cordelette et regarda à l'intérieur, mais elle ne vit aucune trace des trésors que le garçon avait récoltés ce matin-là. Elle se mit à fouiller le fond du canal, passant au peigne fin le moindre centimètre. En vain.

— Désolée, Joe. Tout est parti, j'ai bien peur.

Lorsqu'elle vit la déception sur son visage, son cœur se serra. Elle prit alors la pièce de cuivre dans son propre sac, fouilla ses poches à la recherche des piécettes que lui avaient données les gars de la rue en échange de son récit. Elle les glissa dans le sac de Joe, puis fit semblant de chercher à nouveau.

— Attends, Joe, j'me suis trompée. J'avais pas vu, tout au fond !

Elle brandit les pièces de cuivre et les lui tendit.

— C'est pas grand-chose, mais c'est toujours mieux qu'un K.-O. si j'puis dire.

Joe prit l'argent et lui sourit en grimaçant à moitié.

— T'as toujours veillé sur moi, Lara. Toujours.

— Allez, c'est pas l'moment de faire du sentiment, dit-elle, tout en l'aidant à se relever.

Elle ne cessait de jeter autour d'elle des regards inquiets, scrutant la pénombre, aux aguets. La colère la submergeait à présent tout entière, et, tandis qu'ils remontaient tant bien que mal à la surface, elle sentit contre sa poitrine le médaillon qui recommençait à vrombir et à diffuser de la chaleur, et sa tête se remplit de voix cristallines et d'images du petit mage blanc sur la potence place de la Faucheuse, de sorciers sur le toit, et d'un dragon de feu.

Les ténèbres s'étendent

À l'est, loin de Lara et de la grande ville du Havre-du-Roi, au-delà même des îles Pleureuses, un bateau à vapeur affrontait les vagues pleines d'écume de la mer du Bord. *La Lumière de Mary* était un chalutier et sa capitaine, une des rares à oser s'aventurer dans des eaux si lointaines. La journée avait été bonne ; ils avaient remonté les pièges un à un, tous grouillaient de gros crabes à la carapace bleue – l'or bleu, comme ils les appelaient – et l'humeur de la capitaine n'aurait pas pu être plus joyeuse.

Ses hommes venaient de jeter l'ancre pour relever de nouveaux pièges. Le premier apparut, plein à craquer de crabes énormes – la plus grosse prise de la journée –, suscitant des sifflements et des cris de joie. D'autres pièges suivirent, tous pleins, et l'équipage se mit à chanter, à rire et à danser.

Puis une obscurité soudaine tomba sur le bateau.

Les plaisanteries et les rires cessèrent d'un coup. Les hommes s'immobilisèrent, tanguant doucement au rythme des vagues, tout en fixant avec incrédulité le ciel immense au-dessus de leur tête, un ciel dégagé où brillaient une multitude d'étoiles et une pleine lune argentée. L'air devint froid et mordant. La brise apportait des effluves de pourriture légèrement sucrés.

— Qu'est-ce qui se passe ?

— On a dû dériver hors du royaume d'Argent, Skip ! suggéra Grand Matts, le premier.

Skip secoua la tête. Elle bouscula le colosse.

— Impossible !

Grand Matts tendit un doigt boudiné vers l'ouest, où tombait le crépuscule.

— Skip ?

Sa voix était lointaine.

— Skip ?

Elle s'arracha à la contemplation du ciel, regarda les visages incrédules de ses hommes, puis la mer. Quelque part, non loin, apparut la flamme vacillante d'une lampe à huile. Puis une autre et une autre encore. Des centaines de lampes, des milliers. *La Lumière de Mary* était encerclé d'énormes vaisseaux noirs, à peine visibles dans la nuit. Debout sur le pont des vaisseaux, des créatures sorties tout droit d'un cauchemar.

Du fond de sa mémoire, Skip se rappela les légendes que lui racontaient ses frères quand elle était petite. Des histoires de gens à la peau couverte de magie noire.

Les Tatoués.

— Le ciel ! s'écria Frank Calder, un gars de l'équipage. Regardez le ciel !

Skip leva les yeux. Elle le regretta. Une à une, les étoiles s'éteignaient.

Elle eut soudain l'impression de redevenir une petite fille de six ans terrifiée et tremblante. Elle se rappelait sa fascination pour une des aquarelles de ses livres de contes, un dessin représentant une immense créature qui étendait sur le monde des vrilles de ténèbres, changeant le jour en nuit.

— On est faits comme des rats ! gémit Frank Calder. C'est l'Infinuit ! Dame Lumière, venez-nous en aide !

Le reste de l'équipage se mit à prier d'une voix entrecoupée de sanglots.

Les vaisseaux noirs se rapprochaient.

Un Tatoué sauta sur le pont de *La Lumière de Mary*. Lorsqu'il se redressa, il était bien plus grand que les plus grands hommes de l'équipage et, comme tous les Tatoués, ses bras descendaient très bas le long de son corps, presque jusqu'aux genoux. Il était vêtu de haillons et de fourrures, et il scruta l'équipage de ses yeux noirs brillants. Chaque centimètre de sa peau était couvert de tatouages et de signes cabalistiques.

— Bougez pas, lança Skip à ses hommes. Faites pas de bêtises !

Grand Matts était un excellent pêcheur et il était assez fort pour briser un œuf de dragon à mains nues, en revanche il ne brillait pas par son intelligence. Difficile de dire ce qu'il comprit de l'injonction « Faites pas de bêtises », mais toujours est-il qu'il s'avança et balança son poing en direction du Tatoué.

La créature l'intercepta au vol. Sur son cou, un des tatouages se mit à luire. Elle resserra son étreinte et on entendit un sinistre craquement d'os. Grand Matts cria comme un gosse. Puis le Tatoué le relâcha et le colosse s'écroula sur le sol, serrant ce qui restait de sa main.

Personne ne bougea.

Le Tatoué avança de deux pas. Son odeur parvint aux narines de Skip, une odeur humide et musquée qui prenait à la gorge.

— Quittez mon bateau, réussit-elle à articuler.

Il n'eut aucune réaction, ni sourire, ni rire, ni froncement de sourcils. Ses yeux noirs aspiraient la lumière des lampes.

Plongeant sa grande main tatouée sous ses hardes en peau de bête, il en ressortit un couteau à la lame recourbée et au manche en os, et il appuya la pointe du couteau contre sa propre main, dans la partie charnue à la base du pouce. Du sang gicla – Skip fut surprise de voir qu'il était rouge comme le sien.

Le Tatoué forma une coupe avec la main et la laissa se remplir de son sang, puis il glissa le couteau entre ses dents. De sa main libre, il plongea le doigt dans le liquide et l'appuya sur le front de la capitaine.

Elle sentit la chaleur du sang sur sa peau. Les doigts tracèrent une forme, puis le Tatoué replongea l'index dans le sang, comme un peintre son pinceau dans un pot de peinture. Lorsqu'il fut satisfait, il reprit le couteau entre ses dents et l'approcha du front de Skip.

Elle sentit la pointe s'enfoncer dans sa peau, et une douleur fulgurante lui transperça le crâne. Si elle avait pu bouger, elle aurait hurlé, juré, craché. Alors que le couteau lui entaillait la peau pour former un dessin, la souffrance irradia dans tout son corps, se répandant dans son sang, ses os et sa chair, jusqu'à devenir si intolérable qu'elle souhaita que son cœur s'arrête. Ses yeux se levèrent vers le ciel, et elle vit que les étoiles avaient complètement disparu. La nuit était noire et vide.

Puis la lame se retira et la douleur diminua.

Je suis pas encore morte. Je vais peut-être survivre. Oh, Dame Lumière, faites que je puisse revoir ma maison !

Mais les ténèbres s'engouffraient dans son esprit, aspirant ses pensées, forçant les portes de sa mémoire et tuant un à un ses souvenirs…

La première fois qu'elle avait tenu une canne à pêche.

Le sourire de son père lorsqu'elle avait serré dans ses bras, pour la première fois, un poisson froid et glissant.

L'odeur du pain frais dans la cuisine de sa grand-mère (« Ôte tes doigts d'là ou tu vas les perdre ! »).

Skip s'accrochait à ses souvenirs de toutes ses forces, résistant, luttant contre les ténèbres…

Mais les visages perdaient leurs contours et les lieux s'embrumaient…

Ses frères lui devinrent étrangers et les histoires qu'ils lui avaient racontées s'effacèrent, tout comme s'effaça le souvenir de sa famille et des rires partagés, tous engloutis, aspirés dans un abîme sans fond, et bientôt elle ne sut plus qui elle était, où elle était, ni quelle était la vraie couleur du ciel.

Seule resta l'Infinuit. C'était devenu son unique univers et elle éprouvait le besoin impérieux de la protéger. Elle regarda, impassible, les Tatoués marquer un à un les membres de l'équipage.

Lorsqu'ils eurent fini leur besogne, les ténèbres déployèrent leurs vrilles vers l'ouest et le bateau reprit la route.

Le vieil Hans

Dingueling!

C'était la petite musique de la clochette qui retentissait quand on poussait la porte de la boutique du vieil Hans. Une musique douce à l'oreille, pensa Lara en secouant ses vêtements encore mouillés. La boutique était un véritable refuge pour les glaneurs, qui s'y sentaient toujours bien accueillis.

Sombre et poussiéreuse, couverte de toiles d'araignées dans les coins, elle accueillait le bric-à-brac qui constituait le quotidien du bidonville : on y trouvait tout et n'importe quoi, des livres, des lampes, des pistolets, des animaux empaillés, des serpents de compagnie ou encore des bocaux remplis d'yeux de poupée.

Lara s'approcha du comptoir, un sourire aux lèvres. Pour la première fois depuis longtemps, elle avait fait une bonne récolte. Bien sûr, l'Étrangleur avait à nouveau frappé cette nuit, mais qu'y pouvait-elle ? Aurait-elle dû renoncer à glaner et se laisser mourir de faim ? Les tunnels paraissaient plus sombres que jamais et des ombres menaçantes se cachaient dans les moindres recoins, mais les égouts, c'était toute sa vie, et elle n'était pas prête à l'abandonner.

Le vieil Hans était assis derrière son comptoir, aussi décrépit et délabré que sa boutique. Il était occupé à écrire sur un registre et la concentration se lisait dans chacune des rides profondes qui striaient sa peau cireuse. Alors que son stylo glissait le long des colonnes de chiffres, il l'accompagnait d'un mouvement de langue, se léchant les lèvres d'une commissure à l'autre.

Lara attendit patiemment, écoutant le grattement de la plume sur le papier, s'imprégnant des nombreux parfums de la boutique : la poussière, le bois pourri et l'odeur des vies des autres.

Le vieil Hans parut enfin satisfait. Sa langue disparut à l'intérieur de sa bouche, il posa son stylo sur le bureau et referma le registre. À cause de son âge, ses mains tressaillaient en permanence et sa tête dodelinait, comme s'il acquiesçait à ses propres pensées.

— Larabelle Goupil ! Voilà des semaines que je t'ai pas vue !

— Vous étiez inquiet, m'sieur Hans ?

— Difficile de pas s'inquiéter pour une jeune fille quand un meurtrier rôde.

Puis, d'un ton de grand-père, il ajouta :

— T'es prudente, hein, Larabelle ? Tu fais attention à toi ?

Sans lui laisser le temps de répondre, il leva son doigt crochu.

— Attends voir !

Il se leva, puis disparut dans l'arrière-boutique d'un pas traînant. Quelques minutes plus tard, il était de retour et posait sur le comptoir une assiette de pain et de fromage.

— Régale-toi, ma fille. T'as l'air à moitié morte de faim !

Lara se jeta sur la nourriture. Elle arracha un morceau de pain et le fourra dans sa bouche, puis continua par un gros bout de fromage crémeux. C'était si délicieux ! En un rien de temps, l'assiette fut vide. Elle traqua les dernières miettes et se lécha les doigts. La douce chaleur de la satiété se répandit dans son corps et elle poussa un soupir heureux.

— Dame Lumière ! Ça, c'est de l'appétit !

— J'ai connu une sale passe. Les égouts peuvent être des vrais saligauds quand ils s'y mettent.

Le vieil Hans hocha la tête.

— Ça arrive même aux meilleurs. Mais j'imagine que si t'es là, c'est que ta sale passe est terminée ? Hein ?

Lara sourit. Sa mauvaise passe était bel et bien finie. Elle plongea la main dans sa poche, puis tendit le poing par-dessus le comptoir et l'ouvrit. Elle regarda le vieil Hans, une étincelle d'excitation dans les yeux.

— Voyons voir… qu'est-ce que tu nous as trouvé là ?

Il ajusta ses lunettes et sortit une loupe de sous son comptoir. De ses doigts noueux et tremblants, il ramassa la bague (après plusieurs essais) et la déposa sur la paume de sa main pour l'examiner avec soin.

— Hmm.

— Hmm ? interrogea Lara.

— Hmm, répéta le vieil Hans.

Il reposa la loupe, glissa l'anneau entre ses dents et le mordit. Puis il le reposa sur le comptoir et s'appuya sur ses coudes.

— Alors ? demanda Lara, nerveuse.

— C'est joli, dit le vieil Hans. Mais j'suis désolé de te l'dire, Lara, c'est pas de l'or. Et ce brillant, c'est pas un vrai diamant.

Son excitation retomba d'un cran.

— Z'êtes sûr ? C'est lourd, quand même !

— Lara, tu sais, ça fait une paye que je fais c'métier. Crois-moi, personne autant que moi n'a envie de te voir trouver une bague en or dans ces égouts – ça nous ferait plus de sous à tous les deux ! Mais c'est pas l'cas. Pas aujourd'hui.

Il posa sur elle un regard perçant.

— Bien sûr, t'as l'droit d'aller demander un avis ailleurs. Mes vieux yeux sont plus ce qu'ils étaient.

Le vieil Hans tenait la boutique de la ruelle de l'Os depuis la nuit des temps, au point qu'une partie du bidonville s'était construite autour. Tous les glaneurs avaient fait affaire avec lui à un moment ou un autre et personne ne disait jamais de mal de lui, ce qui était rare chez les glaneurs, qui n'étaient pas vraiment des tendres. Dame Lumière sait qu'il avait sorti Lara du pétrin une ou deux fois ces dernières années. Mais elle était tellement sûre que cette bague lui garantirait un estomac plein pendant un sacré bout de temps ! Peut-être que ça ferait pas de mal de la montrer à quelqu'un d'autre… En même temps, c'était le *vieil Hans*…

— Non, dit-elle, se forçant à sourire. Non, m'sieur Hans. Si vous l'dites, ça me va. Qu'est-ce que vous pouvez m'en donner ?

Il se frotta les poils du menton.

— J'pense que j'pourrais la refiler à un jeune tourtereau qu'a envie d'impressionner sa tourterelle. J'pourrais pas en demander plus d'une pièce d'argent, du coup j'te propose la moitié. Huit sous de cuivre.

— Dix, insista Lara.

Le vieil Hans grimaça.

— Neuf.

— D'acc.

Dingueling !

Le vieil Hans suivit des yeux la jeune fille qui s'éloignait, puis il sortit de derrière son comptoir et avança d'un pas traînant jusqu'à la porte, qu'il ferma à triple tour. Il retourna ensuite prendre la bague qu'il venait d'acheter à Lara et gagna l'arrière-boutique.

C'était une pièce encombrée de rayonnages, où s'amoncelaient toutes sortes de boîtes et de cartons. Des marionnettes à moitié réparées pendaient du plafond et le sol disparaissait sous les roues de bicyclette, les pots de peinture, les cages à oiseaux et les piles de vieux journaux humides. Le vieil Hans se posta devant un pan de mur dont le mortier s'effritait. Glissant ses vieux doigts dans une fissure, il délogea trois briques. À l'intérieur du trou se trouvait un coffre-fort. Sa vue lui arracha un sourire. Il tourna le bouton dans un sens puis dans l'autre, jusqu'à entendre le déclic. Il ouvrit alors la porte et contempla ce qu'il contenait.

Son trésor.

Ça valait le coup de faire copain-copain avec les glaneurs, de supporter leur puanteur et de les accueillir d'un « Salut, toi ! » et « Sois prudent dans les égouts ! ». Et c'était malin de leur payer au prix fort ce qu'ils rapportaient des tunnels, parce qu'au fil du temps, ils vous voyaient comme « ce bon vieil Hans », et le jour où ils dégotaient un objet de valeur, c'est à vous qu'ils l'apportaient.

Et c'est là que ça devenait rentable.

À l'intérieur du coffre, le vieil Hans gardait une grosse pile de bijoux parmi les plus fins : des chaînes d'or et d'argent entremêlées, des broches ornées de pierres précieuses, des montres scintillantes, des colliers de perles.

Tous venaient des égouts. Et à chaque fois, le glaneur n'avait pas eu la moindre idée de la valeur réelle de ce qu'il était en train de vendre.

Vendre ! Ah ah ! À ce prix-là, on devrait dire donner...

Le vieil Hans examina la bague. Elle était en or, aucun doute là-dessus, et sertie d'un vrai diamant ! Encore un ou deux bijoux de ce niveau-là et il pourrait enfin prendre sa retraite, loin de la puanteur du bidonville et des glaneurs. Il huma la bague, frotta la pierre contre sa manche et la déposa sur le dessus de la pile. Puis il referma la porte, replaça les briques et retourna dans la boutique un sourire aux lèvres, content de lui.

L'OISEAU MÉCANIQUE

Ce même après-midi, Lara fit une découverte qui allait changer sa vie à jamais.

Elle était d'une humeur noire. La bague qu'elle avait été si heureuse de trouver n'avait finalement aucune valeur et elle avait été obligée de redescendre dans les égouts. Mais même les coins les plus fiables n'avaient rien à offrir.

Maudite pluie! pensa-t-elle. *Y a trop d'eau, le courant emporte tout!*

La marée haute n'allait pas tarder, aussi remontait-elle le canal en marmonnant toute seule.

C'est alors que son pied heurta quelque chose de dur.

Sa mauvaise humeur s'évapora d'un coup. Reprenant espoir, elle approcha la lumière de la surface de l'eau. Mais celle-ci était brunâtre et trouble, impossible de voir à travers. Elle accrocha alors sa lampe autour de son cou et plongea les mains dans l'eau boueuse. Du bout des doigts, elle explora les briques à tâtons, creusant des sillons dans l'épaisseur de saleté qui tapissait le fond du canal. Puis elle toucha un objet lisse, de forme carrée.

La boîte – du moins, ça y ressemblait – était collée au fond, coincée dans une fissure ou un trou qu'elle n'avait jamais remarqué jusque-là. Tout en travaillant pour la dégager, elle ajouta mentalement le lieu à sa longue liste. Un trou de ce genre devait retenir toutes sortes de trésors. Ses doigts engourdis tournèrent autour de la boîte, tirant et poussant, jusqu'à ce qu'elle cède enfin à la pression. Lara la sortit à l'air libre, puis la tourna sur le côté pour évacuer, par la fente d'ouverture, l'eau dont elle était remplie.

Elle l'approcha ensuite de la lueur de sa lampe et vit qu'elle était d'un bois ciré sombre. Elle ne comportait ni ornement ni gravure, rien qui attirât l'attention, hormis une petite paire d'ailes dorées en guise de fermoir.

Alors qu'elle examinait la boîte avec attention, le cœur de Lara battait d'une excitation sourde. Rien n'était aussi enivrant que la découverte d'un nouvel objet, surtout aussi inhabituel. Les doigts tremblants, elle souleva délicatement le fermoir.

Son imagination fertile rêvait déjà de bijoux, d'or et de pierreries. Mais lorsque le couvercle s'ouvrit et que la lumière de sa lampe inonda l'intérieur, elle cessa de respirer.

Un oiseau !

Pas un oiseau vivant, bien sûr, mais un oiseau mécanique en bois et en or. Il avait la taille d'un moineau, ses ailes étaient dorées, et chaque plume était aussi fine qu'un rayon de lune. Des engrenages et des roues dentées, qui ressemblaient au mécanisme d'une horloge, vrombissaient légèrement à l'intérieur de son thorax en bois. Sa tête était en bois, son bec en or et ses yeux deux saphirs d'une grande pureté.

— Bonjour, toi, chuchota Lara. D'où tu viens, mon p'tit ami ?

Elle sortit la créature mécanique de sa boîte ; elle était légère et délicate, et elle la manipula avec la plus grande douceur, caressant du bout des doigts le métal froid de ses ailes et les joyaux de ses yeux. Une légère ivresse courait dans ses veines. C'était un objet merveilleux, un trésor magique. Jamais, dans sa vie de glaneuse, elle n'avait mis la main sur quelque chose de comparable.

Tu vas p't-être devenir riche, chuchota une voix dans sa tête.

Puis une pensée la traversa.

L'Étrangleur. Qu'est-ce qu'il avait dit, déjà, Joe ? Qu'est-ce qu'il cherchait, l'Étrangleur ?

Une boîte.

Lara regarda les objets qu'elle tenait à la main, l'oiseau et son coffret, et elle se sentit soudain infiniment seule, petite et vulnérable. Aussi vite et aussi délicatement qu'elle le put, elle remit l'oiseau en place, referma le couvercle, glissa la boîte dans son sac de glaneuse et se dépêcha de remonter à la surface.

*

Cette même nuit, alors que Lara dormait dans le grenier silencieux, quelque chose remua dans son sac.

Le coffret s'y trouvait toujours, mais lors de sa sortie précipitée des égouts, dans le remue-ménage, le clapet du fermoir s'était relevé et le couvercle s'était ouvert. Le petit oiseau mécanique en bois et en or se trouvait à présent sous la boîte, elle-même coincée sous le pied-de-biche.

Dans la pénombre du sac, les yeux de l'oiseau se mirent soudain à étinceler. Sa tête pivota à droite et à gauche, puis il se secoua pour s'extirper, et dans cet effort fit tomber par terre la barre de fer. Du bout du bec, il chercha un passage et, ne pouvant en trouver, il déchira la toile usée et encore humide.

Une fois sorti du sac, il sautilla au milieu du bric-à-brac du grenier, ses petites pattes cliquetant légèrement sur le plancher, explorant les objets d'un coup de bec inquisiteur. Puis il prit son envol et virevolta à travers l'obscurité éclairée par la lumière bleue de ses yeux, se reposant de temps à autre sur un perchoir en hauteur.

Lorsqu'il atterrit sur la poitrine de Lara, elle laissa échapper un soupir, mais ne se réveilla pas. L'oiseau sembla observer la jeune fille, montant et descendant au rythme de la respiration de celle-ci. Sous sa chemise de nuit, le médaillon en bois bourdonnait. Au bout d'un moment, la créature mécanique fit un petit cercle, s'installa et plongea la tête sous son aile. Puis, comme si elle s'endormait, la lumière de ses yeux s'éteignit.

De sombres rêves

Double Huit se réveilla en poussant un cri. Il eut la plus grande peine à s'arracher aux griffes du sommeil. Coincé dans un état intermédiaire entre le rêve et la veille, il était hanté par de sombres visions, jusqu'à ce que des mains lui empoignent les épaules et le secouent avec rudesse, dispersant son songe, le laissant les yeux écarquillés et hagards. Face à lui se trouvait un visage large à la barbe rousse, crûment éclairé par une lampe à souffle-de-dragon.

— Du calme, mon garçon ! dit l'homme. Tu veux que la terre entière sache que t'es là ?

Lentement, Double Huit recouvra ses esprits. Il était caché dans le ventre d'un bateau, dans le port, et attendait que les sorciers l'exfiltrent discrètement vers Mages-du-Ponant.

— J'ai fait un cauchemar, dit-il. Je crois qu'il se passe quelque chose… de terrible.

L'homme – Rob Nielsen de son nom – parut inquiet.

— Raconte.

— Je ne sais pas comment…

Il tenta de trouver les mots.

— Quelque chose sortait de terre. Des ténèbres. Et il y avait des gens couverts de signes. Les ténèbres étaient… *vivantes*. Elles m'observaient. Je savais qu'elles voulaient ma peau.

Rob Nielsen fixa le garçon. Ce n'était qu'un mage blanc et, bien sûr, les mages blancs ne connaissaient pas leur propre histoire. Ce garçon ne savait pas ce qu'il avait été. Mais… Rob s'était réveillé avec le même rêve et il était prêt à parier que les mages du monde entier avaient eu la même vision. L'Infinuit et les Tatoués.

Rob ne se trompait pas. Partout dans le monde, mages blancs et sorciers firent le même rêve cette nuit-là, celui d'une grande perturbation et de ténèbres extrêmement puissantes.

Mme Hester, comme Double Huit, s'était réveillée en sursaut au milieu de la nuit. Pressant les mains contre son cœur, elle l'avait senti battre à coups redoublés. Elle avait gagné la fenêtre de sa tour et avait regardé en direction du quartier des mages blancs. Dans les bâtiments institutionnels, dans les dortoirs et les couloirs, les lampes clignotaient.

Sa gorge et sa poitrine s'étaient serrées. Pour la première fois, elle avait réalisé avec quelle légèreté elle avait agi. L'Infinuit était maintenant lâchée dans la nature. Elle arriverait bientôt en ville, et avec elle les Tatoués. Cette prise de conscience la fit frissonner. Mais il était trop tard pour les regrets. Il n'y avait plus qu'à continuer, et pour cela, il lui fallait le Dernier Sort. C'était la clef de voûte de tout son plan. Une fois le sort en poche, elle pourrait attendre que les sorciers soient décimés et renvoyer l'Infinuit là d'où elle venait. Ce qui resterait du monde lui appartiendrait.

Alors viens, Infinuit. Accomplis ton œuvre.

Un couteau dans le dos

Lara se redressa d'un coup dans son lit, haletante, manquant d'air. Elle avait fait un terrible cauchemar où le ciel devenait noir et des monstres tatoués surgissaient dans la nuit. Quelque chose tomba de sa poitrine et roula par terre.

L'oiseau mécanique.

Elle plissa les yeux.

— Comment t'es arrivé là, toi ?

Elle essaya de se souvenir, mais tout lui paraissait brumeux et irréel. Si c'était bien l'objet que cherchait l'Étrangleur, il était dangereux de le garder plus longtemps avec elle.

Dingueling !

La pluie avait cessé et le ciel s'était dégagé, mais, malgré le soleil matinal, la boutique du vieil Hans restait plongée dans la pénombre.

Il était occupé à polir une collection de petits bibelots en cuivre et les frottait énergiquement avec un vieux chiffon. L'odeur de l'alcool lui piqua la gorge.

— Lara !

Il portait des lunettes grossissantes, et ses vieux yeux remplissaient entièrement les verres, lui donnant l'air d'un hibou étrange.

— Déjà de retour, ma fille ?

— Oui, m'sieur Hans, j'ai trouvé quelque chose.

Elle remarqua que ses yeux furetaient du côté de son sac, alourdi par le poids de la boîte. Elle s'accouda au comptoir.

— L'Étrangleur. On dit qu'il cherche un truc dans les égouts. Vous en avez entendu parler ?

Il la fixa de ses yeux gris laiteux.

— J'ai entendu dire qu'il cherchait une boîte.

Lara tira la cordelette de son sac ciré de glaneuse et en sortit délicatement la boîte en bois, qu'elle posa sur le comptoir. Le vieil Hans la regarda, puis releva les yeux.

Lara l'encouragea d'un signe de tête.

— Ouvrez-la.

Ses doigts raides étaient maladroits. Il peina avec le fermoir doré. Lorsqu'il souleva l'oiseau, une étrange expression traversa son visage, mais disparut en une fraction de seconde.

— T'as trouvé ça dans les *égouts* ?

— C'est ça que cherche l'Étrangleur, m'sieur Hans. À coup sûr ! Et s'il est prêt à tuer pour l'avoir, ça doit avoir de la valeur. Regardez comme c'est joliment fait !

Le vieil Hans ne répondit pas tout de suite. Alors qu'il examinait l'oiseau avec attention, le tournant et le retournant entre ses mains, soulevant ses ailes délicates,

Lara avait l'impression qu'il était tombé dans une sorte de transe, comme envoûté par sa beauté.

— C'est joli, c'est sûr, dit-il enfin.

— Vous pouvez me l'échanger ?

Il releva la tête et lui sourit.

— Oh, je l'savais ! C'est pour ça que je vous l'ai apporté, m'sieur Hans. Vous êtes le meilleur ! Et un brave gars, avec ça !

— J'apprécie, Lara. J'apprécie beaucoup. T'en as parlé à quelqu'un ?

— Nan. Juste à vous.

— C'est bien.

Il contourna le comptoir, alla jusqu'à la porte et ferma les nombreux verrous.

— Il faut que ça reste entre nous. Personne ne doit se douter que c'est ici, pas vrai ? J'ai pas envie que l'Étrangleur vienne frapper à ma porte.

— Bien sûr, approuva Lara.

Elle le regarda. Ses doigts tressautaient, et il ne semblait pas savoir quoi faire de lui-même.

— Ça va ? s'inquiéta-t-elle.

— Mmm ? Oh. Au poil, Lara. Au poil. Qu'est-ce que tu dirais de passer à l'arrière, ça sera plus discret, hein ? Je vais faire une tasse de thé et on va décider quoi faire.

Il rangea l'oiseau dans sa boîte et la cala sous son bras, puis il fit passer la jeune fille derrière le comptoir et la guida dans l'arrière-boutique.

— Vous avez un acheteur en tête ? s'enquit-elle, rêvant déjà à des monceaux de pièces d'or.

— Oh, je pense. Je connais quelqu'un qui serait très intéressé. Si c'est le cas, fini de déambuler dans les égouts, ma fille. Fini.

— Vous savez, je pense que j'y redescendrai de temps en temps. Ça fait trop partie d'moi, maint'nant. Un peu comme vous et le plaisir d'collectionner…

Le vieil Hans ouvrit la porte d'une petite pièce si encombrée qu'on s'y faufilait difficilement.

— C'est ça. Par ici. Les dames d'abord, ah ah. Il y a un bureau dans le fond. Installe-toi, je reviens avec le thé…

La porte claqua derrière elle.

Elle se retourna.

— M'sieur Hans ?

Un bruit de clef qui tournait dans la serrure. Lara voulut ouvrir la porte, mais elle résista.

— M'sieur Hans ! C'est une blague ? Laissez-moi sortir !

Elle martela la porte, gagnée par un horrible pressentiment.

— J'vous préviens ! Vous allez me faire sortir d'ici tout d'suite, nom d'un sorcier !

Le silence seul lui répondit. Ses bras retombèrent le long de son corps. Elle s'adossa au battant et plongea le visage entre ses mains. La colère et la confusion l'empêchaient de réfléchir.

Il ferait pas une chose pareille, quand même ? Il m'volerait pas ? Mais comment être sûre ? Cet oiseau vaut sûrement une fortune et… Oh, comment j'ai pu être aussi stupide…

Quelles que soient les intentions du vieil Hans, c'était aussi inattendu que terrifiant, et, après tout ce qui s'était passé ces derniers jours, elle faillit s'effondrer.

Mais c'était hors de question. Elle chercha le médaillon autour de son cou. Son contact la calma et lui éclaircit les idées. Elle ferma les yeux et respira profondément. Puis, lorsqu'elle eut retrouvé ses esprits, elle se mit à explorer la pièce à la recherche d'un moyen de sortir.

L'OISEAU EN PAPIER

Le vieil Hans se tenait derrière la porte, le ventre noué, serrant la boîte dans ses mains agitées de tics nerveux. La fille s'était calmée, elle ne cognait plus et ne criait plus. Il l'entendait fureter partout pour trouver une sortie. Elle ne trouverait rien.

Il repartit et grimpa l'escalier pour rejoindre le petit appartement à l'étage, ses genoux noueux craquant à chaque pas. Il s'installa à son bureau et se servit un whisky pur feu. Puis un deuxième. Le tremblement s'atténua légèrement.

Il ouvrit alors la boîte en bois et souleva délicatement l'oiseau mécanique. Il l'examina avec soin. C'était le plus bel objet manufacturé qu'il eût jamais tenu entre les mains. Il avait déjà vu bien des chevaux mécaniques, mais un *oiseau*, jamais. Il n'en avait même jamais entendu parler. À certains endroits, le métal était si fin qu'on voyait presque à travers. Il devait avoir une valeur considérable…

Pendant un bref instant, il se plut à imaginer ce qui se passerait s'il le vendait sans tenir compte des consignes du mystérieux visiteur qui était passé à sa boutique quelques jours plus tôt. L'homme sans ombre. Il frissonna. S'il vendait l'oiseau, il devinait qu'il ne vivrait pas assez longtemps pour profiter de sa fortune…

Non. Il ferait tout ce qu'on lui avait demandé.

Il replaça l'oiseau et prit une petite carte noire dans l'un des tiroirs de son bureau. L'homme sans ombre l'avait tendue au vieil Hans de ses doigts aussi froids que la glace. Dès que l'inconnu avait franchi le seuil de sa boutique, le revendeur s'était senti mal à l'aise. Rien qu'à sa façon de bouger et de se déplacer, il avait perçu, sous son apparence calme, quelque chose d'ancien, de sombre et de très dangereux.

— On m'a dérobé un objet, avait-il déclaré de sa voix onctueuse. Quelque chose que je tiens vraiment à retrouver. Une boîte en bois qui contient un oiseau.

Il avait alors sorti cette carte noire.

— Si jamais vous mettez la main sur cette boîte, prévenez-moi tout de suite. Vous n'avez qu'à écrire mon nom sur cette carte, elle saura me trouver. Vous serez grassement récompensé.

Et il lui avait donné son nom.

Puis, au moment de partir, il s'était retourné.

— Si vous trouvez cette boîte et ne m'en dites rien, je l'apprendrai et je viendrai moi-même vous chercher.

Le vieil Hans, assis à son bureau, regarda tour à tour la carte et l'oiseau mécanique.

Un bruit sourd lui parvint de la réserve, sous le plancher. C'était dommage que la gamine se retrouve mêlée à cette affaire. C'était une des meilleures glaneuses de la ville, et fidèle avec ça – elle lui apportait toujours ses trésors en premier. Elle allait lui manquer. Mais dès qu'elle avait sorti la boîte de son sac, il avait su qu'il n'aurait pas le choix. Ce serait à l'homme sans ombre de décider de son sort et lui, le vieil Hans, n'aurait pas son mot à dire.

Il prit un stylo et, avec une encre sombre, invisible sur le noir de la carte, écrivit le nom que l'homme lui avait indiqué.

Jack Dombre.

La carte se plia sur elle-même jusqu'à former un petit oiseau rectangulaire. Hans le regarda voler jusqu'à la fenêtre où il fit du surplace. L'homme se leva péniblement pour lui ouvrir. L'oiseau en papier noir s'élança alors vers le soleil et disparut au-dessus des toits de la ville.

À l'autre bout du Havre-du-Roi, dans une petite forêt située dans l'enceinte des jardins du palais, caché au milieu des racines d'un vieux chêne, se trouvait un trou, profond et étroit, qui menait à une cavité grossièrement creusée dans la terre.

À l'intérieur, loin de cette urne qui l'avait gardé prisonnier pendant si longtemps, Jack Dombre dormait. Il rêvait de guerre, de planètes qui s'effondrent, de galaxies en feu, et de refuges calmes et protégés comme celui-ci. Dans son rêve, il se comportait en héros, et les dieux le récompensaient en lui offrant la liberté.

Un oiseau en papier noir fit irruption dans son rêve. Il ouvrit les yeux et flaira l'air chaud, chargé d'odeur de terre.

Puis il sortit en rampant de son terrier.

L'oiseau l'attendait, juché sur une branche du chêne. Jack Dombre tendit la main pour qu'il s'y pose, puis il le déplia et le renifla. Il sourit et le glissa dans la poche de son manteau.

Un bruit dans la brise, léger comme le froufrou de la soie, et Jack Dombre, transformé en corbeau, s'envola en direction de la boutique du vieil homme.

Premier sauvetage

Le vieil Hans se versa un autre whisky pur feu (le quatrième ? Le cinquième ? Oh, peu importait !) et l'avala d'une traite. Il commençait à se détendre un peu. Bientôt Jack Dombre serait là, il allait tout régler, et quand il repartirait, les poches du vieil Hans seraient pleines.

L'oiseau mécanique était posé sur son bureau. Il le souleva et caressa ses plumes froides et dorées. C'était vraiment dommage qu'il ne puisse pas le garder pour lui. Un objet si rare et si merveilleux…

Lorsque les yeux de l'oiseau se mirent à briller, le vieil Hans crut que le whisky lui était monté à la tête. Mais il ajusta son regard, remit ses lunettes, et les yeux continuaient à briller.

Puis l'oiseau bougea.

Il battit maladroitement des ailes. Avec un hoquet, le vieil Hans fit un bond sur sa chaise, dont les pieds raclèrent le sol. L'oiseau mécanique se mit debout, secoua ses plumes, tourna la tête vers lui et sembla le dévisager.

Lorsqu'il se jeta sur lui, le vieil Hans laissa échapper un cri en reculant et sa chaise bascula en arrière.

La créature était partout à la fois, criblant de coups de bec son visage et ses yeux, le griffant de ses pattes acérées. L'homme tenta de se protéger de son bras et de chasser l'oiseau de l'autre, mais rien ne pouvait l'arrêter.

— Va-d'en ! Va-ddd'en !

Il se releva tant bien que mal et tituba à travers la pièce, renversant lampes et bibelots, avant de trouver enfin la porte. Il se précipita sur le palier, chercha à tâtons la rampe, l'oiseau l'assaillant toujours. Son pied rata la première marche, et il dégringola jusqu'en bas.

Il eut conscience que l'oiseau se posait sur son visage et lui donnait un dernier coup de bec sur le front.

Puis il s'évanouit.

*

En bas, dans la réserve, Lara avait repéré un endroit, entre les briques, où le mortier avait été gratté. Elle enfonça les doigts dans la fente, comme dans les égouts, retira les briques descellées et recula pour mieux voir, espérant avoir trouvé une sortie.

Las, c'était un coffre-fort.

Qu'est-ce qu'il garde là-dedans, ce vieux rat ?

Elle tourna le bouton dans un sens et dans l'autre, mais ses chances de tomber sur la combinaison par hasard étaient minces, et le coffre resta fermé.

Elle revint vers la porte.

— J'ai trouvé votre coffre ! hurla-t-elle. Je l'ai ouvert ! J'ai rempli mes poches d'vos trésors ! Vous feriez mieux de me sortir de là avant que j'prenne tout !

Mais il ne répondit pas, et la colère s'empara à nouveau d'elle.

— Laissez-moi sortir ! Laissez-moi…

Une série de bruits lui parvinrent de l'étage du dessus : d'abord un cri, puis un coup et enfin des raclements bizarres et des pas traînants. Lara appuya l'oreille contre la porte, aux aguets. Ça ressemblait à une bagarre et ça se termina par une dégringolade dans l'escalier.

Retenant son souffle, elle resta silencieuse. Il n'y avait plus le moindre bruit de pas ni de parquet qui grince. L'Étrangleur avait-il su, pour l'oiseau ? Était-il venu le chercher ?

— M'sieur Hans ?

À peine avait-elle prononcé ces mots que son médaillon émit sa petite musique. Elle le sortit de sous ses vêtements et découvrit avec stupeur que les traits de l'oiseau gravé brillaient d'une forte lumière.

Un cliquetis dans la serrure la fit sursauter. Elle attrapa l'objet le plus proche, un chandelier, et le brandit au-dessus de sa tête tandis que la porte s'ouvrait lentement en grinçant.

Personne.

Le couloir était plongé dans la pénombre. La lumière de son médaillon projetait des ombres inquiétantes sur les murs. Elle sortit de la réserve, le chandelier toujours en l'air, prête à frapper, mais il régnait un calme surnaturel.

Elle aperçut alors le corps du vieil Hans tassé en bas de l'escalier. Se précipitant vers lui, elle s'accroupit, posa l'oreille contre sa poitrine et entendit le battement de son cœur. Le vieux grigou respirait encore. Elle fut soulagée, ne serait-ce que parce qu'elle n'avait aucune envie d'être accusée de meurtre.

Tap.

Clac.

Rrrr-rrr!

Elle tressaillit, puis retourna jusqu'à la réserve, dont la porte était restée ouverte. Ce qu'elle vit la figea sur place.

L'oiseau mécanique bougeait comme s'il était vivant. Ayant trouvé le moyen de se coincer le bec dans le trou de la serrure, il battait des ailes et secouait la tête dans un effort frénétique pour se dégager.

Lara tendit une main prudente.

— Calme-toi…

Ses doigts enveloppèrent ses ailes métalliques, puis elle prit doucement sa tête entre le pouce et l'index et le libéra. Elle ouvrit la main. L'oiseau la regardait en dodelinant.

Le murmure s'éleva à nouveau et elle sentit une onde lui parcourir le corps. De la lumière jaillit de son médaillon, illuminant toute la boutique.

— Par les crocs de l'Enfer!

Elle tituba en arrière et se couvrit les yeux, éblouie, puis la lumière s'éteignit et il lui fallut un peu de temps pour se réhabituer à la pénombre. L'oiseau, posé près de ses pieds, levait la tête vers elle. Il donna un coup de bec dans sa chaussure, puis s'envola gracieusement dans les airs avant de se poser sur son épaule. Il paraissait très à son aise.

Lentement, très lentement, elle leva la main pour caresser ses plumes dorées.

— Qui es-tu, m'sieur l'oiseau ?

Un grognement se fit entendre dans son dos.

— Sorcière ! gémit la voix du vieil Hans.

Il écarquillait les yeux et son visage affichait un dégoût mêlé à de la peur.

— Sorcière ! répéta-t-il, retrouvant de la force.

Il tendit un doigt tremblant en direction de son médaillon.

— Magie de sorcière !

— M'sieur, j'vous assure, c'est pas ce que ça a l'air !

Lara n'avait aucune peine à imaginer de quoi « ça avait l'air ». Elle avait un oiseau mécanique magique sur l'épaule et un médaillon magique autour du cou. Elle aurait aussi bien pu écrire SORCIÈRE en toutes lettres sur son front.

— Sorcière ! Assassin ! T'as voulu me faire la peau !

— Jamais de la vie !

Il était à genoux, à présent. Lara voulut l'aider à se relever, mais il la repoussa.

— Va-dd'en ! Appelez la milice ! À l'aide !

Lara savait qu'elle ne parviendrait pas à le raisonner. La panique lui noua la gorge. Tout le monde allait la prendre pour une sorcière. Ils allaient la traquer. La juger. La pendre !

Elle prit le trousseau dans la poche du vieil Hans, puis courut vers la porte et entreprit d'ouvrir les verrous, testant une à une les différentes clefs.

— Lara !

Il était derrière son comptoir à présent.

Clic.

— Donne-moi cet oiseau et je ne dirai ton secret à personne.

Clic.

— Lara ! Larabelle Goupil !

Clic.

La porte s'ouvrit. Lara lâcha les clefs, attrapa l'oiseau mécanique et le glissa dans sa poche, puis s'élança dans la ruelle de l'Os, tandis que le vieil Hans s'époumonait.

— À l'aide ! Au voleur !

Ses cris provoquèrent des murmures autour d'elle. Mais au Havre-du-Roi, les voleurs étaient aussi nombreux que les gouttes de pluie.

— SORCIÈRE !

Ce mot, en revanche, fit l'effet d'un coup de revolver. Lara s'arrêta net. Autour d'elle fusèrent des cris et des exclamations. Elle se retourna vers le vieil Hans et, pendant une fraction de seconde, elle crut qu'il regrettait et la laissait filer. Mais son visage se durcit et il pointa le doigt vers elle.

— Une sorcière ! Une sorcière, là ! Elle a essayé de me tuer !

D'autres personnes s'étaient arrêtées aussi et la montraient du doigt, bouche bée, en chuchotant.

— Reculez ! cria quelqu'un.

— Appelez les miliciens !

— C'est qu'une gamine ! On peut s'débrouiller tout seuls !

— Ouais ! Les jeunes sont pas si dangereux, à ce qu'on dit.

Lara se retourna, pétrifiée. Les gens l'encerclaient à présent et se rapprochaient.

— Elle aurait d'jà fait quelque chose si elle pouvait !

— Hé ! Y aura sûrement une récompense si on l'attrape !

— Est-ce qu'elle vaut moins si elle est morte ?

Lara eut l'impression que tout ralentissait. Elle regarda leurs visages. C'étaient des gens normaux, des mères et des pères avec des enfants et une famille, mais ils semblaient possédés. Ils sifflaient, crachaient et la huaient. Un éclat cruel brillait dans leurs yeux, comme s'ils avaient soif de sang. Certains étaient assez près pour la toucher…

— Bas les pattes !

Des mains agrippèrent ses épaules, ses bras. Elle se débattit, mais on la tira par les cheveux. Elle sentit des odeurs de sueur et d'alcool, et sa vision se brouilla sous l'effet des larmes.

Une main se plaqua sur son visage, tandis qu'une autre fouillait son manteau. Lara réalisa que c'était le vieil Hans qui voulait l'oiseau. Elle lui mordit le doigt avec férocité et ne relâcha qu'après l'avoir entendu crier.

— Elle m'a mordu !

— Attrapez-la !

— Regardez ! V'là la milice ! Hé, les gars, faites vot'boulot, OK ? Débarrassez nos rues des sorciers !

Le deuxième sauvetage

Lara ne voulait pas donner à la foule le plaisir de la voir pleurer, aussi ferma-t-elle les yeux tandis que les miliciens lui plaquaient brutalement les mains derrière le dos et que le métal des menottes s'enfonçait dans sa chair. Ils l'entraînèrent à travers les rues, la poussant et la tirant, suivis par une foule toujours plus dense. Des insultes pleuvaient, mais aussi de la nourriture pourrie, des poignées de boue et même le contenu fumant d'un seau de ramasseur de crottes. Ses mains étant attachées, elle ne pouvait se protéger le visage et les saletés collaient à ses lèvres et son nez. La puanteur lui soulevait le cœur.

Elle était entourée de tous côtés, et pourtant jamais elle n'avait été si seule. Elle savait qu'ils se dirigeaient vers la prison et qu'on allait l'enfermer. Elle allait être jugée comme sorcière, bien sûr, et quelle chance avait-elle de s'en sortir, elle, la fille des rues – une glaneuse ? Le vieil Hans viendrait probablement témoigner contre elle et les gens de la rue inventeraient des histoires, jureraient l'avoir vue faire de la magie, parce que le simple mot de « sorcière » suffisait en ce moment à leur faire bouillir le sang, à cause de Mme Hester et du roi. Qui la croirait ?

Personne. Elle était prête à le parier. Absolument personne.

Son chemin était déjà tout tracé : direction place de la Faucheuse. La potence.

Ses larmes se mêlaient au crottin ; elle en avait plein les cheveux et les yeux, et ne voyait presque rien.

Soudain, un roulement semblable à celui du tonnerre ébranla la rue. Une fumée noire l'enveloppa, la rendant tout à fait aveugle. Elle se retrouva au cœur d'une tempête de cris, de hurlements et de coups de sifflet. Quelqu'un la bouscula, la jetant à terre. C'était la débandade. Pris d'une peur panique, tout le monde fuyait et la piétinait, lui marchant sur les cheveux, les bras, les jambes, le ventre, l'empêchant de respirer…

Des mains la relevèrent avec rudesse. Elle sentit qu'on la hissait sur une épaule et qu'on l'emportait à travers la fumée, les cris, le chaos.

Sa dernière pensée, avant de perdre connaissance, fut que l'homme qui la portait avait changé de direction. Ils s'éloignaient de la prison, non ? Mais elle ne pouvait en être sûre, et bientôt l'obscurité l'enveloppa tout entière.

Sur la trace de l'odeur

D'une main peu assurée, le vieil Hans se versa un nouveau whisky pur feu, l'avala d'une traite et serra les dents tandis que le liquide ambre lui brûlait la gorge et la poitrine.

Maudite soit cette fille ! Et maudit oiseau ! Si elle n'était pas venue le voir, jamais il ne se serait retrouvé dans ce pétrin. Car il était bel et bien dans le pétrin. L'homme sans ombre était en route, il s'attendait à ce qu'il ait l'oiseau, et tout ce qu'il allait trouver, c'étaient des mains vides et des mots creux.

L'entrée d'un énorme corbeau par la fenêtre lui arracha un petit cri. Puis l'air se troubla, un tourbillon noir se forma et Jack Dombre se matérialisa devant lui.

Le vieil Hans ouvrit des yeux ronds.

— Un djinn, chuchota-t-il.

Grand et mince, vêtu d'un costume et d'un manteau noirs déchirés, des yeux noirs étincelants sous un chapeau noir, Jack Dombre se dressa au-dessus du vieil Hans. Celui-ci leva timidement les yeux vers son visage et réprima un frisson.

— Où est l'oiseau ?

Il n'eut pas le temps de répondre. Jack Dombre avait déjà repéré la boîte en bois sur le bureau et s'en était emparé.

— Attendez. Faut qu'je vous dise quelque chose avant que…

Trop tard. Jack Dombre ouvrait la boîte. Il fixa l'intérieur vide, puis le vieil Hans. Vif comme l'éclair, il tendit la jambe et fit basculer la chaise en arrière. Le vieil homme s'affala douloureusement sur le sol. Puis le djinn appuya le pied sur sa gorge et se pencha vers lui.

— Où est l'oiseau ? répéta-t-il. Donnez-le-moi. Il appartient à Mme Hester.

Il relâcha la pression. Le vieil homme inspira bruyamment.

— Il était là ! Je vous l'jure. C'est une fille qui l'a apporté. Une glaneuse. Elle l'a trouvé dans les égouts. Elle voulait le vendre. J'ai fait ce que vous aviez dit, monsieur, j'ai gardé l'oiseau, et la fille aussi au cas où elle irait le clamer sur les toits. Tout était parfait. Et alors… alors, il s'est passé quelque chose de… L'oiseau… il est devenu vivant ! Il s'est jeté sur moi, il a failli m'arracher les yeux ! Et j'ai dégringolé les escaliers et quand j'ai repris conscience, la fille était partie. Elle a emporté l'oiseau !

Le visage de Jack Dombre n'exprima rien.

— L'oiseau… a *bougé* ?

— Vous avez pas écouté ? Il a essayé de me tuer !

Le djinn sembla réfléchir.

— Qui est cette fille ?

— Lara.

— Lara ?

— Oui, Larabelle Goupil. Une sorcière. J'en suis sûr. Elle avait une sorte de médaillon magique autour du cou.

Jack Dombre haussa les sourcils, puis il huma l'air et suivit la piste jusque dans la réserve, au rez-de-chaussée. À l'époque où il traquait les membres de la confrérie du Dernier Sort, il avait dû affronter des mages puissants, experts dans l'art de brouiller les pistes et qui, tant qu'il ne les avait pas épuisés par sa poursuite, étaient capables de se rendre presque indétectables. Mais là… ce n'était qu'une gamine. La retrouver serait un jeu d'enfant.

Il flaira une dernière fois l'odeur poussiéreuse de la réserve.

— Je l'ai.

Il s'apprêtait à partir, puis se figea. Un médaillon magique ? Il glissa la main dans sa poche et joua un instant avec ceux qu'il avait arrachés à la confrérie. Se pouvait-il que… Non, ce n'était pas possible ! Tous les membres avaient été éliminés !

D'étranges forces étaient à l'œuvre. Il sentait qu'elles se rassemblaient, comme des nuages dans un ciel bleu. Peut-être valait-il mieux parler à Mme Hester avant d'agir. Il ne pouvait se permettre une autre erreur.

À peine Jack Dombre fut-il parti que le vieil Hans remonta dans son appartement, le cœur battant, et se mit à fouiller frénétiquement dans sa bibliothèque. Lorsqu'il mit enfin la main sur le livre qu'il cherchait, il le laissa tomber sur son bureau. Animé par une étrange excitation, il fit tourner les pages jusqu'à trouver le bon chapitre.

Au fur et à mesure de sa lecture, la peur qu'avait laissée en lui sa rencontre avec Jack Dombre s'évapora. Un petit sourire avide flottait sur ses lèvres.

Il referma le livre et s'adossa à sa chaise, les bras croisés.

Il était presque certain d'avoir rencontré un djinn. Un vrai ! Et pourtant, ils étaient censés avoir disparu depuis longtemps… Mais s'il ne s'était pas trompé et que c'était *vraiment* un djinn, il imaginait déjà la fortune qu'il pourrait en tirer. Jack Dombre était sous la coupe de Mme Hester, visiblement, mais on pouvait y remédier. Son esprit vif et rusé se mit à réfléchir à toute allure…

La chute des îles Pleureuses

À quatre jours de navigation en direction de l'est se trouvaient les îles Pleureuses, cinq rochers gris couverts, pour l'essentiel, d'une dense forêt de séquoias. Les habitants des îles vivaient dans des villes et des villages disséminés sur les côtes. C'était un peuple de pêcheurs, aussi droits, solides et coriaces que les séquoias dont ils faisaient leurs bateaux.

Alors qu'au Havre-du-Roi, Lara connaissait les pires heures de son existence, les îles Pleureuses affrontaient un danger non moins grand. Lorsque la nuit tomba en plein milieu de l'après-midi, les gens sortirent dans les rues et contemplèrent le ciel étoilé, partagés entre la stupeur, la perplexité et la crainte. Les familles se regroupèrent, les parents rappelant autour d'eux leur progéniture, tandis que les enfants riaient en toute innocence.

— Regarde, maman ! Les étoiles !

— Il y en a tellement !

— Comment ça se fait qu'il fasse nuit, papa ? C'est l'heure d'aller au lit ?

Quand les étoiles s'éteignirent une à une, le silence se fit. Puis, lorsque la dernière étoile eut disparu et que la lune s'effaça à son tour, ne laissant qu'une immensité noire au-dessus de leurs têtes, la panique se répandit comme une traînée de poudre. C'est alors qu'arrivèrent les étrangers vêtus de peaux de bêtes.

Agata Olofsson se trouvait dans la rue principale de son village avec son fils quand les Tatoués surgirent au coin. Elle savait que le royaume d'Argent avait été autrefois divisé en de nombreux pays différents, avant que la grande armée du roi d'Argent ne les envahisse, soutenue par la magie des mages blancs, et ne fasse main basse sur toutes leurs richesses. Tous ces pays avaient possédé leur propre culture, leur religion, leurs dieux. Mais, malgré ces différences, on retrouvait dans toutes les langues un récit commun : l'histoire de ténèbres venues de l'est.

L'Infinuit.

Agata revint à elle et baissa les yeux vers son petit garçon, Joshua, qui tirait sur sa robe.

— Maman. Maman !

Agata le souleva de terre et le serra dans ses bras, puis elle remonta la colline en courant jusqu'à leur petite maison. Elle ouvrit le placard fermé à clef, en sortit son arc et son carquois, et les passa autour de son épaule.

Lorsqu'elle rouvrit la porte, elle aperçut un Tatoué à quelques mètres. Elle n'eut pas une seconde d'hésitation : elle visa et tira. Elle avait visé juste, elle le sut dès l'instant où la flèche quitta la corde. Celle-ci toucha le Tatoué en plein cœur (à supposer qu'il en eût un). Mais il baissa simplement les yeux et arracha la flèche de sa poitrine.

Agata attrapa alors son petit garçon qui ouvrait des yeux ronds, et courut dans la rue noire au milieu des cris, du fracas métallique et des coups de feu. Les miliciens étaient arrivés, mais ils n'étaient pas nombreux et leurs revolvers semblaient avoir aussi peu d'effet que les flèches de son arc.

Une enceinte de pierre entourait la ville. Au-delà s'étendaient une petite prairie d'herbes folles, puis la forêt. Agata continua à courir avec son fils dans les bras. Lorsqu'elle atteignit la lisière, elle le posa à terre, l'embrassa et le serra contre elle, s'imprégnant de son odeur, avant de le regarder droit dans les yeux.

— Écoute-moi bien, lui dit-elle en séchant ses larmes. Tu vas être sage. Tu vas courir au village voisin en passant par la forêt. Tu vas voir tatie Rebecca. Tu te souviens du chemin ? Bien. Dis-lui que c'est moi qui t'envoie, que tu dois partir. Elle s'occupera de toi.

— Maman, je veux rester avec toi.

Une flèche se ficha dans l'arbre le plus proche.

— Je viendrai vite, lui dit-elle, tout en ébouriffant sa tignasse blonde. Je te le promets. Maintenant, va. Va !

— Maman !

Elle le poussa en direction des arbres, le cœur déchiré.

Elle vit ses grands yeux bleus briller dans l'obscurité, puis il tourna les talons et partit en courant.

Dans son dos, le bruit d'une brindille qui se brise.

Agata se retourna, et se retrouva face à un Tatoué.

Une minute plus tard, elle avait reçu la marque, la douleur s'était estompée et elle n'était plus Agata.

Elle n'était plus personne. Elle n'avait plus ni passé ni famille, et il n'y avait plus de place dans son esprit que pour une seule pensée : l'Infinuit. Elle était prête à donner sa vie pour la défendre.

Les Blanc-Corbeau

La brûlure du whisky la ramena brutalement à la conscience. Elle ouvrit les yeux, secouée par une quinte de toux, recrachant la boisson par la bouche et par le nez, les papilles et les narines en feu.

— Tout doux, dit une voix de femme. Ne bouge pas, ma fille.

Deux visages soucieux se tenaient penchés au-dessus d'elle. Un homme aux cheveux gris et aux traits taillés à la serpe et une femme aux pommettes rondes vêtue d'une robe multicolore. Lara avait l'impression de l'avoir déjà vue. Elle reconnaissait aussi l'odeur, mélange de cuir, de papier et de poussière. Elle se redressa. Elle était dans la librairie – celle des livres qui murmuraient.

Des souvenirs confus lui revinrent en mémoire : le vieil Hans et l'oiseau, la foule aux abois, la milice… la fumée…

Elle voulut se lever, mais on la retint fermement.

— Du calme, ma fille. Tu es en sécurité maintenant. Nous sommes tes amis.

Lara plongea la main dans sa poche – vide. L'oiseau mécanique avait disparu ! Effrayée et perdue, elle chercha son médaillon autour de son cou – introuvable ! Elle se leva, et cette fois ils ne tentèrent pas de l'en empêcher. Son corps était endolori d'avoir été piétiné.

— Ne t'inquiète pas, lui dit la femme d'une voix douce. Les miliciens peuvent pas venir ici.

— Mes affaires, protesta Lara, ses doigts se refermant sur l'emplacement vide de son collier. Elles ont disparu !

— Mais non…

La femme se faufila derrière le comptoir de la boutique et revint avec le collier et l'oiseau mécanique. Lara lui arracha des mains le médaillon et l'enfila aussitôt autour de son cou, éprouvant un soulagement immédiat. L'oiseau ne bougeait pas. Il était étendu dans la paume de la femme, mort ou endormi. Mais lorsque Lara l'effleura, ses yeux de saphir s'illuminèrent.

La femme et l'homme échangèrent un regard profondément surpris.

— Comment tu t'appelles, mon enfant ? la pressa l'homme.

— Lara.

— Eh bien, Lara, je suis Magnus Blanc-Corbeau, et voilà ma femme, Bernie.

— Vous m'avez sauvée ? Mais pourquoi ?

— Parce qu'ils allaient t'envoyer à la potence, pardi ! s'exclama Bernie. On n'a pas idée de vouloir pendre une jeune fille !

— Mais qui se fatiguerait à sauver quelqu'un accusé d'être une sorcière ? Tout le monde déteste les sorciers… sauf, bien sûr, si vous *êtes* des sorciers ! Oh, mais non. Je peux pas être ici, j'ai déjà assez d'ennuis comme ça !

La femme, Bernie, sortit un gros cigare de sa poche. Elle l'alluma, puis inspira calmement une bouffée.

— Tu seras gentille de pas prononcer le mot « sorcier » en ma présence. C'est un vilain mot inventé par les mages blancs quand ils se sont ralliés au royaume d'Argent.

Elle inspira à nouveau, puis pointa le cigare en direction de Lara.

— Je vis depuis un bon bout de temps, mon petit, et j'ai vu pas mal de choses. Mais j'avais jamais rencontré une mage qui s'ignore.

— Moi ? s'écria Lara en portant les mains à sa poitrine.

L'oiseau vola d'une épaule à l'autre, et joua avec ses boucles noires.

— J'suis pas une soooorc… une mage ! J'suis une pauv' fille des rues, c'est tout !

— Pffft ! Et moi je suis une fée marraine ! Tu es une mage, mon petit, tu peux me croire. Écoute… Tu entends cette musique dans l'air ? Ce son qui ressemble à du cristal, à la lumière des étoiles et à des rêves en verre ? C'est de la magie que tu entends.

Lara tendit l'oreille et reconnut le murmure familier qui l'effrayait tant.

— De la magie ? Comment qu'on peut *entendre* de la magie ?

Bernie leva les yeux au ciel, comme si elle implorait de la patience.

— Parce que tu es une *mage* !

— Ce que j'aimerais comprendre, reprit Magnus, c'est comment tu as pu grandir sans le savoir. Où sont tes parents ?

— Ils sont morts.

— Ah bon, comment ? Quand ?

— Un accident quand j'étais bébé. J'ai passé quelques années dans un orphelinat, jusqu'à ce que je puisse plus le supporter. J'ai fugué. J'suis devenue glaneuse. J'suis douée pour ça.

Elle leva un doigt.

— Expliquez-moi un truc : si j'suis vraiment une mage, comment ça se fait qu'avant, j'entendais pas cette musique ? Pourquoi je l'entends pas depuis toujours, hein ?

Elle était certaine de leur clouer le bec, mais Bernie Blanc-Corbeau ne se démonta pas.

— Quel âge as-tu ? lui demanda-t-elle.

— Je sais pas exactement. Treize, j'pense.

— Eh bien, tout est normal. La magie ne se révèle qu'au moment où on quitte l'enfance pour devenir adulte. Ta magie commence juste à se réveiller, mon petit !

Lara considéra la vieille femme avec méfiance, mais elle était ébranlée par le doute. Se pouvait-il que ce soit vrai ? Était-elle une mage sans l'avoir jamais su ? Cela expliquerait bien des choses… les sons étranges… les rats dans les égouts… la mystérieuse attraction qu'avait produite sur elle le bateau chargé de sorts. Mais elle n'en avait pas envie ! Glaner, c'était très bien, ça rimait avec liberté. Mais être une mage, cela ne pouvait lui apporter que des ennuis.

— Laisse-moi te montrer quelque chose, Lara.

Bernie l'entraîna à l'arrière de la boutique, où le son de la magie était plus fort. Elle se planta devant l'étagère qui avait attiré Lara lors de sa première visite et, sans surprise, tendit la main vers le même livre. Lorsqu'elle le tira, le meuble s'enfonça dans le sol, livrant passage à la pièce secrète. Comme la fois précédente, des voix musicales, fragiles comme le verre, sortaient des livres. Lara inspira l'odeur des vieilles pages et le parfum des histoires oubliées.

— Les livres sont des objets magiques, lui dit Bernie. Pas besoin de baguette ou de chaudron. C'est une magie différente, bien sûr. Elle est contenue dans les pages, les mots. Une bonne histoire se fraye un chemin à l'intérieur de toi, elle fait partie de toi et te change en profondeur. C'est pour ça que j'ai ouvert cette boutique. Je m'occupe toujours de magie, mais je ne risque pas de me faire arrêter. Enfin, pas pour ça.

Elle prit un des livres sur les étagères de la pièce secrète et souffla dessus pour en faire voler la poussière.

— Tiens.

Lara feuilleta le livre… et éternua.

— Si tu veux bien, passe le doigt sur le dos, de haut en bas.

Lara s'exécuta.

— Et maintenant, rouvre-le.

Cette fois, le livre s'ouvrit en deux, et les pages – celles-là mêmes que Lara avait feuilletées quelques secondes plus tôt – se révélèrent creusées pour former une petite cavité. À l'intérieur se trouvait une fiole en verre. Lorsque Bernie l'effleura, des volutes de fumée argentée étincelèrent à l'intérieur.

— Un sort ? s'exclama Lara. Mais c'est interdit par la loi ! J'peux pas rester là ! Vous êtes des *sorciers* !

— Écoute, ma fille, ça commence à bien faire. Mme Hester répète à tout bout de champ que les sorciers sont cruels, que les sorciers sont sanguinaires, que les sorciers veulent prendre le pouvoir. Sornettes ! S'il y a quelqu'un de cruel, c'est elle. Quel autre mot pour décrire une femme qui confisque les âmes et les garde dans des cages ?

Lara revit le mage blanc qui devait être pendu place de la Faucheuse, son visage triste et terrifié, et cette étrange chose brillante dans la cage… son âme. Ça paraissait assez cruel, en effet, de découper les gens en morceaux. Elle se pencha vers la fiole, qu'elle toucha du bout du doigt.

— Qu'est-ce qu'il fait, ce sort ?

Bernie sourit.

— C'est une potion de guérison. Une merveille. Elle pourrait guérir tellement de malades dans cette ville si elle était autorisée ! Mais on ne la trouve qu'au marché noir, et tout un tas de pauvres gens meurent bêtement.

Lara remarqua que la vieille femme ne pouvait pas s'empêcher de fixer l'oiseau mécanique, visiblement fascinée. La jeune fille tendit le doigt pour lui servir de perchoir.

— Pourquoi vous le regardez comme ça, m'dame Blanc-Corbeau ?

La lueur bleue des saphirs se refléta dans les yeux de Bernie.

— Tu as déjà entendu parler du Dernier Sort, Lara ?

— Non. J'sais rien du tout sur la magie, j'arrête pas de vous l'dire !

— Enfin, tu as quand même entendu parler de Mages-du-Ponant ?

— C'est là que vivent les sor… les autres mages, j'crois bien.

— Bingo. Mages-du-Ponant est le pays d'origine des mages du monde entier. C'est un endroit magnifique, une ville entière nichée dans les branches d'un arbre si grand qu'il touche le ciel. Chaque année, Lara, l'Arbre-mère se couvre de grandes fleurs brillantes – c'est ce qu'on appelle la Floraison. C'est d'elle que provient la magie, et d'elle que les mages tirent tout leur pouvoir.

— Et qu'est-ce que j'ai à voir là-d'dans, moi ?

— Patience, ma fille ! Il y a des centaines d'années, Sam Faucon, le plus grand mage de tous les temps, a créé un sort pour nous protéger contre les dangers laissés par les dieux après leur départ. C'est le sort le plus puissant qui ait jamais existé. Il l'a appelé le Dernier Sort et il a été conservé à Mages-du-Ponant pendant des siècles, jusqu'à la guerre civile. Mme Hester a pris la tête d'un groupe de mages qui voulaient utiliser le sort pour conquérir le monde. Son groupe fut finalement vaincu et dispersé. Dans leur hâte à trouver un refuge, ils ont pactisé avec le royaume d'Argent et sont devenus les mages blancs que tu connais aujourd'hui.

— Et le sort, qu'est-ce qu'il est devenu ?

— C'est là que les choses se compliquent, dit Bernie. D'après la légende, pendant la guerre civile, il aurait été confié à une confrérie de mages qui l'auraient emporté loin de Mages-du-Ponant, hors de portée de Hester.

Magnus Blanc-Corbeau les rejoignit avec un livre couvert de toiles d'araignée. Il désigna l'oiseau mécanique d'un signe de tête.

— Les oiseaux sont des créatures sacrées pour les mages. On dit qu'après notre mort, après qu'Alice Grise nous a conduits à travers le désert des Os, un oiseau emporte notre âme jusqu'à notre nouvelle vie. Ce serait logique, j'imagine, que Sam Faucon ait caché le Dernier Sort dans le corps d'un oiseau.

Il ouvrit le livre, soulevant la poussière accumulée depuis des années.

Lara observa la page, où était dessiné un groupe de personnes vêtues de longues robes – des mages des temps anciens, supposa-t-elle – réunis autour d'un socle sculpté. Sur le socle se trouvait…

Un oiseau.

Elle plissa les yeux et se rapprocha du livre, le cœur battant. L'animal était facilement reconnaissable. C'était un oiseau mécanique en bois et en or. Lara secoua la tête très lentement et regarda celui juché sur son épaule. Comme en réponse, il lui donna un petit coup de bec sur le nez.

— Mais c'est… est-ce que… ça peut pas…

Le visage de Bernie s'éclaira.

— Je pense que ce petit oiseau, Lara, pourrait bien être le Dernier Sort, la magie la plus puissante qui existe au monde.

Alors qu'elle prononçait ces mots, le soleil s'éteignit.

Affaire conclue

Saisie de terreur, Lara s'avança jusqu'à la porte de la librairie des Blanc-Corbeau, la main sur son cœur pour vérifier qu'il battait encore. Le médaillon vibrait contre sa peau comme les ailes d'une libellule. La musique produite par les sorts, le médaillon, l'oiseau et les livres s'amplifia jusqu'à atteindre un niveau assourdissant. Puis, d'un coup, tout s'arrêta.

— Le soleil. Où est parti le soleil ?

À travers la vitre, elle apercevait un morceau de ciel parfaitement dégagé, d'un noir d'encre constellé d'étoiles.

Dans la boutique plongée dans l'obscurité, Bernie et Magnus fouillaient frénétiquement les poches de leur manteau. Lara entendit un tintement, puis une vive lumière jaillit au bout de leur baguette.

Lara tremblait tellement que ses jambes la portaient à peine. De la rue lui parvenaient toujours plus de cris, et elle devait se retenir de crier elle aussi, de courir se réfugier dans les égouts, au fond du tunnel le plus profond qu'elle pourrait trouver.

Bernie lui toucha le bras, et elle bondit.

— Lara. Il faut que tu m'écoutes. Je sais que tu as peur. On a tous peur, mon petit. Mais il faut garder la tête froide.

— Le soleil a disparu…

Levant les yeux vers Bernie, elle vit que ses joues avaient perdu leurs couleurs et qu'elle frissonnait. La vieille mage ferma les yeux et inspira lentement.

— Réfléchis, Bernie, dit-elle, se parlant à elle-même. Le port ! Rob est sûrement là-bas !

— Mais il ne sera pas prêt, protesta Magnus. On ne devait larguer les amarres que dans deux jours.

— Par les genoux cagneux de Terre-mère, Magnus ! Je pense que, vu les circonstances, Rob sera prêt quand on lui dira de l'être !

Lara retrouvait peu à peu ses esprits.

— C'est des mages qui ont fait ça ?

Bernie secoua la tête.

— Non, c'est pas des mages, répondit-elle, portant la main à sa gorge. C'est l'Infinuit.

Magnus secoua la tête, grimaçant comme s'il avait avalé quelque chose de très amer.

— On n'en sait rien, Bernie !

— Ne fais pas l'idiot ! Bien sûr que c'est elle ! Elle est sortie, je ne sais comment ! Et les Tatoués ne vont pas tarder !

Lara regarda le ciel. Elle se souvenait de ces nuits, dans le dortoir, où elle se blottissait sous les couvertures tandis que les grands racontaient de terrifiantes histoires sur l'Infinuit et les Tatoués qui vous coupaient la gorge dans le noir.

— C'est vrai ? C'est vraiment vrai ?

Bernie lui parut soudain vieille et usée. Elle tendit la main vers l'oiseau mécanique, mais celui-ci s'envola pour se poser sur l'autre épaule de Lara.

— Un bateau nous attend au port. Il faut aller à Mages-du-Ponant et espérer qu'on arrive avant l'Infinuit ; il faut absolument prévenir la Mage Suprême.

— J'veux pas partir !

— Il le *faut*, mon petit. Le mécanisme est enclenché. L'oiseau, j'ai l'impression, ne réagit qu'à toi. Il y a un lien entre vous. Tu ne vas quand même pas être assez égoïste pour nous refuser ton aide ?

Lara regarda, par la vitrine, les gens qui passaient en courant comme des ombres. Les coups de sifflet des miliciens résonnaient dans toute la ville. Elle avait l'impression d'être une brindille emportée par le courant dans les canaux des égouts, incapable de contrôler où elle allait. Soudain, elle pensa au petit Joe seul dans sa chambre, perdu et terrifié, veillant comme il pouvait sur sa grand-mère.

— Bien sûr que non. J'viens avec vous. Mais seulement s'il y a la place sur le bateau pour deux d'mes amis.

Bernie et Magnus échangèrent un long regard.

— Très bien, dit la vieille mage. Affaire conclue.

Le voyage commence

— T'as reçu un coup sur la tête ou quoi ?

Campé sur le seuil de sa petite chambre sous les toits, Joe Petitpied regardait Lara comme si un deuxième nez lui avait poussé au milieu de la figure. La seule lumière provenait de la lampe de glaneur de Joe, qu'il s'était empressé d'allumer lorsque le soleil avait disparu. Son visage était couvert d'ecchymoses bleu-jaune dues à l'attaque de l'Étrangleur.

— Ces histoires de Tatoués et cette idée de quitter le Havre-du-Roi… ça t'ressemble pas, Lara.

— Regarde ce qui se passe dehors, Joe ! C'est la panique ! C'est dangereux d'rester !

Lara fit un geste vers Bernie, qui se tenait en retrait dans la pénombre, quelques marches plus bas.

— Un bateau nous attend. V'nez tous les deux, Mémé et toi. Juste le temps que ça se calme un p…

— Mais t'es sourde ? On part pas !

C'était la première fois que Joe haussait le ton face à Lara, et elle en fut si décontenancée qu'elle ne sut comment réagir. Même Joe parut surpris. Son expression s'adoucit et il baissa les yeux vers le sol.

— On peut pas, c'est tout.

Une quinte de toux sèche se fit entendre dans l'appartement, suivie de bruits de gorge et d'étouffement. Joe se précipita à l'intérieur.

Lara le suivit. Elle le trouva au chevet de Mémé, qui disparaissait sous ses couvertures sales, prise par la fièvre. Elle ne put cacher son choc – elle avait vu Mémé quelques jours plus tôt, mais elle semblait avoir rétréci depuis, elle n'avait plus que la peau sur les os.

Joe prit un chiffon humide et lui en tamponna le front.

— J'crois que c'est grave, cette fois. Vraiment grave.

— Attends une minute !

Lara fonça vers l'escalier et entraîna Bernie Blanc-Corbeau dans la chambre.

— Vous pouvez faire quelque chose, Bernie ? S'il vous plaît ? Une de vos potions de guérison…

— J'en ai pas sur moi, et on n'a pas le temps, marmonna la mage.

Mais Lara leva vers elle des yeux suppliants et la femme sortit à contrecœur sa baguette de son manteau. Une des fioles contenues dans le barillet étincela, et une lumière vive et douce illumina le petit appartement.

Joe, bouche bée, laissa tomber son chiffon.

— Z'êtes une sorcière ! J'veux pas de sorcière chez moi !

— Du calme, mon garçon.

Bernie se pencha au-dessus de Mémé, posa sa main libre sur son front mouillé, puis elle se tourna vers Lara et secoua discrètement la tête.

— Elle est très malade. Tout ce que je peux faire, sans potion, c'est l'aider à se sentir mieux. Ce sera à elle de faire le reste.

Elle plongea à nouveau la main dans son manteau et Lara se demanda avec perplexité combien de poches comptait celui-ci. Bernie tendit à Joe un flacon minuscule, mais il recula comme si c'était un bâton de dynamite allumé.

— Par les crocs de l'Enfer, mon garçon, si je te voulais du mal, tu le saurais assez vite ! Ça va soulager sa douleur.

Joe prit avidement le flacon, ôta le bouchon, puis versa quelques gouttes dans la bouche de sa grand-mère. L'effet fut immédiat ; son agitation cessa d'un coup, et ses traits se détendirent. Joe regarda Bernie avec un mélange de surprise et de gratitude.

— On part, dit celle-ci. Tout de suite.

Lara s'écarta.

— Non. Pas sans eux.

— Cette femme est trop malade. Le voyage la tuerait.

— Alors, je reste pour aider Joe. Prenez l'oiseau !

— Stop ! s'écria le garçon, s'interposant entre elles deux.

Son amie eut l'impression qu'il était plus grand que d'habitude.

— Lara, j'sais pas dans quoi tu t'es embarquée, mais j'veux pas y être mêlé, tu m'entends ? Mémé a besoin de moi, et je pourrai rien pour elle si je pends au bout d'une corde parce que j'ai eu affaire avec des sorcières – sauf votre respect. Tu la mets en danger rien qu'en étant ici, alors... je crois que tu f'rais mieux d'partir.

Lara le fixa avec incrédulité.

— Mais, Joe...

— S'il te plaît, va-t'en.

Bernie posa la main sur son bras et, cette fois, elle se laissa entraîner sur le palier sans protester. Alors qu'elle descendait l'escalier plongé dans l'obscurité, elle jeta un dernier regard à Joe, qui la regardait s'éloigner.

— J'reviendrai te chercher, Joe, j'te le promets !

Il ne répondit pas, et lorsque Bernie éteignit la lumière de sa baguette, son visage disparut dans le noir de cette nuit contre nature.

Lara n'eut pas le temps de s'appesantir sur la situation de Joe, car une fois dans la rue, elle comprit qu'elle avait besoin de toute sa présence d'esprit si elle voulait arriver vivante au port. Dans les égouts, elle n'avait jamais eu peur du noir, parce que c'était normal qu'il y fasse noir, non ? Mais cette obscurité-là n'était pas normale, elle était terrifiante. Alors qu'elle suivait Bernie à travers les rues, elle ne pouvait s'empêcher de lever régulièrement les yeux vers le ciel. La vue de cette immensité sombre, là où, une heure plus tôt, s'étendait un ciel bleu sans nuages, la faisait frissonner. Elle serrait sa poche dans sa main, sentait la présence de l'oiseau, et sa chaleur l'aidait à rester courageuse.

La nuit était tombée en pleine matinée, alors que la ville grouillait de vie jusque dans les moindres recoins, et tous ces gens occupés à acheter et à vendre, à boire et à bavarder, couraient maintenant en tous sens, saisis de panique, essayant désespérément de rejoindre leurs proches ou, simplement, de trouver un endroit où se réfugier.

— C'est la fin ! cria un homme, bousculant Lara si violemment qu'elle manqua tomber.

Elle avait l'impression que chaque fois qu'elle clignait des yeux, les bruits et les odeurs s'intensifiaient. L'air était chargé de peur.

— Dame Lumière, sauvez-nous !

— Maman ? Maman, où t'es ?

— Hé ! bas les pattes ! Je vais vous apprendre, moi, à vider les poches des dames !

Un cœur-de-fer passa en trombe, tirant une charrette lourdement chargée de tonneaux de souffle-de-dragon. Privé de conducteur pour le guider dans le noir, le grand cheval mécanique fonça dans un bâtiment, et sa cargaison explosa.

BOUM !

Lara entendit d'abord la déflagration, puis un souffle d'air brûlant la souleva de terre comme une poupée de chiffon. Elle atterrit lourdement sur les pavés, la respiration coupée, tandis que les débris retombaient en pluie autour d'elle.

Cris.

Pleurs.

Gémissements de douleur.

Une épaisse fumée noire se répandit dans la rue, lui pénétrant les poumons et les yeux. Elle se releva et suivit de près Bernie qui se frayait péniblement un passage au milieu des rues bondées du bidonville. La vieille mage avait prudemment rangé sa baguette et se contentait d'une lampe : les gens cherchaient toujours un bouc émissaire, et une sorcière aurait fait une cible idéale.

Elles passèrent sous le pont ferroviaire et débouchèrent sur le port. La marée était presque haute. Laura eut l'impression que le danger affinait ses sens : les odeurs de whisky pur feu, de tige-poivre et d'algue de lune étaient plus fortes que dans ses souvenirs.

Bernie lui indiqua la direction.

— Nous avons un bateau qui apporte des sorts de Mages-du-Ponant et qui repart avec les mages blancs libérés. Le capitaine connaît son affaire. C'est un grand contrebandier, mais il n'est pas à moitié casse-c… Ah, nous y voilà !

Lara jeta un regard au bateau en question, et son ventre se noua. C'était *La Libellule*, le bateau sur lequel elle était montée – celui dans lequel elle avait découvert une cargaison clandestine de sorts de sorcier.

— Bernie !

Magnus courut sur la passerelle et serra sa femme dans ses bras.

— Merci, Terre-mère ! Rob a fait du bon boulot. On est presque prêts à partir.

Le capitaine, un géant barbu, déplaçait des caisses et de grosses cordes à la lumière vacillante de torches à souffle-de-dragon.

— C'est ça, les gars ! Faites les malins !

Il se dirigea vers eux à grandes enjambées, et Lara se cacha derrière Magnus et Bernie.

— Qu'est-ce que tu dis d'ça, Bernie ? demanda-t-il en tendant le doigt vers le ciel. C'est quoi, ce tour de passe-passe ? Les mages blancs ?

— Aucun risque. Sont pas assez intelligents – et même s'ils l'étaient, y a pas assez de magie dans le monde pour faire un truc pareil ! C'est l'Infinuit, Rob. Elle est revenue. Et toute cette panique que tu vois, toute cette peur… l'Infinuit va s'en régaler.

Rob croisa les bras, comme pour se faire un câlin à lui-même.

— Tu penses qu'elle est déjà arrivée à Mages-du-Ponant ?

— Non. Je pense qu'on le sentirait. Peut-être qu'elle a pas encore rassemblé assez de force. Ou peut-être au contraire qu'elle se retient. Comment savoir !

Le capitaine leva les yeux vers les cieux.

— J'me sentirai mieux à la maison. Cette ville va tomber en miettes.

— J'suis bien d'accord, approuva Bernie. Au fait, on a une passagère de plus.

Magnus tira de sa cachette Lara qui, après un premier réflexe de recul, défia Rob d'un regard flamboyant. Lorsqu'il la reconnut, la rage s'empara de lui.

— Toi ! s'écria-t-il en s'avançant vers elle.

— Hé, du calme, Rob ! C'est quoi, le problème ?

— Le problème, Magnus, c'est que ce rat des rues a failli m'coûter mon bateau et ma cargaison !

— Quoi ? Mais non, Rob, c'est Lara. Elle est avec nous.

— Une voleuse, voilà c'que c'est ! Elle est montée clandestinement à bord de *La Libellule* et elle a réveillé tous les sorts de la cale ! Il m'a fallu des heures pour me débarrasser de tous ces arbres qui poussaient à travers le pont ! J'aurais pu me faire prendre ! Et me r'trouver à pendre au bout d'une corde !

Lara gonfla la poitrine.

— J'vous ai rien volé ! C'était un accident !

À la lueur de la lampe, le visage de Rob prenait une teinte rouge inquiétante.

— Vous, reprit-il en direction du couple de vieux mages, z'êtes les bienvenus. Mais cette… ce *rat d'égout*, hors de question qu'elle r'mette les pieds sur mon bateau !

Bernie, semblait-il, en avait assez entendu. Elle fit un pas décidé vers Rob, le haut de sa tête lui arrivant à peine au menton. D'une voix si tranchante qu'elle aurait pu percer la coque du navire, elle déclara :

— Écoute-moi bien, Rob Nielsen. Ce qui s'est passé, je m'en moque. L'Infinuit est revenue, on sait pas comment, mais elle est là, et les Tatoués ne sont pas loin derrière. Il faut absolument qu'on emmène cette gamine à Mages-du-Ponant. Alors, tu arrêtes de te comporter comme un nigaud et tu laisses Lara monter à bord, ou je n'hésiterai pas à prévenir la Mage Suprême que tu as saboté ses plans !

Une expression de colère passa sur son visage. Mais il se contint et la ravala.

— Si jamais elle s'avise de voler quoi que ce soit, je jure que je la jette aux poissons-loups de mes propres mains !

Il fit volte-face et abattit le poing sur la coque du bateau.

— Les gars ! On part ! Tout de suite !

Les moteurs à vapeur de *La Libellule* rugirent et les aubes se mirent à tourner, emportant Lara et ses amis loin du chaos de la ville plongée dans le noir, le long du fleuve de l'Ancre et dans la baie des Médisances.

Les lampes scintillaient à travers la ville comme des vers luisants, et, tandis que le bateau dépassait la baie, Lara ressentit un pincement au cœur. C'était la première fois qu'elle quittait les faubourgs du Havre-du-Roi. Les ruelles et les égouts avaient été son refuge, formant un véritable cocon. Mais à présent, comme une chrysalide, elle devait en sortir.

Debout à la proue du bateau, elle regardait le ciel noir et dégagé, aux étoiles si nombreuses qu'il semblait sans fin. Bernie avait eu une longue discussion avec Magnus et Rob, mais elle les quitta pour rejoindre Lara. L'air était devenu si froid qu'un nuage de vapeur s'élevait à chaque respiration.

Lara continuait à contempler le ciel.

— J'me rappelle, quand j'étais petite… j'mourais de trouille quand les grands racontaient ces histoires d'Infinuit. Ils disaient que les Tatoués surgissaient de l'obscurité pour manger les gens et boire leur sang. Et ceux qu'ils épargnaient, ils leur jetaient un sort pour en faire leurs esclaves. Est-ce que c'est vrai ?

Lara pensait à tous ceux qu'elle connaissait, qu'elle avait laissés au Havre-du-Roi, et des images horribles, sanglantes, lui remplissaient la tête.

La femme passa le bras autour de ses épaules, mais ne répondit pas.

— Qu'est-ce qu'on va faire, Bernie ?

Celle-ci regarda les vagues qui se brisaient contre la proue.

— On va voir la Mage Suprême, la cheffe de tous les mages libres du monde. Ce qu'il faut espérer, c'est que ton oiseau contienne le Dernier Sort. Et si c'est le cas, tu es peut-être la plus importante des mages aujourd'hui.

Ses paroles restèrent suspendues dans l'air, et Lara sentit son regard posé sur elle.

— J'sais pas si je suis vraiment une mage, Bernie.

Alors qu'elle parlait, l'oiseau mécanique s'envola de sa poche pour se percher sur son épaule.

— Moi, je le sais, dit une voix.

À la grande surprise de Lara, un garçon les avait rejointes. Un étrange vide hantait ses yeux, et il était pâle comme du lait. Elle inspira profondément.

— J'te reconnais ! C'est toi l'mage blanc qu'ils voulaient pendre sur la place d'la Faucheuse ! Je t'ai vu sur la potence !

Le garçon acquiesça. À l'expression de son visage, elle comprit qu'elle avait ravivé des souvenirs douloureux.

— Moi aussi, je te reconnais, reprit-il. Je t'ai vue dans la foule.

Lara regarda Bernie, bouche bée.

— Mais… ça veut dire… que c'est vous qui l'avez sauvé, lui aussi ? C'est vous… qu'avez fait apparaître le dragon de feu ?

Bernie lui fit un clin d'œil. Le regard de Lara s'illumina.

— Et encore, tu ne sais pas tout, ajouta le mage. Magnus m'a trouvé plusieurs semaines auparavant et Bernie s'est glissée en douce dans le quartier des mages blancs pour m'aider. Ils auraient pu se faire tuer !

— Peuh ! s'exclama Bernie. Qu'ils essaient !

— Alors, tu as fui Mme Hester et le roi ? demanda Lara.

— On peut dire ça, oui. Je m'appelle Double Huit.

— Double Huit ?

— En vrai, mon nom entier est Huit-Huit-Cinq-Quatre-Sept-Six, mais c'est un peu long…

Un bruit métallique venant des entrailles du bateau le fit sursauter, et il leva les yeux vers la nuit surnaturelle. Lara pensa qu'il avait l'air petit et fragile.

Bernie voulut passer le bras autour de ses épaules, mais il s'écarta instinctivement, comme s'il craignait d'être frappé. Elle laissa lentement retomber sa main.

— Tu as encore peur, bonhomme. Mais tu es entouré d'amis, ici ! Et vous avez beaucoup en commun, tous les deux. Vous reprenez tout à zéro.

Elle lui expliqua alors que Lara venait seulement de découvrir son passé et elle lui parla de l'oiseau mécanique. Lorsqu'elle eut fini, Double Huit plongea le regard dans celui de Lara.

— Comment tu peux douter ? Je *sens* la magie qui rayonne autour de toi !

— J'sais pas, moi, se défendit-elle, mal à l'aise. Je suis pas née avec tout ça comme toi…

— Tu n'es pas née en esclavage, tu veux dire ?

— Pas besoin de faire le malin. T'es pas le seul à avoir connu une vie dure, tu sais !

Bernie s'avança vers eux.

— Je suis sûre que vous vous entendrez bien quand vous vous connaîtrez mieux. Mais pour le moment, Lara, il faut que je te prouve que tu es une mage, une bonne fois pour toutes.

— Ah ? Et comment qu'vous allez faire ?

Bernie se contenta de sourire.

— Tu vas voir.

Du sang sur la table

Mme Hester, debout devant la fenêtre de sa tour, contemplait l'Infinuit. Malgré ses fourrures et le feu qui crépitait dans la cheminée, elle frissonna.

— À l'époque des dieux, on l'appelait le Bodach.

Elle détourna les yeux de la fenêtre. Dans la pièce éclairée par les flammes, Jack Dombre se tenait adossé au mur, bras croisés.

— De quoi tu parles ?

— L'Infinuit. Pendant la guerre, c'était une arme vivante. Dame Lumière l'avait terrassée et enfermée au fond des Enfers, et elle y serait restée si vos collègues ne lui avaient pas ouvert la porte il y a mille ans.

Mme Hester pencha la tête sur le côté.

— Mes *collègues* ?

— Longtemps après la fin de la guerre et le départ des dieux, un groupe de mages explorateurs a voyagé du côté obscur du monde. Ils ont trouvé la prison du Bodach et l'ont libéré sans savoir ce que c'était. Celui-ci les a marqués du sceau de la magie noire et en a fait son armée.

— Les premiers Tatoués…, murmura Mme Hester.

Elle les imagina en route vers le Havre-du-Roi, se déplaçant avec la nuit – une armée de monstres. Sa respiration devint courte et hachée.

— Tu as le sort, j'imagine ? Je ne vois pas d'autre raison possible à ta visite.

— Pas tout à fait, répondit le djinn.

Mme Hester marcha jusqu'à l'étagère où était rangée l'antique urne en argile, décorée de symboles à moitié effacés. En la voyant, Jack Dombre fut parcouru d'un frisson.

Elle la souleva et la soupesa.

— Tu sais, le jour où je suis entrée dans cette boutique d'antiquités, dans le sud, et que j'ai vu cette urne au milieu d'une pile de bric-à-brac sans valeur, je n'en ai pas cru mes yeux. Personne n'avait idée de ce que c'était, bien sûr, ni qu'elle contenait un djinn – je n'en étais pas certaine moi-même. Une simple pièce d'argent, et l'affaire était conclue.

Ses yeux étincelèrent de colère.

— Lorsque je t'ai libéré, tu as promis de me rapporter le Dernier Sort. Et voilà où nous en sommes, plus de dix ans après ! J'attends toujours.

— Je sais où est le sort, dit Jack Dombre.

— Oui, dans les égouts. Tu me l'as dit. Mais pourquoi tu ne l'as pas encore trouvé ?

— Il n'est plus dans les égouts. Il y a eu une complication. Une fille.

— Une fille ?

— Oui. Elle a un collier qui… c'est… cela me trouble.

Sous l'effet de la stupéfaction, Mme Hester grimaça.

— Tu penses qu'elle fait partie de la *confrérie* ?

— Peut-être. Je ne sais pas.

— Mais ils n'étaient que treize, dit Hester. Treize protecteurs du Dernier Sort, et tu les as tous éliminés.

— Regardez.

Jack Dombre sortit de sa poche une poignée de médaillons en bois, qu'il posa sur une table.

— Il n'y en a que douze, fit remarquer Mme Hester.

— Exact. Celui qui manque a été détruit la nuit où j'ai tué Bella Goupil. L'explosion de la rue de l'Éclopé. Enfin, c'est ce que je croyais.

Mme Hester resta un instant pensive. Puis elle se précipita vers des étagères qui croulaient sous les bouteilles et les pots. Elle prit un grand bocal, dont elle tira la carcasse d'un rat.

Elle rejoignit ensuite son bureau près de la fenêtre, y déposa le rat et lui incisa le ventre à l'aide d'un petit couteau. Ses boyaux se déversèrent, répandant l'odeur cuivrée du sang dans la pièce. Du bout du doigt, Mme Hester remua et déplaça le cœur, les poumons et les intestins. Lorsqu'elle fut satisfaite, elle étudia ce qui se présentait à elle, écarquillant et plissant les yeux tour à tour, articulant silencieusement, comme si elle lisait une histoire fascinante. Soudain, elle abattit le poing sur le bureau couvert de sang et regarda Jack Dombre avec une expression meurtrière.

— Le treizième collier n'a *pas* été détruit !

L'homme sans ombre grommela et serra les poings.

Mme Hester suivit du doigt les boyaux du rat. Une lueur de rage fit étinceler ses yeux.

— Cette fille dont tu parles, celle qui a le collier, c'est la fille de Bella Goupil. Elle était là, rue de l'Éclopé.

— Mais c'était un bébé ! Elle n'a pas pu survivre !

— À moins que la sorcière ne l'ait cachée et protégée !

— Alors… vous voulez dire que Goupil a confié le collier à son enfant ? Et avec lui sa mission… et son lien avec l'oiseau ?

Mme Hester acquiesça.

— Ce qui veut dire que tu m'as trompée. La confrérie n'a pas été détruite. Tant que cette fille vivra, son âme sera liée au sort et c'est la seule à pouvoir l'utiliser. Je n'ai aucun moyen de contrôler cette chose que nous avons libérée !

— Nous ? J'aurais pensé que…

— Ton travail n'est pas de penser ! Ton travail est d'exécuter mes ordres ! Tu as laissé à la confrérie une deuxième chance en laissant vivre cette gamine. Si jamais elle découvre qui elle est et ce qu'est ce sort, tous mes plans seront par terre ! Et si elle essaie de lancer le Dernier Sort ? Au mieux, elle l'utilisera de travers, au pire, elle ne sera pas capable de maîtriser un tel pouvoir et ça la tuera. Et qu'allons-nous devenir, hein, sans aucun moyen de contrôler l'Infinuit ? Il n'y aura plus de sorciers, plus de mages blancs, plus de magie ! L'Arbre-mère va mourir…

Mme Hester respirait de plus en plus mal.

— Cela signera notre fin.

Jack Dombre examina ses ongles.

— Peut-être, dit-il, que vous n'auriez pas dû jouer avec quelque chose d'aussi puissant. J'ai essayé de vous mettre en garde…

Mme Hester s'approcha de lui. Sur son visage grimaçant, la panique le disputait à la fureur.

— Trouve cette fille. Tue-la. Rapporte-moi le sort. C'est ta dernière chance. Si tu échoues encore une fois, tu retourneras dans l'urne et je veillerai à ce que personne ne la retrouve jamais !

L'ENVOL DES MAGES

Loin de là, à Mages-du-Ponant, Léora Ramau, la Mage Suprême, avait réuni le conseil sur les plus hautes branches de l'Arbre-mère. De là, ils n'avaient qu'à se tourner vers l'est pour la voir : cette monstrueuse noirceur qui rampait dans le ciel. Malgré la distance, ils sentaient son pouvoir, et leurs cœurs étaient remplis de peur.

— Comment a-t-elle pu sortir ? demanda John Griffours, un très grand homme à la peau noire, qui n'avait qu'un bras – résultat d'une rencontre avec une meute anti-sorciers, longtemps auparavant.

— Qu'est-ce que ça peut faire, de toute façon ? rétorqua Becca Caillou. Elle est libre. Ce qu'il faut, c'est trouver un moyen de la capturer.

— Pourquoi elle n'est pas venue jusqu'ici ? s'étonna Emmet Plume, levant le doigt vers le ciel de Mages-du-Ponant, d'un bleu saphir par cet après-midi ensoleillé. Elle a envahi la plupart des régions du monde, mais elle s'est arrêtée à quelques encablures de chez nous. Pourquoi ?

— Elle attend, déclara la Mage Suprême.

— Pourquoi, madame ? demanda Griffours.

— Je pense qu'elle a envoyé les Tatoués au Havre-du-Roi afin de lever une armée. Ensuite seulement, elle viendra ici pour nous détruire.

— Les pauvres ! s'exclama Becca Caillou. Est-ce qu'on ne devrait pas les aider ?

— Ces « pauvres » gens, se moqua John Griffours, n'hésiteraient pas une seconde à te passer la corde au cou. Pourquoi devrions-nous les secourir ? Ils ont leurs précieux mages blancs ! Laissons Mme Hester se débrouiller seule. D'ici là, la confrérie du Dernier Sort va prendre les choses en main, j'en suis sûr. C'est leur rôle, après tout.

— L'Infinuit gagne en puissance, reprit Léora Ramau, dont les cheveux se déployaient sur les épaules en longs rubans roux foncé. Je ne vois aucun signe de l'intervention de la confrérie du Dernier Sort. L'Infinuit se nourrit de toute cette peur. On ne peut pas savoir qui sont les membres de la confrérie, où ils sont, ni comment communiquer avec eux ; le temps qu'ils arrivent – *s'ils* arrivent –, ce sera peut-être trop tard.

— C'est sûr, madame, approuva Becca Caillou. Ça fait des centaines d'années que la confrérie a été fondée. Ses membres doivent s'être éparpillés dans le monde entier. Rien ne dit même qu'il en existe encore ! Et si le sort de Sam Faucon s'était perdu ?

Un murmure parcourut le cercle.

— Je suis d'avis qu'on parte dès aujourd'hui, déclara Emmet Plume. Le plus vite possible. Unissons-nous et affrontons l'Infinuit ! Attaquons-la avant qu'elle ait levé toute une armée et déployé ses ténèbres sur Mages-du-Ponant. C'est ce que dirait Bernie Blanc-Corbeau si elle était là, madame.

Léora acquiesça. Bernie était son amie, et elle lui faisait une entière confiance, mais elle était incapable de rester en place : elle avait insisté pour partir au Havre-du-Roi pour exfiltrer d'autres mages blancs de la ville et la Mage Suprême avait accepté de la laisser partir. En ce moment difficile, elle lui manquait terriblement.

Des oiseaux froissèrent les feuilles alentour et un rayon de soleil traversa les branchages, inondant de lumière la plateforme en bois.

— Si nous nous envolons, dit Léora, nous courons le risque de ne jamais revenir.

— Mais si on ne s'envole pas, madame, insista Emmet, le soleil risque de se coucher pour la dernière fois sur l'Arbre-mère.

La Mage Suprême joua un instant avec une mèche de ses longs cheveux roux.

— Nous allons voter. Qui est pour ?

Cinq mains se levèrent, la sienne comprise.

— Contre ?

Seul John Griffours leva la main.

— C'est décidé, alors, conclut Léora. Nous partons.

Au centre de la plateforme, un chaudron cuisait sur un feu crépitant. La Mage Suprême et son conseil siégeaient autour. Elle sortit alors un flacon étonnant, en forme de faucon, dont le bouchon en bois représentait la tête. Léora le jeta dans le chaudron. Aussitôt les flammes s'élevèrent haut et clair, puis explosèrent en six doigts de lumière qui frappèrent chacun des membres à la poitrine, les plongeant dans une transe profonde. De leurs lèvres sortirent des volutes de brume dorée qui s'élevèrent au-dessus du cercle et formèrent six immenses créatures ailées, semblables à des oiseaux.

Les âmes de Léora Ramau et des membres du conseil n'étaient pas, comme celles des mages blancs, de petites choses vacillantes, affaiblies par l'emprisonnement, privées d'espoir et de liberté. Non, c'étaient des âmes puissantes, immenses et sauvages. Elles s'envolèrent au-dessus de l'Arbre-mère et cabriolèrent dans le ciel surplombant la mer d'Étain, étincelant de mille feux, déterminées à affronter l'Infinuit.

Rédaction de sorts

— Réveille-toi, Lara.

Elle dormait à poings fermés, chaudement blottie contre une botte de paille dans la cale du bateau quand une voix familière s'immisça dans ses rêves. Ouvrant à moitié les yeux, elle distingua la lueur d'une lampe à souffle-de-dragon.

— Bernie ? Qu'est-ce qui se passe ?

— Viens avec moi, mon cœur. Et mets ton manteau. Ça gèle.

Sur le pont régnait en effet un froid mordant ; le bateau de Rob Nielsen fendait l'écume au milieu d'une nuit s'étendant à l'infini. Tout en se calfeutrant dans son manteau, Lara suivit Bernie jusqu'à la proue. Double Huit était assis à côté d'un petit chaudron dans lequel brûlaient quelques flammes. Lara sentit une odeur de brindilles et de feuilles.

— Qu'est-ce que c'est ?

Bernie posa sa lampe et sortit un cigare d'une des innombrables poches de son manteau de mage. Elle l'alluma dans les flammes et inspira une bouffée avant de faire surgir un portefeuille en cuir, une bouteille d'encre et une plume d'oie. Ouvrant le portefeuille, elle en tira une feuille de papier, qu'elle passa à Lara, ainsi que la plume.

— Je… j'comprends pas.

— Je t'ai dit que j'allais te prouver que tu étais une mage, pas vrai ? dit Bernie en soufflant des ronds de fumée. Voilà comment. Tu vas écrire un sort.

— Un sort ? se récria Lara. Mais j'sais pas faire !

— Prends la plume, mon petit, insista Bernie en la lui fourrant dans la main. Savoir écrire un sort ne dépend pas du nombre de manuels qu'on a lus. C'est une question de ressenti, Lara. Il suffit d'écouter la petite voix à l'intérieur de toi. Mais seule une mage peut le faire… alors, j'aimerais que tu fasses un sort de lumière. Ça me paraît idéal pour commencer, surtout dans ces circonstances…

Lara fixa la plume dans sa main, puis leva les yeux vers Double Huit.

— Comment je fais ?

Il haussa les épaules.

— Le seul sort que je connaisse, je l'ai recopié mot pour mot d'un livre. Je n'avais pas le droit d'essayer quoi que ce soit d'autre. Je suis comme toi, j'apprends.

Bernie s'approcha du chaudron.

— Ce que vous devez savoir, mes chéris, c'est que les sorts sont différents pour chacun. C'est comme… disons, un gâteau au chocolat. Tout le monde a sa recette, ses petits trucs, et il n'y en a pas deux pareils. Pense à la lumière. Pense à ce qu'elle t'évoque, aux sentiments qu'elle t'inspire… Qu'est-ce qui te vient en premier ?

Lara réfléchit.

— La chaleur.

— Bien. Note-le sur ton papier du mieux que tu peux, mais avec des symboles, pas des mots.

Lentement, Lara abaissa la plume sur le papier et traça une image reconnaissable entre toutes : un soleil.

— Quoi d'autre ? continua Bernie.

Le souvenir des égouts lui vint à l'esprit. Ce moment où elle remontait à la surface et soulevait la plaque. Avec quel soulagement elle retrouvait la lumière du jour !

— La sécurité, dit-elle. La lumière me fait sentir en sécurité.

À nouveau, elle appuya la pointe sur la feuille, dessinant cette fois une petite maison avec un personnage bâton à l'intérieur.

— Bien. Essaie d'en trouver deux autres. Quand tu auras fini, tu le sentiras.

Que représente encore la lumière pour moi ? songea Lara. *La vie. Elle est liée à la vie.*

Elle dessina une fleur.

Et la couleur. Mais comment j'peux dessiner ça ? Ah, si, j'sais…

Elle dessina un œil, puis elle examina la feuille et les symboles qu'elle avait tracés. Ils avaient pour elle la clarté de l'évidence.

— Je crois que j'ai fini.

— Parfait, mon petit. Maintenant, jette le papier dans le chaudron.

— Dans le feu ? s'étonna Lara. Pourquoi ?

— Tu vas voir.

Elle fit ce qu'on lui disait et regarda le papier s'embraser. Bernie se pencha vers elle.

— Maintenant, répète après moi…

Elle chuchota à l'oreille de Lara, puis se rassit. Celle-ci prit la parole.

« *Né de l'esprit, né des flammes d'or,*
Né du désir de la Terre-mère,
Use avec sagesse et délicatesse
De mon cœur, mon sang, mon offrande, mon sort. »

Et alors…

Tandis que le papier noircissait et tombait en cendres, les flammes changèrent de couleur, passant de l'orange à l'or le plus éclatant. Des volutes de fumée rougeoyantes s'élevèrent, tandis que résonnait dans sa tête la petite musique délicate qu'elle avait entendue dans la boutique de Bernie.

Lara tourna vivement la tête vers celle-ci, abasourdie. La vieille mage lui retourna son regard, écarquilla les yeux, puis laissa échapper un rire triomphant et donna un coup de poing en l'air.

— Ah ! je te l'avais bien dit, ma fille !

Bernie se dépêcha d'apporter une fiole et de la plonger dans la fumée. Une fois la fiole remplie, elle replaça le bouchon et chargea le sort dans le barillet de sa baguette. Elle se mit ensuite debout, tendit le bras et jeta à la jeune fille un regard plein d'optimisme.

Quand elle appuya sur la détente, une lumière dorée jaillit au bout de sa baguette.

— Ah ah ! ça a marché ! Tu vois, Lara ! Ah ah ! regarde, mon cœur !

La jeune fille était si ahurie et si stupéfaite qu'elle fixait la baguette sans bouger tandis que Bernie se livrait à une petite danse. Puis elle l'éteignit et serra la jeune fille dans ses bras.

— Je te l'avais dit, déclara Double Huit en souriant.

— J'ai réussi ! s'écria Lara. J'ai fait d'la magie ! Pour de bon !

— Mais oui, mon petit, mais oui !

Lara sentit son médaillon vibrer fortement contre sa poitrine. Elle plongea la main sous ses vêtements et le sortit à l'air libre.

— Je suis une mage, chuchota-t-elle.

L'oiseau mécanique se tenait blotti dans sa poche, comme d'habitude, mais il en sortit soudain, sauta sur la paume ouverte de Lara et donna un petit coup de bec au médaillon, qui vrombissait plus intensément que jamais.

— Bernie, si je suis une mage, ça veut dire que mes parents… étaient des mages, eux aussi ?

— Ta mère, c'est sûr, Lara. La magie se transmet par la mère.

La jeune fille replaça sa chaîne sous sa chemise, tandis que l'oiseau volait en cercle au-dessus du bateau, avant de redescendre se jucher sur son épaule. Elle le remarqua à peine ; son esprit était parti loin, très loin. Maintenant qu'elle savait que la magie qui coulait dans ses veines lui venait de sa mère, elle se posait mille questions sur ses parents.

Ce fut au tour de Double Huit de se lancer, et Lara le regarda dessiner ses symboles d'une main hésitante. Ça lui paraissait à peine croyable – et triste – qu'il n'ait jamais eu le droit de faire de la magie et d'explorer son don. Il ne se retrouvait pas plus avancé qu'elle, et son manque de confiance transpirait dans ses gestes nerveux et peu assurés.

— Il ne faut rien ajouter ? s'étonna Double Huit lorsqu'il eut fini.

— Comment ça ? demanda Bernie.

— Eh bien… dans les manufactures, on doit toujours ajouter des ingrédients dans le chaudron…

— Ah, dit Bernie. Oui, bien sûr, tu as été habitué à ça. Mais si les mages blancs ont besoin d'ingrédients, c'est parce qu'ils n'ont plus d'âme. L'âme, tu comprends… C'est un peu comme un paratonnerre, elle attire la magie et la canalise. Privé d'âme, un mage blanc contient toujours de la magie, mais en quantité plus faible, alors Hester est obligée de compenser avec des ingrédients. Ça fait l'affaire, je suppose, mais les sorts fabriqués dans ces manufactures sont une pâle imitation de ceux qui naissent de l'imagination, de l'émerveillement, de l'âme même. Tu vas voir.

Double Huit jeta sans conviction le sort dans le chaudron. Mais lorsque Bernie appuya sur la détente de sa baguette, la lumière fut si vive qu'elle les aveugla.

— Par les crocs de l'Enfer ! s'écria Bernie, éteignant le sort. Ça, c'est un sort de lumière !

Double Huit fixait la baguette, bouche bée. Il était parcouru de légers frissons et son souffle court formait de petits nuages blancs.

— C'est *moi* qui ai fait ça ?

— Oui, mon garçon, c'est toi.

Il regarda Bernie et sourit, les yeux brillants de vie.

— De la vraie magie libre. J'ai toujours cru que... Je peux en refaire ?

— Une chose après l'autre, dit Bernie, posant sur lui un regard satisfait, qui exprimait autant de tendresse que de curiosité, et qui rendit Lara jalouse.

— Qu'est-ce qu'on fait, alors ? demanda-t-elle. Quelqu'un va nous apprendre à dev'nir des vrais mages ? On va avoir des baguettes ?

— On s'en occupera une fois à Mages-du-Ponant.

Lara s'imagina avec une baguette et un chaudron, en train de créer des sorts puissants, et une certaine exaltation s'empara d'elle.

Un cri se fit entendre loin au-dessus de leurs têtes.

— Regardez !

Double Huit désignait l'ouest, où six immenses créatures ailées faites de lumière filaient à travers le ciel, laissant derrière elles des traînées d'étincelles éblouissantes. À leur vue, Lara sentit une profonde émotion monter en elle. Ses yeux se remplirent de larmes et sa poitrine se souleva. Les merveilleuses silhouettes de feu traversaient les cieux à une vitesse inimaginable, et le battement de leurs ailes produisait le bruit d'un roulement de tonnerre lointain.

— Bernie ?

Elle se précipita vers la vieille femme, qui se raccrochait au bastingage.

— C'est le conseil, dit celle-ci en suivant la lumière. La Mage Suprême vole affronter l'Infinuit.

Lara vit que des larmes roulaient sur ses joues. Elle lui prit la main et la serra. Ensemble, les trois mages regardèrent les âmes des membres du conseil disparaître à l'horizon.

L'OISEAU NOIR

Accepter qu'elle était une mage était loin d'être facile pour Lara. Cela occupait presque toutes ses pensées et son humeur oscillait sans cesse entre l'excitation, la joie et l'appréhension. Son esprit était une vraie marmite en ébullition. Galvanisée par l'appel de l'aventure et de la magie, elle passait sans transition de l'exaltation au doute. Depuis qu'elle était petite, on lui répétait à l'envi que les sorciers étaient des créatures malfaisantes, dont elle devait redouter la magie sauvage. Face aux mages blancs, elle avait toujours éprouvé une fascination mêlée de crainte. Et voilà qu'elle était elle-même pourvue de pouvoirs !

Tandis qu'elle se repassait en mémoire les derniers événements, elle trouvait un certain apaisement dans le tangage régulier du bateau et elle passait de longs moments sur le pont. C'était étrange, cette nuit sans fin. Il était difficile de garder le sens du temps, surtout au milieu de l'immensité sans repère de la mer d'Étain. Les étoiles étaient maintenant si nombreuses que regarder le ciel lui faisait mal aux yeux. Elles formaient de grandes traînées laiteuses et se reflétaient si fidèlement sur la mer calme et lisse qu'on avait l'impression qu'il y avait deux ciels, un au-dessus, un au-dessous. Lara restait dans le froid sur le pont, à contempler les étoiles, pendant que l'oiseau mécanique voletait autour d'elle, la lueur de la lune se réfléchissant sur ses ailes dorées.

— C'est comme ça que je vais t'appeler, décida-t-elle lorsqu'il se posa sur sa poitrine. Ailes-de-lune.

Elle éprouvait aussi beaucoup de curiosité envers Double Huit. Il lui paraissait si différent d'elle, si étrange ; il était timide, tressaillait à la moindre occasion et parlait à voix basse. Elle le surprenait souvent en train de l'observer, comme s'il avait envie de venir lui parler mais ne savait comment s'y prendre. De son côté, elle était encore vexée qu'il ait fait jaillir une lumière bien plus forte qu'elle. Elle craignait qu'il n'en fût toujours ainsi, que Double Huit ne devienne l'élève modèle et qu'elle, Lara, ne soit oubliée.

Elle dormit dans la cale de *La Libellule* cette nuit-là, sur un lit de paille et de vieux sacs. Il y faisait chaud, et le ronronnement du moteur lui apportait du réconfort. Magnus lui avait expliqué qu'il fallait six jours de navigation pour atteindre Mages-du-Ponant et elle avait compris qu'elle deviendrait folle à penser toute la journée aux mages et à la magie, aussi avait-elle entrepris d'explorer le bateau. Elle n'osait pas s'approcher de la cabine et elle évitait Rob Nielsen, qui la surveillait de son regard de lynx. En revanche, elle jouait aux cartes avec l'équipage et espérait apprendre d'autres sorts, mais depuis qu'ils avaient vu les âmes du conseil filer à travers ciel, Bernie était devenue plus distante, et Lara pensait qu'il valait mieux la laisser tranquille.

Un jour qu'elle était sur le pont sous le ciel noir, à savourer la caresse de la brise et à inspirer l'air frais et salé, elle eut l'impression d'être observée. Elle se retourna. Elle ne s'était pas trompée : Double Huit rôdait près de la cabine. Il recula quand elle l'aperçut.

— Hé, toi ! Viens là tout d'suite !

Il quitta l'ombre de la cabine pour s'approcher, la mine coupable.

— Pourquoi tu m'espionnes ?

Il parut scandalisé.

— Je ne t'espionne pas !

— C'est ce que j'appelle espionner, moi.

— Je te jure que non ! C'est juste que… c'est la première fois que je vois quelqu'un comme toi.

Lara se figea ; elle hésitait entre se sentir vexée ou flattée.

— Qu'est-ce que tu veux dire par là ?

— On dirait que tu n'as peur de rien, expliqua-t-il. Ni de l'Infinuit, ni de partir loin de chez toi, pas non plus d'être une mage…

— Eh bien, tu te trompes, le coupa-t-elle. J'ai peur. Je parie que j'ai les jetons autant que toi et y a rien d'mal à ça. C'est pas une mauvaise chose, la peur. Elle m'a sauvé la vie plus d'une fois quand j'étais dans les égouts !

Double Huit lui jeta un regard ahuri.

— Dans les *égouts* ?

— Bah oui. J'étais glaneuse.

— *Quoi ?*

— Glaneuse ! C'est ceux qui cherchent des objets perdus dans les égouts pour les r'vendre. Vaut mieux avoir peur, là-dessous. Faut montrer un peu d'respect pour les tunnels, sinon ils font qu'une bouchée de vous.

Pendant un moment, on n'entendit plus que le clapotis des vagues sur la coque.

— J'avais jamais parlé à un mage blanc, avant.

Double Huit hocha la tête.

— On n'est pas vraiment connus pour notre brillante conversation…

Lara sourit. Elle n'avait jamais imaginé qu'un mage blanc puisse avoir le sens de l'humour.

— Pourquoi tu t'es enfui ? T'as pris un risque énorme !

Le garçon s'appuya au bastingage et regarda Ailes-de-lune plonger dans les vagues.

— J'ai toujours eu le sentiment d'être à part. J'avais l'impression que le monde, dehors, m'appelait… Même quand j'étais petit et qu'on nous apprenait que les mages blancs n'avaient pas leur place en ville, que les gens nous détestaient…

— Je te déteste pas, protesta Lara, posant sur lui un regard pensif. Tu sais quoi ? Je vis dans la rue depuis toujours ou presque. J'observe les gens. Et j'pense qu'au fond, les gens détestent pas vraiment les mages blancs. Ils ont juste peur de vous.

Double Huit parut surpris.

— Peur ? Pourquoi, peur ?

— Parce que vous êtes pas comme eux, dit Lara en haussant les épaules. Face à quelque chose qui est différent, c'est un réflexe normal d'avoir peur. Tu sais ce que j'pense ?

— Quoi ?

— Que ça arrange le royaume qu'on ait peur les uns des autres. Quand les gens ont peur, c'est plus facile de les contrôler.

— J'ai eu peur tous les jours de ma vie, confia Double Huit. Peur qu'on découvre que j'étais différent. Peur de m'enfuir. Peur de rester.

Lara commença à parler, mais si vite que les mots s'entrechoquèrent, et elle dut s'y reprendre à deux fois.

— Qu'est-ce que… hum… ça fait quoi d'être séparé de ton âme ? Elle l'a gardée, c'est ça ? Mme Hester, j'veux dire.

Il acquiesça.

— T'as déjà eu faim ? demanda-t-il. Vraiment faim ?

— À peu près tous les jours d'ma vie.

— Eh bien, c'est un peu ça, je dirais. Sauf que c'est pas une faim qu'on ressent dans le ventre. C'est ailleurs, au creux de la poitrine, et rien ne vient jamais la soulager.

— Ça doit être horrible.

Il haussa les épaules.

— On s'habitue. Et puis… mon cas est un peu particulier…

— Ah bon ?

— Oui. Mme Hester… Quand j'étais bébé, elle m'a pris mon âme, mais elle en a oublié un peu.

Il appuya la main contre son cœur.

— Il m'en reste un bout. C'est pour ça que je suis différent des autres et que je rêve de m'évader depuis toujours – parce que j'ai gardé ma capacité à rêver, tu comprends ? Quand les sorciers… pardon… quand Bernie et les autres m'ont trouvé, ils m'ont donné un sort pour m'aider à m'éloigner de mon âme sans que ce soit insupportable…

— Où est-ce qu'elle garde les âmes ? demanda Lara, qui se rappelait la cage étrange qu'elle avait vue dans les mains de Mme Hester, place de la Faucheuse.

— Personne ne le sait, à part elle.

— Elle peut abîmer la tienne ? Lui faire du mal ?

— Même Mme Hester ne sait pas faire ça, Lara. Elle peut arracher une âme et l'enfermer, mais pas lui faire de mal.

Lara prit soudain conscience qu'ils se ressemblaient bien plus qu'elle n'aurait pu l'imaginer. Ils étaient tous les deux perdus, en un sens.

— Comment tu t'es retrouvée à la rue ? s'enquit-il, comme s'il avait lu ses pensées.

Lara lui raconta l'histoire de ses parents et cette nuit où elle avait été trouvée dans les décombres.

— Et le sort est dans ton oiseau ? demanda-t-il, désignant Ailes-de-lune, qui continuait à raser les vagues.

— Peut-être.

— Tu n'es pas terrifiée ?

— Bien sûr que si ! Parfois, je donnerais tout pour revenir dans les égouts et red'venir Lara la p'tite glaneuse !

Il hocha la tête, cherchant ses mots.

— Alors, peut-être… peut-être qu'on pourrait être terrifiés ensemble ?

Elle sourit.

— P't-être.

Il pencha la tête sur le côté, plissant les yeux comme si Lara était une énigme qu'il cherchait à résoudre.

— Tu descendais *vraiment* dans les égouts ?

Elle éclata de rire.

— Oui.

— Et moi qui croyais mener une vie difficile ! Les enfants mages blancs travaillent comme serviteurs et font le ménage, mais j'ai jamais rien eu de pire à faire que de nettoyer les toilettes. Tu étais vraiment jusqu'aux genoux dans…

À cet instant, alors qu'Ailes-de-lune montait et descendait en suivant les vagues, Lara aperçut une silhouette sombre filant dans la nuit.

— Ailes-de-lune ! appela-t-elle.

Elle vit alors, horrifiée, la silhouette sombre fondre en piqué sur son petit oiseau. Elle porta la main à ses lèvres et s'agrippa au bastingage, mais l'oiseau mécanique s'écarta au dernier moment et la silhouette disparut dans la mer. Un bref moment de répit suivit. Ailes-de-lune voletait sur les crêtes des vagues lorsque la créature refit surface et fonça sur lui. L'oiseau changea de direction et s'éleva dans le ciel, et Lara peina à suivre la course-poursuite qui se continuait à travers les airs, apercevant çà et là l'éclat doré de ses plumes.

— Il va l'attraper! s'écria Double Huit, penché par-dessus le bastingage.

Lara n'eut pas le temps de répondre, car Ailes-de-lune fondit sur elle et se réfugia dans sa poche. Elle se redressa alors de toute sa taille et tendit la main d'un geste protecteur, tandis que la grande silhouette sombre plongeait vers elle. Sans réfléchir, elle se jeta par terre. Un corbeau de la taille d'un aigle passa en rase-mottes au-dessus d'elle, puis sembla disparaître dans la nuit.

Lara attendit un moment avant de se relever et de scruter l'obscurité autour d'elle.

— J'crois qu'il est parti, dit-elle en caressant Ailes-de-lune, tout frissonnant, dans sa poche.

Hélas, elle se trompait.

La lumière et les ténèbres

La Mage Suprême prit la direction du convoi, fendant l'air en tête de la flèche dorée. Les âmes du conseil avaient déjà dépassé la pointe nord du royaume d'Argent, apercevant au loin les lumières scintillantes du Havre-du-Roi, puis elles avaient obliqué vers le sud-ouest au-dessus de la mer d'Étain, remarquant au passage une flotte imposante de vaisseaux noirs presque invisibles voguant, sans nul doute, vers la capitale, et transportant à leur bord des hordes de Tatoués.

Elles atteignirent enfin les Terres de Minuit et survolèrent le désert, la forêt et les montagnes jusqu'à ce qu'une masse se profile à l'horizon, une colonne mouvante et tourbillonnante, munie de vrilles incroyablement étendues qui semblaient à la fois solides et gazeuses. Elles grouillaient, superposées les unes sur les autres, ne formant qu'un seul être massif, illuminé de l'intérieur par des langues de feu qui explosaient et crépitaient dans le ciel.

Lorsque Léora Ramau, la Mage Suprême, vit l'Infinuit, elle comprit qu'elle se trouvait face à une magie si ancienne que son esprit ne pouvait même pas le concevoir.

Six serpents sombres surgirent de la colonne, longs de centaines de mètres, s'enroulant et se déroulant sur eux-mêmes. Puis ils se dressèrent et frappèrent.

Les âmes des mages firent un piqué pour les esquiver, puis elles plongèrent dans le corps obscur de l'Infinuit, au cœur même des ténèbres, là où le temps, l'espace et la magie semblaient s'étendre à l'infini.

Les serpents se tortillèrent et claquèrent des mâchoires, le tonnerre éclata, la foudre illumina les entrailles du monstre. Les mages réapparurent dans le ciel et firent un cercle pour livrer un nouvel assaut. D'autres serpents noirs jaillirent de l'Infinuit, s'entortillant sur eux-mêmes, attaquant et mordant. Cette fois, ils touchèrent un des mages, Emmet Plume. Ils injectèrent le poison des ténèbres dans son âme, et avec elles la peur et le mal. Les vastes ailes de son âme cessèrent de battre. Emmet Plume tomba du ciel jusqu'à heurter la mer d'Étain, où il se fondit dans le néant.

Les mages plongèrent à nouveau.

Ils repartirent à l'attaque, encore et encore. Les éclairs se succédaient et les roulements de tonnerre explosaient dans le ciel tandis que les ténèbres repoussaient la lumière.

Une par une, les âmes des mages tombaient.

Chaque assaut faisait surgir davantage de serpents, jusqu'à ce que les cieux en fussent entièrement remplis, et il arriva un moment où, les camarades de Léora ayant tous succombé, elle se retrouva seule face au monstre. Elle déploya ses ailes et s'éleva, si haut que la courbe de la Terre devint visible. Puis elle fit volte-face, replia ses ailes et descendit en piqué.

Jamais rien au monde n'avait sans doute atteint une telle vitesse. Elle allait si vite que l'air se consumait autour d'elle. Devenue flèche de lumière, elle fonça entre les mâchoires des serpents qui claquaient autour d'elle, zigzaguant pour les esquiver.

L'âme de Léora s'enfonça dans les ténèbres vivantes avec une telle force qu'une secousse traversa le monde. Elle en ressortit longtemps après et remonta dans le ciel. Mais une des vrilles lui asséna un coup oblique qui la fit tournoyer dans les airs. En un instant, elles furent toutes sur elle, la ligotant, la mordant et la transperçant. Elle lutta en retour, sentant le mal abîmer son âme d'une façon qu'elle n'aurait jamais crue possible. Chaque coup affaiblissait sa lumière et, lorsqu'elle réussit enfin à s'arracher à leur étreinte, on aurait dit une étoile morte depuis longtemps. Elle s'éloigna, blessée, craignant de s'éteindre comme les autres, et, n'ayant pas d'autre choix, elle repartit vers Mages-du-Ponant, seule.

De la chair à canon

— Comment ça, ne pas l'arrêter ?

Dans la salle des sorts, le roi d'Argent faisait face à Mme Hester, qu'il dominait de toute sa hauteur. Son visage exprimait un mélange de rage et d'incrédulité, tandis qu'elle était assise, calme, les mains jointes sur son bureau.

— J'ai reçu un message, reprit le roi, qui m'annonce que les Tatoués se sont emparés des îles Pleureuses et qu'ils se dirigent droit sur nous. Et vous, vous voudriez *ne rien faire* ?

— Calmez-vous, Votre Majesté.

— Me calmer ? Me calmer, madame Hester ? D'abord, les mages blancs commencent à partir, puis les sorciers nous humilient devant toute la ville, et maintenant, ça ? Mais vous voulez me gâcher la vie, nom d'un sorcier ?

— Je n'ai pas dit que vous ne deviez rien faire, Votre Majesté. Je dis simplement que nous ne sommes pas encore en position d'agir. Mais ce n'est pas forcément un malheur. Nous pouvons tourner la situation à notre avantage.

— Vous avez perdu l'esprit. Quel avantage pourrait-il y avoir à laisser l'Infinuit décimer ma ville ?

Elle lui sourit de ses dents blanches étincelantes.

Ta ville, songea-t-elle. *Cela n'a jamais été* ta *ville*.

— L'Infinuit n'est pas intéressée par la ville, dit-elle. Elle veut les gens.

— Les gens ?

— Elle a besoin d'une armée, Votre Majesté. Elle a besoin de munitions avant d'aller à Mages-du-Ponant éliminer les sorciers.

Elle fit une pause, s'avança vers la fenêtre et regarda en direction du bidonville, plongé dans une obscurité presque complète.

— Combien d'habitants vivent dans le bidonville, d'après vous ?

Le roi haussa les épaules avec impatience.

— Je ne sais pas. Un demi-million, au moins.

— Exactement. Et qu'ont-ils fait pour la ville ? Qu'apportent-ils, à part la saleté, la maladie et la violence ? Ne serait-ce pas une bonne idée, Votre Majesté, de laisser l'Infinuit nous débarrasser de cette infestation ?

Les sourcils du roi se rejoignirent. Elle vit qu'il comprenait où elle voulait en venir.

— Vous voulez dire… laisser les Tatoués s'emparer des habitants du bidonville ?

— Exactement. Pensez-y, Votre Majesté. Nous bloquons le bidonville pour enfermer ces rats dans leur cage, puis nous évacuons le reste de la ville et nous attendons que l'Infinuit emmène sa nouvelle armée à Mages-du-Ponant pour tuer les sorciers. Le moment venu, nous arrêtons l'Infinuit. Quand ce sera fini, il ne nous restera aucun ennemi au monde.

Un sourire monta sur les lèvres lippues du roi, puis s'étendit au reste de son visage lourd et trempé de sueur.

— Vous pouvez faire ça ? demanda-t-il. Vous pouvez contrôler l'Infinuit ?

— Douteriez-vous de moi, Votre Majesté ?

Il haussa un sourcil.

— J'ai les moyens d'arrêter cette chose quand nous serons prêts, Votre Majesté.

Il opina.

— Dans ce cas, faites.

Mme Hester lui renvoya son sourire.

C'est bien, pensa-t-elle. *Brave toutou.*

Feux d'artifice

Deux jours s'étaient écoulés depuis l'attaque sur Ailes-de-lune, et la créature sombre n'avait pas retenté sa chance. Rob Nielsen poussait ses moteurs à fond, car il restait encore une longue distance à parcourir et nul ne savait ce qui les attendait à Mages-du-Ponant. L'Infinuit avait-elle déjà atteint l'Arbre-mère ? Et sinon, arriveraient-ils avant elle ?

Jusqu'à présent, la mer avait été douce et calme – elle s'était presque fait oublier. Et Lara, peu au fait des choses maritimes, avait naïvement cru que c'était son état normal.

Elle découvrit bien assez tôt qu'elle se trompait.

De lourds nuages orageux s'étaient entassés dans le ciel noir. Le vent se leva et les vagues se creusèrent. Au début, Lara voulut montrer à la mer qu'elle n'avait pas peur et resta obstinément à sa place préférée, à la proue. Mais les vagues soulevaient le bateau comme un jouet et lorsque l'une d'elles déferla par-dessus bord, envoyant rouler Lara à l'autre bout du pont, elle se releva, trempée, la fierté bafouée, et décida qu'il valait finalement mieux descendre se mettre à l'abri.

La mer se déchaîna encore davantage. La lumière des lampes vacillait et le ronronnement des moteurs était couvert par le hurlement du vent et le fracas des vagues contre la coque. Lara était terrifiée à l'idée qu'elle se troue, que le bateau soit envahi par l'eau et sombre lentement, et elle s'imaginait déjà en train de se faire avaler par une créature des profondeurs. Même l'équipage s'était réfugié dans la soute, bien que – Lara le constata avec soulagement – aucun de ces vieux loups de mer ne semblât véritablement inquiet. Ils jouaient aux cartes, lesquelles voletaient à travers la pièce et s'enflammaient. Lorsque Lara refusa de se joindre à eux, ils rirent et lui assurèrent qu'il n'y avait aucune raison de s'en faire, que la tempête passerait et que le bateau avait connu bien pire.

Ailes-de-lune, qui paraissait lui aussi agité, refusait de quitter Lara, alternant entre son épaule et sa poche, visiblement inquiet. Double Huit, quant à lui, souffrait d'un violent mal de mer.

Elle décida de se coucher malgré la tempête, avec l'espoir qu'à son réveil, le calme serait revenu. Elle gagna la cale, se glissa sous les couvertures et se blottit dans son lit de paille. Le vieux bateau grinçait et gémissait, et le vent sifflait. Lara se tournait et se retournait.

Elle dut finir par s'endormir, car elle se réveilla en sursaut, le cœur étreint d'un affreux pressentiment.

— Double Huit ? C'est toi ?

Lorsqu'elle regarda autour d'elle, elle poussa un cri.

Un homme était là. Grand, vêtu d'un manteau noir déchiré et d'un haut-de-forme, un nez aquilin, des yeux noirs brillants dans la pénombre. Lara ne l'avait jamais rencontré, et pourtant elle fut saisie de terreur.

— Tu as quelque chose qui m'appartient, dit-il.

Alors qu'il se rapprochait de la lampe, Lara vit qu'il n'avait pas d'ombre.

Elle entendit résonner dans sa tête la voix de Mémé, aussi nettement que si elle était près d'elle.

Méfie-toi de l'homme sans ombre.

L'Étrangleur des égouts ! Lara voulut s'enfuir, mais il l'attrapa par les cheveux. Elle se débattit. Son odeur parvenait à ses narines, une odeur de chien mouillé. De sa main libre, il se mit à tâter ses poches. Mais avant qu'il ait pu le trouver, l'oiseau mécanique s'envola et l'attaqua en criblant son visage de coups de bec. L'homme poussa un cri de surprise et lâcha Lara pour se défendre. Elle en profita pour s'élancer vers la porte mais, vif comme l'éclair, il l'intercepta et plaqua la main sur sa bouche pour l'empêcher d'appeler à l'aide.

— Rappelle l'oiseau, tout de suite !

Lara se tortilla et distribua coups de poing et de pied, mais il était d'une force colossale. Son corps vibrait d'une énergie surnaturelle, elle le sentait au plus profond d'elle-même. Lorsqu'il resserra son étreinte, elle crut qu'il allait lui briser les os. Mais au même instant, la porte s'ouvrit à la volée. Bernie, Magnus et l'équipage firent irruption dans la cale, tenant leur baguette à bout de bras.

Ils firent feu en même temps. Des filaments de lumière, fins comme des fils d'araignée, fusèrent de leur baguette et s'enroulèrent autour de l'homme en noir, le ligotant solidement. Il se débattit, et le flux lumineux de Bernie vacilla et crépita.

— Vite, Lara ! Va prévenir Rob. Il faut que tu quittes le bateau !

L'homme sans ombre grogna et, d'un coup, se débarrassa de ses liens. Il empoigna à nouveau Lara par les cheveux, mais les mages tirèrent d'autres sorts et il lâcha prise. Dans un brouillard de panique, Lara courut vers la porte, suivie de près par Ailes-de-lune. Alors qu'elle parcourait le bateau qui tanguait, elle tomba sur Double Huit.

— Qu'est-ce qui se passe ? demanda-t-il.

— Y a un homme à bord… il faut fuir, il en a après Ailes-de-lune !

Ils gravirent l'échelle qui menait sur le pont. Dès que la porte s'ouvrit, le rugissement du vent fit disparaître tout le reste et Lara dut lutter contre les bourrasques pour avancer. D'immenses éclairs zébraient le ciel et illuminaient l'océan en furie.

Un mur d'eau s'abattit sur le bateau. Lara tomba en arrière et fut emportée à l'autre bout du pont. Elle se releva, chancelante, avec l'aide de Double Huit. Le vent les fouettait et les embruns leur cinglaient le visage comme de la grêle. Elle avança en titubant, s'accrochant aux cordes et aux mâts, tandis que le bateau se soulevait et s'abaissait. Elle réussit enfin à ouvrir la porte de la cabine. Rob se tenait debout derrière la roue du gouvernail, qu'il agrippait si fort que ses doigts étaient d'une blancheur d'os.

— Cap'taine ! Cap'taine ! Y a un homme en bas !

— Pas l'temps pour tes salades, rat des rues ! tonna-t-il. J'suis occupé à nous maintenir à flot. Va embêter quelqu'un d'autre !

— Mais je vous le jure ! Y a un type bizarre à bord ! Les autres sont en train de se battre contre lui ! Bernie m'a dit de fuir avec Ailes-de-lune, mais j'sais pas comment !

— Elle dit la vérité ! cria Double Huit.

Une explosion secoua le pont et l'écoutille de la cale fut soufflée. Des flammes orange jaillirent à travers le trou béant.

Rob quitta des yeux la mer démontée, et son visage exprima à la fois la fureur et l'incrédulité. Il bloqua la roue.

— Par les crocs d'l'Enfer ! Y a des sorts, là-dedans, qui pourraient nous envoyer jusqu'aux îles Pleureuses ! Monte dans le canot de sauvetage !

Il avança en chancelant sur le pont incliné et entreprit de détacher des cordes et d'abaisser des leviers.

Lara reçut alors une sorte de coup à la tête. Elle vit des taches de lumière, ressentit une douleur intense et tomba par terre. Dans le brouillard, elle discerna l'homme sans ombre se dresser au-dessus d'elle. Il la plaqua au sol de son pied. Elle remarqua que les pans de son manteau étaient en feu. La tempête rugissait, une pluie battante martelait le pont. Ailes-de-lune virevolta autour de l'homme qui tentait de l'attraper tandis que tout roulait et tanguait.

Double Huit tira sur le manteau de l'attaquant et reçut un coup au-dessus de l'œil. Il tomba, l'arcade sourcilière en sang.

Bernie et les autres arrivèrent à leur tour sur le pont et bombardèrent l'homme de sorts. Double Huit se releva, attrapa Lara par le bras et l'aida à se remettre debout. Ils se hissèrent dans le canot qui se balançait sous les rafales, suspendu aux cordes de la poulie. La jeune fille mit Ailes-de-lune à l'abri dans son manteau et s'agrippa au bord.

Bernie se précipita vers les cordes et entreprit de les cisailler avec un couteau. L'une d'elles s'effilocha, puis céda d'un coup, et l'un des bouts du canot chuta brutalement. Lara poussa un cri, s'accrochant de plus belle face à l'eau qui tourbillonnait, et tendit le bras pour empêcher Double Huit de basculer par-dessus bord.

— Va avec eux, Bernie ! cria Magnus par-dessus le souffle du vent et les explosions des sorts. Il faut absolument qu'elle atteigne Mages-du-Ponant !

La vieille mage rechargea sa baguette.

— Non ! Je te laisserai pas !

— Il le faut ! Va, mon amour ! Emmène Lara en sécurité !

Bernie tomba dans le canot, puis releva la tête, les yeux écarquillés. Le visage de Magnus apparut par-dessus le bastingage, sur un fond de ciel zébré par les éclairs et les flashs des sorts. Il sourit à sa femme.

— Mets-toi à l'abri, mon amour.

Et il coupa la dernière corde.

Elle cria son nom tandis que le canot, libéré, tombait dans la mer d'Étain.

Instantanément, les vagues s'emparèrent de la barque et l'emportèrent. Personne ne pouvait bouger ni redresser les rames, tous leurs efforts consistant à ne pas tomber à l'eau. Le canot fut soulevé, ballotté, il tournoya sur lui-même comme une toupie et fut à deux doigts de se briser en deux. Alors que le courant les emportait à la dérive, Lara tentait de garder un œil sur le bateau : au milieu des éclairs de lumière, elle distinguait des silhouettes qui allaient et venaient sur le pont envahi par la fumée. Mais les vagues, loin de se calmer, venaient s'abattre sur l'esquif, la bousculant et la trempant de la tête aux pieds.

Lorsque *La Libellule* explosa, la déflagration fut si puissante qu'ils l'entendirent malgré le hurlement du vent et le rugissement des vagues. Lara tomba à la renverse. Puis elle regarda la lueur rouge qui embrasait le ciel et la fumée qui montait dans la nuit. Au milieu de l'océan démonté, le bateau de Rob brûlait.

— Non ! Non ! pleura Bernie, essayant d'escalader les bords du canot.

— Bernie ! Non ! Tu vas t'noyer !

— Je m'en moque ! Magnus… Je dois porter secours à mon Magnus !

— Double Huit ! Aide-moi !

Celui-ci attrapa Bernie et aida Lara à la tirer en arrière. La mage lâcha prise et s'écroula dans le fond du canot, puis elle se roula en boule en gémissant. Lara attrapa les rames et tenta de guider l'embarcation au milieu des flots déchaînés, le cœur rempli de rage et de peur. Elle voulait absolument faire tout ce qu'elle pouvait pour Bernie, Magnus, Rob, son équipage – des gens qui avaient risqué leur vie pour elle, qui l'avaient *sauvée*…

Mais la tempête faisait rage. Une vague d'eau grise déferla sur la barque, brisant une rame en deux, lui tordant douloureusement le bras. Une autre souleva le bateau, plus haut, toujours plus haut, manquant le renverser. Lorsqu'il dévala la pente, ils furent entraînés encore plus loin du naufrage, et ils ne pouvaient rien y faire.

La mission de Joe Petitpied

— Joe ? Joe… où es-tu, Joe ?

— J'suis là, Mémé. T'inquiète pas. Je te laisserai pas.

Joe alla chercher une autre couverture, qu'il étendit sur le lit. L'air était devenu si froid qu'il était obligé de garder son manteau à l'intérieur, et son haleine produisait un nuage glacé. Une seule bougie brûlait près du lit. Joe lui jeta un regard inquiet ; c'était sa dernière, et il avait peu d'espoir d'en trouver une autre. Le royaume avait déjà réquisitionné toutes les réserves de souffle-de-dragon de la ville et s'en servait pour garder les réverbères allumés dans les rues et artères principales. Et maintenant, par ordre du roi, ils avaient aussi barricadé le bidonville, dressant des barrages à chaque entrée, et il n'y avait plus aucun moyen de sortir ni de se réapprovisionner.

— Ils viennent… Ils viennent !

— Qui ça, Mémé ? Qui vient ?

Elle leva vers lui ses yeux creusés et remplis de crainte. Elle paraissait si petite et si fragile qu'il avait peur de la briser rien qu'en l'effleurant. Elle ne répondit pas à sa question, parce qu'elle ne l'entendit pas. Les effets du sort s'étaient estompés et sa fièvre était revenue, plus virulente que jamais ; elle s'agitait dans son lit, traversée de frissons, couverte de sueur. Joe pensait qu'elle ne savait plus qui elle était désormais, et tout ce qu'il pouvait faire, c'était de veiller à ce qu'elle souffre le moins possible.

Lorsque Mémé se calma et ferma les yeux, Joe s'assit sur le bord du lit et se prit la tête entre les mains. Elle se mourait. Mémé se mourait et il ne pouvait rien faire pour l'aider. Il avait dépensé jusqu'à son dernier sou pour des médicaments qui n'avaient produit aucun effet.

Joe gagna la petite fenêtre. Il éprouvait un certain réconfort à voir, ici et là, les lueurs vacillantes des bougies, qui lui rappelaient qu'il n'était pas seul avec Mémé dans cet océan de ténèbres. Le froid s'était intensifié au fil des jours ; des cristaux de glace recouvraient à présent les vitres. Les herbes que Mémé faisait pousser pour le potage dans ses jardinières dépérissaient. Les rues étaient silencieuses ; après un ou deux jours de chaos, de pillage et de panique, la milice avait débarqué et calmé les gens. Maintenant, les barrages les tenaient enfermés ; Joe avait entendu parler de certains gars désespérés, terrifiés, qui avaient tenté de forcer le passage. Ils s'étaient fait descendre.

Grelottant, il se blottit comme il put dans son manteau, regarda le ciel de l'Infinuit, qui aspirait toute lumière, tout espoir, toute joie. Il se demanda s'il était possible de remonter jusqu'à l'origine des ténèbres et quelle terrifiante créature devait s'y cacher.

Puis il pensa à Lara. *Je me demande si elle a pu quitter la ville. Qu'est-ce qui t'a pris, Lara, de t'acoquiner avec des sorciers ? Qu'est-ce que tu vas dev'nir ?*

Il avait entendu parler de sa querelle avec le vieil Hans, mais il n'avait pas voulu croire qu'elle ait essayé de le blesser, ni qu'elle fût une sorcière. Cependant, il devait reconnaître qu'elle n'était pas tout à fait elle-même, le soir où elle était venue le chercher…

Une idée lumineuse le traversa.

Le vieil Hans ! Mais bien sûr ! Si quelqu'un peut m'fournir une potion, c'est lui !

Le vieil homme avait toujours été si bon envers les glaneurs ! Joe vérifia que Mémé était bien installée, borda ses couvertures et embrassa son front trempé de sueur. Elle dormait profondément.

— Je r'viens très vite.

D'après l'horloge de l'église, il était tout juste dix heures du matin, mais il aurait pu être minuit. Ici et là, Joe aperçut une boutique ou un bar ouvert, mais presque partout, le silence régnait. Il avait entendu dire que certains avaient réussi à partir avant que les barrages soient érigés, mais la plupart se cloîtraient chez eux et priaient pour que le soleil revienne.

L'épaisse couche de gel qui recouvrait les pavés crissait à chacun de ses pas. L'obscurité était si épaisse qu'il n'avait quasiment aucun repère et devait se fier à sa mémoire. Rue de l'Aiguille, il trébucha contre quelque chose de mou (il s'interdit de se demander ce que c'était) et tomba devant un cheval errant qui n'avait que la peau sur les os. Il parvint juste à temps à rouler sur lui-même pour éviter de finir écrasé par ses sabots.

Lorsqu'il arriva ruelle de l'Os, il ne fut pas surpris de découvrir une chaude lumière en provenance de la boutique du vieil Hans. Lara lui avait dit que le commerçant n'aurait raté un jour de vente pour rien au monde et, même si la mort venait le cueillir dans la nuit, son fantôme serait là pour ouvrir la boutique aux premières lueurs de l'aube.

Dingueling!

Le vieil Hans se trouvait derrière son comptoir. Il leva les yeux de son registre, regarda par-dessus ses lunettes, la tête dodelinant.

— Ça alors, Joe Petitpied! C'est un plaisir de te voir, mon garçon. Je suis bien content que tu te sois remis de ta mésaventure dans les égouts…

— Oui, dit Joe.

Il n'y avait pas de temps à perdre, aussi alla-t-il droit au but.

— Vous avez des potions, m'sieur Hans?

Le vieil homme le regarda si fixement que Joe eut l'impression qu'il voyait à travers lui.

— Vendre de la magie est illégal, mon garçon.

— Je sais. Mais j'sais aussi qu'on peut se faire beaucoup d'argent avec. S'il vous plaît, m'sieur Hans. C'est pour Mémé, sa fièvre va la tuer. Vous allez m'aider ?

Le vieil Hans continua à le fixer. Il se pencha sur le comptoir.

— Même si j'avais ce genre de choses, Joe Petitpied, ça serait pas donné. Comment comptes-tu payer ?

— Je… j'espérais que vous m'feriez un prêt.

— Un prêt ?

— J'vous rembourserai, m'sieur Hans, je l'jure ! J'vous serai reconnaissant jusqu'à la fin d'ma vie…

— Tu sais très bien que je fais pas de prêt, Joe Petitpied. Une promesse vaut même pas l'air qu'on respire quand on la dit…

— Et si j'travaillais pour vous ? proposa Joe, qui perdait tout espoir. Je pourrais m'rendre utile. J'pourrais vous apporter tout c'que j'trouve dans les tunnels jusqu'à vous avoir remboursé. J'vous rembourserai même deux fois !

Le vieil homme retira ses lunettes, contourna son comptoir, ferma à clef la porte de la boutique et leva le doigt.

— Ce que je vais te dire ne doit pas sortir de cette pièce, compris, mon garçon ?

Joe hocha la tête. L'espoir gonflait sa poitrine si fort qu'il crut qu'il allait s'envoler.

— Il se pourrait… je dis bien, il se *pourrait* que j'aie une potion comme celle que tu cherches.

— J'le savais !

Le vieil Hans leva à nouveau son doigt crochu.

— Peut-être… Oui, peut-être que ta venue était écrite, Joe Petitpied. Ces derniers temps, justement, je me suis intéressé à quelque chose… J'ai fait ma petite enquête, j'ai utilisé mes relations – j'en ai beaucoup, tu sais. Il se trouve qu'il y a un objet que je désire aussi fort que toi tu veux cette potion – peut-être même plus. Et pour l'obtenir, j'ai besoin d'un voleur.

Joe haussa les sourcils.

— Un voleur ? Ça, par contre, j'sais pas…

— C'est le prix, Joe, si tu veux cette potion… si tu la veux *vraiment*.

— Qu'est-ce que je devrai voler ?

Les lèvres du vieil Hans se relevèrent en un sourire avide.

— Une urne.

Joe se détendit un peu. Il avait imaginé que le vieil homme allait lui demander des trésors, des diamants, des bijoux enfermés dans un château gardé par un dragon. Une urne, ça paraissait faisable.

— Et elle est où, cette urne ?

Le vieil Hans lécha ses lèvres sèches.

— Au palais.

Joe ouvrit la bouche. Aucun son n'en sortit.

— Dans la tour de Mme Hester, je pense, précisa l'homme.

— Vous voulez, dit le glaneur, que j'aille voler la mage la plus puissante du royaume ?

— Elle a fort à faire, en ce moment, pas vrai ? Les mages blancs qui s'enfuient à Mages-du-Ponant, l'Infinuit qui s'étend sur le monde… Et, de toute façon, elle ne pourra pas te voir.

— Ah bon ?

— Non. Tu seras invisible.

Joe sentit que la tête lui tournait.

— Invisible ?

Le vieil Hans laissa entendre un rire sifflant.

— J'ai plus d'une potion dans mon sac, mon garçon.

— Vous avez une potion d'invisibilité ?

— Je l'aurai demain soir. C'est aussi simple que ça : si tu veux ta potion de guérison, si tu veux sauver ta vieille mémé, tu dois aller me chercher cette urne.

Il lui tendit la main. Après une hésitation, Joe la lui serra.

— Dites, qu'est-ce que ça a de si intéressant, une vieille urne ?

— Ça, ça me regarde, Joe Petitpied, répondit le vieil Hans, avec dans les yeux une lueur que le garçon ne lui avait jamais vue. Viens demain soir. Minuit. J't'attendrai.

Nelly Poivre

Avec une seule rame et pas le moindre sort pour les aider, Lara, Bernie et Double Huit flottèrent à la dérive dans leur canot de sauvetage pendant un temps qui leur parut interminable. Cela faisait déjà plusieurs heures qu'ils avaient perdu de vue les débris de *La Libellule*. Ils n'avaient rien à faire d'autre qu'attendre, le ventre vide, torturés par une soif lancinante.

— Il fait tellement froid, dit Double Huit en serrant ses genoux contre sa poitrine. Je parie que la mer va finir par geler. Les gens vont mourir de froid et ceux qui auront survécu vont mourir de faim, parce que les récoltes seront fichues.

Lara se frotta les bras d'un air malheureux. Elle sentit des larmes brûlantes lui remplir les yeux et couler sur ses joues, et elle eut beau tout faire pour se contenir, elle éclata en sanglots.

— J'suis désolée pour ce qui est arrivé à Magnus, renifla-t-elle. Et à Rob, et à l'équipage. Oh, j'suis tellement désolée, Bernie. Tout est de ma faute !

La femme n'avait quasiment pas prononcé un mot depuis que le bateau avait explosé, et Lara n'osait pas la regarder. Mais elle se leva et vint s'asseoir à côté de la jeune fille, faisant tanguer le canot. Elle la serra avec force dans ses bras.

— Arrête ça tout de suite, tu m'entends ? T'y es pour rien.

— Mais si ! Sans moi, Magnus, Rob et les autres auraient jamais couru le moindre danger !

— Regarde autour de toi, ma fille, rétorqua Bernie. Tout le monde est en danger. En faisant de la contrebande de sorts et en libérant les mages blancs, Magnus et Rob ont choisi de se mettre en danger chaque jour de leur vie. C'était pas dans leur nature de rester les bras croisés. Ce qu'il faut, c'est aller jusqu'au bout et finir le boulot.

Lara renifla, puis s'essuya le nez de sa manche trempée.

— J'ferai d'mon mieux, Bernie, j'te le promets. Pour Magnus, pour Rob, pour l'équipage… quel que soit le prix à payer.

Le froid était devenu intolérable. Lara, transie jusqu'à l'os, tentait en vain de se réchauffer en se blottissant contre Bernie et Double Huit. Elle sentit que le sommeil la gagnait. Du givre couvrait ses paupières et ses cheveux avaient gelé. Elle savait que le froid allait l'emporter. Elle pensa au Havre-du-Roi, à la chaleur moite de l'été. Même les tunnels lui manquaient…

Soudain, Double Huit remua et se redressa.

— Qu'est-ce que c'est ?

— Hmm ?

— Dans le ciel… cette lumière ?

Lara essuya le givre de ses yeux. Une silhouette dérivait au milieu des rares nuages, éclairée par des lampes scintillantes.

Bernie se secoua et se frotta les yeux pour être sûre qu'elle ne rêvait pas.

— On est sauvés ! s'écria-t-elle.

Elle bondit sur ses pieds, faisant violemment pencher le canot. Elle sortit sa baguette de son manteau, chargea un sort et tendit le bras en l'air. Un jet rouge éblouissant fusa à travers le ciel, laissant derrière lui une traînée de fumée rougeâtre.

Un long moment après, une balise rouge répondit à l'appel de Bernie. La masse sombre changea de direction et se rapprocha, devenant de plus en plus grande, jusqu'à ce que Lara puisse distinguer clairement la coque en bois d'un grand vaisseau, lequel était relié à un énorme ballon grâce à un entrelacs de cordes et de câbles. Une hélice tournait à l'arrière du vaisseau et les innombrables fenêtres et hublots diffusaient la chaude lumière du souffle-de-dragon.

— Ohé, du bateau ! lança une voix.

Lara aperçut des gens qui se penchaient par-dessus bord.

— Les secours sont arrivés ! On va vous hisser là-haut !

— La Terre-mère vous a souri, déclara Nelly Poivre, la capitaine du dirigeable *Le Chasseur d'étoiles*. On devait rentrer à Mages-du-Ponant hier, mais on a décidé au dernier moment de faire un tour de plus. On ne vous aurait jamais trouvés sinon !

Nelly était une femme imposante, à la peau très noire et au ventre aussi rebondi que le ballon qui les portait. Ils étaient assis autour d'une table ronde dans les quartiers de la capitaine. Elle avait fait apporter du ragoût de poisson et Lara s'en régala jusqu'à la dernière goutte, léchant le bol et avalant même un œil de poisson, ce qui, en temps normal, la dégoûtait.

Fascinée par la personnalité charismatique de Nelly, elle était littéralement suspendue à ses lèvres. La capitaine leur raconta son enfance dans une colonie de sorciers appelée Dornia. Elle s'était battue contre l'invasion de l'armée d'Argent et avait dû fuir quand Dornia avait été annexée au royaume d'Argent avec les autres Territoires du Sud.

— Et qu'est-ce que vous faisiez au milieu de ces ténèbres ? lui demanda Bernie.

— Je pourrais vous poser la même question, rétorqua Nelly avec un sourire.

La vieille mage sourit à son tour.

— On essaie d'extraire de la magie du ciel, expliqua la capitaine. La magie se concentre parfois dans les nuages et se mêle au clair de lune. Il faut qu'on récupère tout ce qu'on peut. Les fleurs de l'Arbre-mère ne survivront pas à l'Infinuit. Mais, sérieusement, comment vous vous êtes retrouvés à dériver dans ce petit canot ?

— À cause de la tempête, dit Bernie. Notre bateau a coulé. On fait de la contrebande de sorts au Havre-du-Roi. On était sur le chemin du retour.

— De la contrebande ? répéta Nelly Poivre, haussant les sourcils. C'est dangereux, ça, non ?

— Très.

— Ne vous en faites pas. On sera à Mages-du-Ponant d'ici demain matin.

Elle secoua la tête et ajouta.

— Ça ne sera pas trop tôt ! Je suis impatiente de sentir la caresse du soleil sur ma peau.

Lara et les autres échangèrent des regards interloqués.

— Le soleil ? Vous voulez dire que l'Infinuit n'a pas encore atteint l'Arbre-mère ?

— Bah, non. Vous ne saviez pas ? Le ciel est toujours bleu et le soleil brille encore. Pour combien de temps, ça, personne ne le sait !

Des cris de joie leur parvinrent depuis le pont du dirigeable.

— Qu'est-ce que c'est ? s'enquit Lara.

Nelly sourit.

— Allez voir si vous voulez. C'est sans danger.

Lara n'était jamais montée à bord d'un dirigeable. Avant que Nelly Poivre et son équipage ne volent à leur secours, elle ne savait même pas que ce genre d'engin existait !

Cet environnement inhabituel l'aidait à se changer les idées, et son ventre plein et la chaleur du feu lui avaient remonté le moral. Elle se leva de table et sortit sur le pont, suivie par Double Huit.

Là, ils regardèrent avec émerveillement l'équipage s'agiter en tous sens, criant et chantant, tout en remontant d'immenses leviers et en hissant des cordes et des chaînes qui passaient à travers de grands trous métalliques dans la coque du bateau. En se penchant par-dessus bord, Lara et Double Huit virent que les chaînes disparaissaient dans un nuage situé sous le dirigeable.

— La voilà !

— Tirez, les gars !

Les chaînes remontaient un lourd filet qui semblait tissé de fils de soie aériens. Et à l'intérieur…

— Qu'est-ce que c'est ?

— Du clair de lune, Lara. C'est du clair de lune mêlé à de la magie.

Nelly se tenait juste à côté d'elle.

— Un seul fil est capable de produire une énorme quantité de sorts. Mais les nuages à sorts sont durs à trouver. Joli travail, les gars !

Lorsque le filet fut hissé sur le pont, des cris de joie fusèrent. L'équipage ouvrit une écoutille sur le pont puis, entrouvrant le filet, déversa les fils de clair de lune dans la cale. Glissant un regard à l'intérieur, Lara et Double Huit virent que les fils s'enroulaient les uns autour des autres et s'entremêlaient. Lara reconnut la musique cristalline de la magie.

— Parfait, les gars! cria Nelly, courant braquer le gouvernail vers l'ouest.

Le Chasseur d'étoiles fit demi-tour dans le ciel et les puissants moteurs rugirent tandis qu'ils plongeaient au milieu des étoiles.

— Direction Mages-du-Ponant!

Mages-du-Ponant

— Je n'avais jamais imaginé que je ferais un jour une chose pareille, confia Double Huit, qui se tenait debout sur le pont avec Lara, le visage caressé par le vent. Je n'aurais même pas osé en rêver!

— Moi pareil, approuva Lara, déchirée entre l'excitation… et une certaine tristesse. J'aurais aimé qu'mon ami Joe soit là. Il aurait adoré ça. Je sais même pas si je le reverrai un jour.

— Bien sûr que si!

— Mais l'Infinuit… elle va tout détruire, tu l'as dit toi-même.

— On ne va pas la laisser faire. Je n'ai pas fui une vie d'esclave pour voir le monde mourir! Je vais me battre de toutes mes forces… et toi aussi, non?

Ils se turent, parce que le ciel s'était mis à changer. En avançant vers l'ouest, ils laissaient peu à peu l'Infinuit derrière eux et retrouvaient la lumière du jour. L'équipage se réunit sur le pont pour acclamer le soleil, et tous fermèrent les yeux et se laissèrent pénétrer par sa chaleur si vitale. Lara n'avait jamais rien éprouvé d'aussi merveilleux.

À l'horizon, au milieu de la mer, se dressait un arbre aussi large qu'une montagne. Son tronc était recouvert d'une écorce épaisse et sinueuse et, lorsque le dirigeable s'en rapprocha, ils virent que les mages avaient sculpté des bâtiments, des marches et des rues dans ses innombrables coins et recoins. Et là où il n'était pas possible de creuser, ils avaient érigé des plateformes et des ponts, sur lesquels ils avaient continué à construire. Lara se demanda s'il restait une seule partie de l'arbre intouchée. Tout autour se trouvait une série d'îles reliées à l'arbre par des ponts. Des cheminées s'élevaient des volutes de sorts et des halos de toutes les couleurs. Lara n'avait jamais rien vu de pareil, ni même imaginé qu'un endroit aussi incroyable pût exister.

Derrière son gouvernail, Nelly Poivre laissa échapper un rire.

— On est chez nous, les gars ! Enfin à la maison !

Bernie apparut à son tour sur le pont. Elle passa les bras autour des épaules de Lara et de Double Huit.

— Ça fait un bout de temps, dit-elle. Je suis bien contente de retrouver ce bon vieil arbre.

Le dirigeable descendit vers l'une des îles et amerrit dans une grande gerbe d'éclaboussures, puis il rejoignit lentement le port où étaient amarrés des bateaux et d'autres dirigeables. Lorsqu'il accosta, l'équipage s'activa à nouveau, galvanisé par la joie d'être rentré.

Nelly vint dire au revoir à Lara et à ses amis.

— Attendez une seconde!

Elle plongea la main dans un des compartiments de sa ceinture en cuir et en sortit trois fioles contenant des fils entrelacés qui dansaient, produisant une lumière très vive.

— C'est pour vous, déclara-t-elle en leur tendant les fioles.

Ils étaient aussi froids que des stalactites.

— On dirait…

— Du clair de lune et de la magie. Ce sont les fils les plus solides qui existent au monde. J'espère qu'ils vous seront utiles. Bonne chance pour le reste de votre voyage. Si la Terre-mère le veut, on se reverra.

— Merci, dit Lara, faisant disparaître le sort dans sa poche.

Elle lui serra la main avant de suivre Bernie sur le quai, puis le long des rues tortueuses. Une canopée de feuilles vertes protégeait des rayons du soleil, qui dessinaient des mosaïques sur le pavé. Il flottait dans l'air un curieux et merveilleux mélange d'odeurs. À la sève, au bois et à l'air marin se mêlaient les arômes des sorts: l'épicé de l'orange, la fraîcheur du bleu et la douceur acidulée du violet.

Des chevaux en chair et en os arpentaient les rues. Nulle part en vue de cœur-de-fer ou de ces machines mécaniques si courantes au Havre-du-Roi. Lara trouvait l'endroit d'une beauté stupéfiante et cependant, il régnait dans l'air un sentiment de perte d'un être cher; elle l'entendait dans la musique cristalline de la magie.

— Il s'est passé quelque chose, dit-elle. C'est pas seulement l'Infinuit. Quelque chose d'autre…

— Je le sens aussi, approuva Bernie, grave.

— Ça m'oppresse ici, renchérit Double Huit, désignant sa poitrine.

Ils traversèrent un pont de corde qui les amena au pied du grand Arbre-mère. Lorsqu'ils posèrent le pied sur une des plateformes en bois, un petit mage barbu, vêtu d'un long manteau à la capuche verte, s'approcha.

— Bernie ? Bernie Blanc-Corbeau ! On m'avait dit que c'était toi, mais je n'osais pas espérer !

Il lui attrapa la main et la lui serra avec vigueur.

— Quand Rob Nielsen m'a raconté ce qui s'était passé…

— Rob est là ? s'exclama Bernie, un sourire illuminant son visage. Ils ont réussi à rentrer ? Et Magnus ?

L'homme changea d'expression et fixa le sol.

— Bastien ? Bastien Caillou, dis-moi !

— Je suis tellement désolé, murmura-t-il, la lèvre tremblante. Magnus n'est pas rentré.

Lara sentit sa gorge se nouer. Elle attrapa la main de Bernie et la pressa. Elle sentit que la mage chancelait légèrement et, un instant, elle crut qu'elle allait tomber. Mais elle sembla se ressaisir.

— Bon…, dit-elle en reniflant. Merci de m'avoir prévenue, Bastien. On en reparlera plus tard. Pour le moment, il faut absolument qu'on voie la Mage Suprême.

L'homme la fixa, les yeux remplis de larmes.

— Quoi d'autre ? Raconte, Bastien. Qu'est-ce qui s'est passé ?

— C'est la Mage Suprême, Bernie. Léora… elle est… je veux dire, elle n'est pas… elle a… enfin, il vaut mieux que tu voies par toi-même.

DANS LE PALAIS

Joe eut du mal à laisser Mémé seule. Sa respiration était hachée et superficielle, et son agitation avait laissé place à une immobilité mortuaire. Avant de quitter l'appartement, il versa un peu d'eau entre ses lèvres sèches et lui épongea le front. La grosse bougie avait presque entièrement brûlé. Il faisait si froid que le sol était couvert de givre et pourtant, Mémé était brûlante de fièvre. Il lui prit la main pour l'embrasser, puis il s'engagea à travers les ruelles du bidonville.

Les miliciens avaient installé un de leurs barrages près de la ruelle de l'Os. Une chaîne avait été tendue afin d'empêcher les gens de passer. Une foule s'était formée du côté du bidonville, tandis que de l'autre les miliciens se tenaient prêts à tirer sur quiconque tentait de la franchir.

— On gèle !

— On a besoin d'nourriture !

— On a besoin d'charbon et d'bois d'chauffage !

— Laissez-nous sortir ! Nous parquez pas comme des bêtes ! C'est pas juste !

Joe avança jusqu'à la boutique du vieil Hans et frappa doucement à la porte. Il était presque minuit, mais il aurait pu être n'importe quelle heure du jour ou de la nuit ; le ciel toujours noir finissait par vous faire perdre toute notion du temps.

La porte s'ouvrit en grinçant et le visage ridé du vieil Hans apparut, les yeux agrandis par les lunettes. Il fit signe à Joe d'entrer, avant de refermer derrière lui. Il portait plusieurs épaisseurs de vêtements, ainsi qu'un bonnet en laine et des gants. À l'intérieur, presque tout était recouvert de cristaux de glace.

— Tu en as parlé à quelqu'un ?

— À personne. Même pas à Mémé.

— C'est bien, mon garçon. Comment va-t-elle ?

— Mal. Je suis pas sûr qu'elle tienne encore longtemps.

— Alors, il n'y a pas une minute à perdre, pas vrai ?

Le vieil Hans sortit une petite fiole remplie d'un liquide violet.

— La potion d'invisibilité, indiqua-t-il.

Joe leva la fiole vers la pâle lumière d'une lampe à souffle-de-dragon.

— Comment vous savez que c'est vraiment une potion d'invisibilité ? Comment vous êtes sûr que ça va pas me transformer en chat ou j'sais pas quoi ?

Le vieil Hans haussa les épaules.

— Je peux être sûr de rien. Il faut faire confiance au gars qui me l'a vendue… D'habitude, c'est un brave gars, dit-il, penchant la tête sur le côté. Si tu hésites, Joe, je peux trouver quelqu'un d'autre…

— Non. Non, j'vais le faire.

— Bien. Maintenant, je sais pas combien de temps dure la potion, donc il vaut mieux que tu la prennes au dernier moment.

— D'accord, dit Joe.

— T'es un bon garçon. La tour de Mme Hester est au sud-est du palais. C'est là que se trouve l'urne que tu dois chercher… elle ressemble à ça.

Il tendit au garçon une page abîmée, déchirée d'un livre, qui représentait une urne en céramique ornée de symboles. Elle n'avait rien de particulièrement remarquable.

Joe glissa la page dans sa poche.

— C'est tout ?

— Oui. Te fais pas prendre.

Il ne l'aurait jamais avoué à voix haute, mais Joe aimait penser qu'après Lara, c'était lui le meilleur glaneur de la ville. En fin de compte, il avait tout appris d'elle, les trucs et astuces, les raccourcis et les recoins cachés. Il savait, par exemple, que l'égout qui passait sous le palais était bloqué par une grille. Mais il savait aussi, grâce à Lara, qu'un glaneur malin avait autrefois descellé plusieurs briques sous la grille et qu'il était possible de s'y faufiler. Jusqu'à aujourd'hui, il n'avait jamais essayé ; si on vous surprenait sous le palais, on vous tirait dessus à vue. Mais si vous deviez absolument vous introduire dans le palais et que la vie de la personne que vous aimiez en dépendait, alors c'était la voie tout indiquée.

Joe remontait le courant des canaux, assez calme ce jour-là, guidé par la chaude lumière de sa fidèle lampe. Alors qu'il passait sous un des barrages, il entendit des cris et des slogans scandés. Il imagina les gens du bidonville rassemblés avec leurs enfants, même à cette heure tardive, poussant et suppliant – et les miliciens de l'autre côté, prêts à tirer.

Peut-être Joe aurait-il pu prévoir qu'il y aurait des patrouilles dans les égouts afin d'éviter les fuites. Mais il n'y pensa pas une seconde et, lorsqu'il tourna au coin et qu'il se retrouva nez à nez avec un milicien, ils furent aussi surpris l'un que l'autre. Le patrouilleur tendit la main vers son pistolet, mais Joe fut plus rapide : il sortit le pied-de-biche de son sac et lui asséna un coup sur la main. L'homme lâcha son arme, qui fut emportée par le courant. Puis Joe frappa à nouveau, visant cette fois sa lampe. Du même mouvement, il éteignit la sienne, les plongeant dans une obscurité totale.

— Stop ! cria son adversaire tandis que Joe se dépêchait de passer.

Il siffla. D'autres sifflements lui répondirent en provenance des tunnels voisins. Joe se mit à courir. Lara l'avait bien formé. Il connaissait chaque coude, chaque coin, il avait une véritable carte des égouts dans la tête, et il filait à travers l'obscurité, évitant les lampes des miliciens, changeant de direction dès qu'il entendait des bruits de pas. Il finit par arriver dans le tunnel qui menait au palais. Une fois devant la grille, il explora à tâtons les briques sur le sol, trouva celles qui étaient descellées et les retira avec précaution. Le trou dégagé était étroit, mais les glaneurs étaient en général plutôt maigrichons et il se faufila facilement. En revanche, il dut plonger la tête dans l'eau puante et lorsqu'il réapparut, toussant et crachant, le goût au fond de sa gorge lui souleva le cœur. Mais il était passé de l'autre côté, il avait réussi ! Il longea la paroi pour arriver dans une salle plus grande d'où partaient plusieurs boyaux qui menaient aux différentes parties du palais. Tous ces tunnels étaient trop petits – même pour Joe –, aussi escalada-t-il les barreaux qui menaient à la surface.

— De la folie, voilà c'que c'est, marmonna-t-il.

Lorsqu'il arriva en haut, il souleva doucement la plaque d'égout, puis la décala par petits à-coups. Il avait entendu dire que le palais abritait de nombreuses dépendances, des cottages et des écuries où travaillaient et vivaient tout un tas de domestiques, formant presque un village. C'est là que débouchait le tunnel.

— Là, j'ai plus l'choix, j'imagine, se dit-il à lui-même, sortant la fiole de sa poche.

Alors qu'il était encore dans les égouts, il ôta le bouchon et porta le flacon à ses lèvres. Il pensa à Mémé.

— Pitié, faites que je me transforme pas en grain de poussière ou… en porc !

Il ferma les yeux et avala.

L'amertume lui fit serrer les dents. Une vague froide le traversa des pieds à la tête. Il s'agrippa aux barreaux et ne rouvrit les yeux qu'une fois la sensation passée.

Il leva la main. Il voyait son manteau de glaneur, sentait sa peau et pouvait agiter les doigts, mais au bout de la manche, c'était le vide. Il se mit à rire sous cape.

— Ça a marché !

Il fallut quelques secondes pour que son excitation retombe et pour qu'il réalise que si son corps était devenu invisible, tout le monde pouvait voir ses vêtements.

— Oh, j'y crois pas…

Une minute plus tard, Joe Petitpied sortait des égouts, nu comme au jour de sa naissance. Pestant contre le froid, il se mit en route vers le palais.

La rencontre

Au centre du grand arbre, les mages avaient creusé une série de tunnels verticaux. Des plateformes accrochées à des poulies permettaient de passer facilement d'un étage à l'autre, sans avoir besoin de grimper des marches pendant des heures. Lara, qui se trouvait près de Bernie et Double Huit dans l'un de ces ascenseurs, écoutait avec fascination le cliquetis du mécanisme et le grincement des cordes. Ils s'élevèrent si haut que l'air se raréfia et que chaque surface se couvrit de cristaux de givre.

— Le conseil n'est plus, expliqua Bastien Caillou à voix basse. Ils se sont envolés pour affronter l'Infinuit. Seule la Mage Suprême est revenue… et elle est dans un sale état. Je pense que c'est l'Arbre-mère qui la maintient en vie.

— On les a vus ! chuchota Lara. Quand on était sur le bateau, on les a vus voler à travers le ciel.

Lorsque la plateforme arriva à la cime de l'arbre, ils sortirent et débouchèrent sur une sorte de carrefour, dont partaient les branches les plus hautes. Au centre de ce carrefour, creusé à même l'arbre, se trouvait le palais de la

Mage Suprême. Chaque tour, porte et fenêtre était composée de plantes grimpantes et de branches, comme si c'était l'arbre lui-même qui avait décidé à quoi devait ressembler le palais. Des insectes luisants voletaient dans l'air et des fleurs et des fruits poussaient sur les murs.

Postés devant l'entrée principale, des gardes s'écartèrent pour les laisser passer. À l'intérieur, les pièces étaient elles aussi végétales, et les meubles comme la décoration provenaient de l'Arbre-mère. Des rideaux en toile d'araignée encadraient les fenêtres et, dans les lampes, des lucioles projetaient une douce lumière.

Le son de la magie était si puissant et si clair qu'il était presque visible dans la brise, et il ne fit que s'intensifier quand ils entrèrent dans une salle où avait poussé un lit immense, enfoui sous une masse de plantes, de branches et de feuilles.

Quelque chose remua dans les branchages. Lara retint son souffle tandis que les feuilles s'écartaient, révélant le visage d'une jeune femme aux boucles rousses. Elle ouvrit les paupières – elle avait des yeux immenses, d'un vert éblouissant.

Double Huit se mit en retrait derrière Bernie, la main sur le cœur. Ce qui lui restait d'âme était bouleversé par la force du regard de la mage aux cheveux roux.

— Bernie !

— Léora Ramau, dit la vieille mage en se tamponnant les yeux. Dans quelle folle expédition tu t'es lancée ?

— On s'est envolés, Bernie. On a essayé. Mais l'Infinuit était trop puissante. Les autres…

— Je sais, dit son amie. On va s'en occuper.

Léora respirait péniblement. Ses yeux se posèrent sur Lara, qui eut le sentiment d'être minuscule.

— Je te présente Lara, reprit Bernie. Et Double Huit. Deux jeunes mages particuliers…

Alors qu'elle parlait, Ailes-de-lune s'envola de la poche de la jeune fille pour se poser sur son épaule. Léora ferma les yeux un instant. Un sourire lui monta aux lèvres.

— Le Dernier Sort ?… Alors, c'est toi qui l'as. Mais tu es si jeune…

Lara sentit son médaillon vrombir contre sa poitrine. Elle sut, tout à coup, qu'elle devait le montrer à la Mage Suprême. Elle le sortit de sous sa chemise. La gravure de l'oiseau, illuminée, se refléta dans les yeux de Léora, qui prit une toute petite inspiration.

— Peux-tu nous laisser seules ? demanda-t-elle à son amie. Juste moi et la fille… Lara.

Lara se tourna avec inquiétude vers Bernie, qui l'encouragea d'un signe de tête.

L'ancienne glaneuse était très intimidée à l'idée de se retrouver en tête à tête avec la cheffe de tous les mages libres du monde. Elle sentait crépiter le pouvoir qui se dégageait d'elle : ses poils se hérissaient et son âme chantait.

— Lara… approche. Assieds-toi.

Elle obtempéra et regarda cette femme étrange et si puissante, enveloppée d'un entrelacs de branches qui formaient comme une carapace.

— Vous êtes blessée ? s'enquit-elle.

La Mage Suprême sourit.

— Peu importe, Lara. Nous n'avons pas de temps à perdre. D'où tiens-tu ton collier ?

La jeune fille porta la main à sa chaîne.

— De ma mère, j'crois. Elle est morte quand j'étais bébé. On m'a dit que j'étais un miracle, parce qu'on m'a trouvée dans les décombres.

— Un miracle, c'est sûr, confirma la Mage Suprême.

— Vous avez connu mes parents, m'dame ?

— Malheureusement, non, Lara. Mais j'ai entendu parler d'eux. Sais-tu ce que signifie ce collier ?

— Bernie m'a dit qu'il était lié aux mages qui veillaient sur Ailes-de-lune.

— Ailes-de-lune ?

— Oh. C'est comme ça que je l'appelle, m'dame. Ça lui va bien, pas vrai ?

Léora sourit.

— Très bien. C'est très émouvant de le voir, Lara. Lorsque Mme Hester a provoqué une guerre civile à Mages-du-Ponant, il y a plusieurs centaines d'années, c'était dans le but de s'emparer du Dernier Sort. Mais la Mage Suprême ne pouvait pas laisser une chose pareille arriver, car nous aurions été sans défense face à l'Infinuit et les autres dangers laissés par les dieux. Alors, pour protéger Ailes-de-lune, elle a créé une confrérie secrète – un groupe de mages courageux qui voyageraient de par le monde sans jamais rester longtemps au même endroit. C'est ainsi qu'Ailes-de-lune est resté caché pendant tout ce temps, même de moi ; personne ne savait si la confrérie existait encore. Mais ce médaillon que tu as, Lara, c'est leur signe de reconnaissance.

— Donc ma mère en faisait partie ?

— Je pense, oui. Ce serait logique que les membres de la confrérie transmettent leur mission à leurs enfants. Ce qui veut dire, Lara, que ta mère a dû te léguer la sienne.

La glaneuse regarda le médaillon. Elle l'effleura, consciente que sa mère avait dû faire le même geste.

— Qu'est-ce que j'dois faire ?

— Tu dois utiliser le sort quand c'est nécessaire, expliqua la Mage Suprême. Et je pense que c'est le cas, en ce moment.

— Mais comment ? J'viens juste de découvrir que j'étais une mage. J'ai pas le pouvoir de… Double Huit a plus de magie que moi ! J'ai même pas réussi à faire un sort de lumière correct et j'ai essayé d'ouvrir le médaillon plus d'un millier de fois !

La carapace de branches qui enveloppait la Mage Suprême ondula et s'écarta, livrant passage à un bras pâle et délicat. Léora lui tendit la main. Lorsque Lara la serra, une grande vague de magie la traversa, faisant vibrer jusqu'à la pointe de ses cheveux.

— Je sens ton pouvoir, dit la Mage Suprême. Tout ce dont tu as besoin, c'est d'avoir confiance. Tiens le médaillon dans ta main. Pense très fort que tu es une mage. Dis-toi que ce qu'il contient t'appartient.

Lara posa le médaillon sur sa paume ouverte. Elle suivit des yeux la silhouette de l'oiseau et l'inscription de son prénom, puis elle ferma les paupières, entendit la merveilleuse musique de la magie et parla en pensée à son médaillon.

Si c'est ce qui doit être… si j'dois vraiment jouer un rôle… alors donne-moi un signe. Si tu fais ça, j'y croirai. J'saurai que tout est vrai.

Le médaillon vrombit. Lara referma la main. Elle sentit un déclic et de la chaleur se répandit dans son corps. Le médaillon s'était ouvert. Il contenait une petite fiole.

Elle la prit avec émotion.

— Qu'est-ce que c'est ?

— Un message, je pense.

— De… de ma mère ?

— Oui.

Lara fixa la fiole. La tête lui tournait et sa poitrine se soulevait, envahie d'un puissant et douloureux désir.

Maman a tenu cette fiole, pensa-t-elle. *Maman a été la dernière personne à la toucher.*

Elle eut l'impression étrange de tenir la main de sa mère. Elle regarda la Mage Suprême. Ses yeux se remplirent de larmes.

— J'ai peur.

Léora lui prit la main.

— Je suis avec toi.

Lara prit une profonde inspiration, retira le bouchon et laissa sortir le sort.

Quelques petits soucis

Joe put vite tester l'efficacité du sort d'invisibilité.

Il était arrivé facilement au pied du palais, tapi dans l'ombre et marchant sans faire de bruit. Il contournait à présent l'immense bâtiment à la recherche d'une entrée, fouillant l'obscurité des yeux. Alors qu'il tournait au coin, il faillit foncer dans un garde.

L'homme, adossé au mur, fumait la pipe en cachette. De pâles volutes de fumée s'élevaient dans la nuit. Il dut entendre un bruit, parce qu'il se figea soudain et regarda à l'endroit exact où le garçon se trouvait, fixant le vide à la hauteur de son visage. Joe retint son souffle, priant pour qu'il soit le seul à entendre son cœur tambouriner dans sa poitrine. Le garde le fixa longuement, puis il haussa les épaules et recommença à fumer. Joe sentit ses genoux se dérober tant il était soulagé.

Lorsque le garde eut fini sa pipe, il se dirigea vers une petite porte. C'était l'occasion ou jamais. Dès que l'homme l'ouvrit, Joe se faufila sur le côté et pénétra à l'intérieur.

Il longea prudemment les longs couloirs de service menant aux cuisines et aux réserves, puis déboucha sur les pièces principales du palais. Il n'y avait pas âme qui vive et Joe s'enhardit. Il accéléra le pas et arriva bientôt dans une suite de pièces plus somptueuses les unes que les autres, remplies de trésors sans prix : tableaux et tentures murales, vases et œufs en cristal. Dans une salle immense, il découvrit le squelette parfaitement préservé d'un dragon, ailes déployées. Ses dents, de la taille de son avant-bras, étincelaient dans la lueur dorée des lampes.

Sud-est. Le vieil Hans a dit que la tour de Mme Hester se trouvait au sud-est…

Tandis qu'il approchait de la tour, l'atmosphère changea. Les serviteurs ne devaient pas y venir souvent, car des toiles d'araignée couvraient les murs, les fenêtres et les lampes, et il n'y avait plus un seul objet exposé. L'air semblait de plus en plus froid. Joe, grelottant, pesta d'avoir dû retirer ses vêtements.

Arrivé devant la porte de la tour, il tenta d'actionner la poignée, qui céda sans effort.

Pourquoi qu'elle devrait être fermée, après tout, se dit-il. *Qui aurait l'idée de venir cambrioler la grande Mme Hester, à part toi, Joe ? Personne, oui !*

Il franchit la porte et entreprit de gravir l'escalier en colimaçon.

Si j'avais un objet précieux, songea-t-il, *j'le garderais tout en haut de la tour. C'est par là que j'vais commencer.*

L'ascension lui parut longue. La tour était incroyablement haute et à chaque marche, la température baissait. Lorsqu'il arriva enfin devant la dernière porte, ses mains étaient transies de froid. Il entra dans une grande pièce confortable et découvrit avec soulagement qu'un feu brûlait dans la cheminée. Tout en se réchauffant, il observa les étagères et les vitrines qui contenaient des livres et des bocaux remplis de créatures mortes baignant dans du liquide. Ne voyant pas la moindre trace d'une urne ressemblant à celle que lui avait montrée le vieil Hans, il passa dans la pièce voisine.

À peine entré, il s'immobilisa.

C'était une chambre à coucher. Et dans le lit dormait Mme Hester, la plus puissante de tous les mages blancs.

Si jamais elle se réveille, à coup sûr elle sera capable de m'voir. Et qu'est-ce qui va se passer ? Elle va m'foudroyer sur place. Par les crocs de l'Enfer, t'es vraiment trop bête, Joe Petitpied, de t'être fourré dans un traquenard pareil. Oui, mais Mémé… c'est pour elle !

Il examina alors la pièce, grimaçant à chaque mouvement, s'attendant à ce que Mme Hester se réveille et le crucifie, mais elle continua à dormir. Ne voyant toujours aucune trace de l'urne, Joe passa dans une troisième pièce, une sorte de salle d'étude avec un bureau, de nombreux livres et bibelots.

Là, son cœur s'arrêta de battre.

Sur une étagère croulant sous d'innombrables trésors se trouvait l'urne. C'était elle, il n'y avait pas de doute possible. Il se dépêcha de la prendre et de la glisser sous son bras. Il allait repartir quand un bruit l'arrêta : un cri de douleur. Il ne put s'empêcher d'entrer dans la dernière et quatrième salle, où il trouva un miroir en pied posé sur le plancher nu. Le miroir, qui avait deux faces, était entouré d'un cadre de bois décoré d'oiseaux sculptés. Lorsque Joe s'approcha, il vit l'urne sous son bras invisible, semblant flotter dans l'air. La surface du miroir se plissa soudain, comme la surface d'une mare sous l'effet du vent, et lorsqu'elle fut de nouveau lisse, le reflet avait disparu. Le miroir s'était transformé en fenêtre, ou en porte, ouvrant sur une autre pièce.

Joe savait qu'il aurait dû prendre ses jambes à son cou et qu'il courait un grand danger en restant dans la tour, mais il avait l'impression que quelqu'un ou quelque chose l'appelait. Il fit un pas vers le miroir, tendit la main et…

… sa main traversa la vitre. Il passa tout entier de l'autre côté et se retrouva dans une pièce immense, remplie d'imposantes vitrines. Sur les étagères de celles-ci, des milliers de cages à oiseaux, dont les barreaux étaient faits d'un matériau chatoyant. De magnifiques créatures ailées volaient à l'intérieur des cages. Elles appelaient Joe d'une voix si chargée de tristesse et de nostalgie qu'il sentit son cœur saigner.

Un bruit parvenant de la chambre de Mme Hester le fit brutalement revenir à la réalité. Il se dépêcha de retraverser le miroir. La mage dormait toujours, mais elle criait dans son sommeil…

— Le sort. Apporte-moi le sort ! L'oiseau ! Tue-la… tue cette fille…

Joe regagna l'escalier sur la pointe des pieds, trébuchant presque dans sa hâte, l'urne toujours sous le bras. Il parcourut précipitamment les pièces richement ornées, puis les longs couloirs de service, et émergea dans la nuit avant de traverser les jardins jusqu'aux dépendances.

Il reprit son pied-de-biche qu'il avait caché dans un rosier et entreprit de soulever la plaque d'égout. Alors qu'il était concentré sur son travail, il éprouva un choc en voyant la peau de son poignet. Puis de son pied. Pétrifié, il leva la main. Les effets de la potion s'estompaient. Il redevenait visible.

La panique lui noua le ventre. Il tira de toutes ses forces sur la plaque, qui céda d'un coup et retomba dans un lourd bruit métallique.

— Qu'est-ce que c'est ? Qui est là ?

Joe écarta la plaque et se glissa fébrilement dans le trou. Il était en train de récupérer l'urne quand il vit qu'un garde l'avait repéré. À l'autre bout de la ruelle, l'homme, les yeux écarquillés, le fixait d'un air incrédule.

— Hé ! toi, là-bas !

Joe plongea à l'intérieur et dégringola l'échelle, tombant à moitié. Lorsqu'il arriva en bas, il entendit le bruit des bottes sur les barreaux au-dessus de sa tête. Il attrapa ses vêtements, en enveloppa l'urne, se précipita vers la grille et plongea sous l'eau.

Il l’avait presque franchie lorsqu’une poigne solide se referma sur sa cheville.

— J’te tiens!

Sentant que le garde le tirait en arrière, Joe donna des coups de pied dans tous les sens. L’homme laissa échapper un cri nasal et lâcha prise. Le glaneur comprit qu’il lui avait cassé le nez. Il continua à ramper sous la grille avec l’énergie du désespoir, puis rassembla ses affaires et s’enfuit en courant. Coincé de l’autre côté, le garde l’insulta, mais Joe se savait tiré d’affaire. Il disparut dans le dédale des tunnels. Il était temps de rentrer chez lui.

Le message de la fiole

La fumée s'éleva de la fiole contenue dans le pendentif de Lara, se déroula et flotta au-dessus du lit de la Mage Suprême. Elle luisait de l'intérieur, traversée d'éclairs et de crépitements. Lara eut peur d'avoir abîmé le sort sans le savoir. Elle allait demander de l'aide à la Mage Suprême quand des formes se laissèrent deviner dans la fumée : des mains, des doigts, les plis d'un vêtement…

Un visage.

Elle regarda, figée, ensorcelée, la fumée tourbillonner et s'étirer en silhouette. Une femme. Son visage se précisa, son nez, sa bouche, ses yeux, qui parurent familiers à Lara. Elle avait l'impression de se voir elle-même : une peau marron foncé, un menton pointu, de grands yeux sombres. Les cheveux de la femme ressemblaient à ceux de Lara, noirs, avec des boucles serrées qui partaient dans tous les sens. Des échos remplirent la pièce, des coups, des claquements métalliques, des cris ; le bruit d'une bagarre. La femme leva sa baguette.

— Lara, dit-elle.

Elle crut que son cœur allait s'arrêter de battre. Elle la fixa, incapable de réagir.

— Lara…

— J'suis là. J'suis là, maman.

Un autre coup retentit derrière sa mère.

— Lara, je n'ai pas beaucoup de temps. Il arrive.

Lara voulut dire quelque chose, mais il y eut un éclair de lumière, suivi d'un fracas. L'image vacilla et répéta :

— Lara, je n'ai pas beaucoup de temps. Il arrive.

À cet instant, elle comprit qu'elle se trouvait face à un souvenir. Ce message ne voyageait que dans un seul sens, et sa mère ne pouvait pas la voir.

Elle essuya les larmes qui lui brouillaient la vue.

— Je te vois, maman. J'suis là.

— Je sais que tu te poseras beaucoup de questions sur nous, ma chérie. Je m'en pose sur toi, moi aussi. Depuis que tu es née, je me demande ce que tu vas devenir, ma merveilleuse fille, à quoi tu vas ressembler. Je regrette de ne pas être là pour le découvrir. J'ai tellement de choses à te dire…

Une détonation l'interrompit, et elle tourna la tête.

— Vite ! cria une voix d'homme.

Lara scruta la fumée, pensant qu'elle venait sans doute d'entendre son père.

Lorsque sa mère se tourna à nouveau vers elle, elle tremblait.

— Tu es une mage, Larabelle Goupil. Ce qui est une très bonne chose. Et surtout, tu as hérité d'une mission sacrée – celle qui a été la mienne. Je suis membre de la confrérie du Dernier Sort.

La mère de Lara retira son médaillon.

— Quand le temps viendra, ta magie se réveillera et tu deviendras la mage que tu es destinée à devenir.

Lara entendit alors un son inattendu : le babillage d'un bébé. Elle réalisa qu'elle voyait les événements à travers ses propres yeux d'enfant. Puis il y eut un fracas, et un homme cria de douleur. Le silence retomba. La mère de Lara s'accroupit, embrassa son bébé et lui passa le collier autour du cou.

— Nous t'aimons, Lara. Souviens-t'en. Nous t'aimerons toujours, où que tu sois.

Lara tendit la main, mais ses doigts passèrent à travers la fumée froide.

— Je vous aime, chuchota-t-elle.

L'image de sa mère leva sa baguette et un sort illumina la chambre, entourant le bébé de lumière.

— Je ne le laisserai pas s'en prendre à toi ce soir, Lara. Pas tant que je suis vivante. Mais si tu regardes ce message dans le futur, ma chérie, je ne pourrai pas te protéger. L'homme sans ombre viendra te chercher un jour ou l'autre. J'aurais préféré ne pas te mêler à tout ça… mais c'est notre mission. La confrérie doit protéger le sort, nous devons donner notre vie, s'il le faut…

Quelqu'un cria quelque chose d'inintelligible et la mère de Lara se pencha sur son bébé.

— Je n'ai pas beaucoup de temps. Le sort, Lara, les autres membres veilleront sur lui, mais il les pourchassera eux aussi. Je prie pour que le sort n'arrive jamais jusqu'à toi. Mais si c'est le cas, si un jour tu dois l'utiliser pour repousser les ténèbres, alors tu dois te préparer… (elle avala péniblement sa salive)… te préparer pour un voyage dont tu ne peux pas savoir si tu reviendras. Ton âme, Lara. Ton âme est la clef. Tu dois lui donner…

Un flash de lumière, et la femme laissa échapper un cri. Lara se pencha, mains tendues, ne voyant plus rien.

— Qu'est-ce qui s'passe ? M'man ?

Le bruit d'une explosion, et la fumée se dispersa, laissant Lara et la Mage Suprême seules dans la pièce.

À travers ses larmes, Lara vit que la femme l'observait. Ailes-de-lune lui donna de petits coups de bec affectueux sur l'oreille. Elle caressa en retour ses plumes dorées et froides.

— Tu peux être fière, lui dit la Mage Suprême. Ta mère était une femme courageuse.

— Qui la pourchassait ? demanda Lara. Qui l'a tuée ?

Léora secoua la tête.

— Je ne suis pas sûre. Cela fait des siècles que Mme Hester cherche à mettre la main sur ce sort.

— Je la hais, déclara Lara, pesant ses mots. J'aurai sa peau.

Un filet de sang rouge vif coula de l'oreille de la Mage Suprême.

— Ne perds pas ton temps à haïr, Lara. Cela ne fera que te rendre vide.

Elle toussa, et les branches qui l'entouraient resserrèrent leur étreinte. Elle suffoquait.

— Bernie. Va chercher Bernie.

Lara courut vers la porte et ramena celle-ci, qui prit la main de la mage dans la sienne.

— Léora. Oh, Léora!

— Apprends-lui, Bernie. Donne-lui une baguette. Ne laisse pas Hester gagner.

— Non, dit son amie. Je te le jure.

— Tu es la dernière… la dernière membre du conseil, Bernie. Je n'ai pas d'enfant. Tu dois… tu dois prendre la relève…

— Mais je n'ai pas…

Une couronne de branches s'éleva de la tête de la Mage Suprême et se posa sur celle de Bernie, qui écarquilla les yeux, effrayée.

— Léora?

— Longue vie à la Mage Suprême, dit Léora, avant de fermer les paupières.

Les branches poussèrent et recouvrirent son visage, puis sa tête entière. Après quelques instants, la carapace végétale tomba en poussière. Il n'y avait plus personne à l'intérieur.

Bastien Caillou accourut dans la pièce. Trouvant le lit vide, il le fixa avec des yeux ronds, puis il aperçut la couronne sur la tête de Bernie et posa un genou à terre. Double Huit se faufila à son tour dans la pièce. Lara lui fit un signe, et ils l'imitèrent.

— Longue vie à la Mage Suprême.

Ne jamais faire confiance à personne

Toc toc toc.

La porte de la boutique du vieil Hans s'entrouvrit et il passa la tête, tel un vieux hibou. Lorsqu'il découvrit Joe, il retint son souffle et haussa ses sourcils broussailleux.

— Eh bien ? Tu l'as ?

Joe sortit l'urne de sous son manteau.

Le vieil Hans faillit tomber à la renverse. Il déverrouilla la porte et le fit entrer.

— Bien joué, mon garçon ! Bien joué !

Le glaneur tendit l'urne au vieil homme, qui la posa sur le comptoir d'un geste plein de révérence.

— Magnifique… Regarde-moi un peu ça !

Il rit pour lui-même en se frottant les mains.

— Oh, Joe Petitpied, que de grandes choses je vais accomplir !

— Sûrement, dit Joe. Maintenant, cette potion de guérison…

— Jamais j'aurais imaginé avoir une chance pareille, continua le marchand en faisant briller l'urne avec sa manche. Je veux dire. *Je veux dire…*

— Vieil Hans…

— Je peux faire tout ce que je veux, ajouta-t-il. Et même Mme Hester pourra pas m'arrêter !

— Vieil Hans !

La voix de Joe le fit redescendre sur terre. Il l'interrogea du regard.

— La potion, répéta le garçon en tendant la main. Ma récompense.

Le vieil Hans contourna le comptoir, puis posa les coudes de chaque côté de l'urne.

— Première loi du commerce, mon garçon : saisis ta chance quand elle se présente.

— J'comprends pas.

Un horrible pressentiment lui tordait le ventre.

— J'ai pas de potion de guérison, dit le vieil Hans. Je suis pas un sorcier.

— Quoi ? Mais… vous m'avez dit…

— J'ai dit ce que tu voulais entendre, pour que tu fasses ce que je voulais, expliqua le vieil Hans en levant les yeux au plafond, comme s'il s'agissait d'une évidence. Que ça te serve de leçon, Joe. Tout le monde se servira de toi si tu te laisses faire. Je me suis servi de toi, mais je n'suis pas un monstre. Je vais te payer.

Il posa une pièce d'or sur le comptoir et la fit glisser vers Joe.

Joe la fixa du regard.

— C'est pas assez.

La fureur avait allumé un feu dans sa poitrine.

— Il m'faut bien plus que ça pour acheter une potion au marché noir. Vous l'savez très bien !

Le vieil Hans se mordilla l'intérieur de la joue.

— C'est ma dernière offre, déclara-t-il, rajoutant une pièce d'argent.

— C'est toujours pas assez !

Ses yeux se mouillaient, brûlants. Il regarda le vieil Hans, puis l'urne.

Lentement, très lentement, l'homme plongea la main sous le comptoir et en sortit un couteau.

— Fais pas de bêtise, Joe.

Des flammes de colère le dévoraient. Il fit un geste vers l'urne, mais le vieil Hans lui enfonça le manche de son couteau dans l'épaule. Joe recula de quelques pas et heurta de plein fouet une vitrine d'exposition, qui bascula en arrière, puis chancela vers l'avant. Il se jeta sur le côté pour l'éviter.

— Non ! cria le vieil Hans, protégeant l'urne de ses bras.

La vitrine se renversa sur lui dans un fracas de vaisselle et de bois qui se brisent. Un bref cri de douleur, puis plus rien.

— M'sieur Hans ?

Joe regarda sous le meuble. Le vieil homme était étendu et inconscient. Cette vision le tétanisa. Et s'il était mort ? Il eut envie de vomir. C'était un accident. Il lui tâta le cou à la recherche de son pouls. Il respirait encore! Ce vieux grigou était vivant, merci, Dame Lumière! Rassemblant ses forces, il dégagea la vitrine du vieil Hans, qui gémit et commença à remuer. Puis il attrapa l'urne, la glissa sous son manteau et prit la fuite.

Le bosquet des baguettes

Quand la nouvelle de la mort de la Mage Suprême se répandit dans la ville de Mages-du-Ponant, de la fumée noire sortit de chaque cheminée, enveloppant l'Arbre-mère et les îles environnantes d'un brouillard de tristesse.

Bernie Blanc-Corbeau, qui portait à présent le deuil de la Mage Suprême et de son mari adoré, ne perdit pas de temps pour exécuter les dernières volontés de Léora – fournir une baguette à Lara afin de commencer sa formation.

— Toi aussi, Double Huit, dit-elle en les entraînant en dehors du palais.

Ils descendirent niveau après niveau jusqu'au pied de l'arbre. Partout où ils passaient, les gens tombaient à genoux en signe de respect.

— Mais vont-ils cesser ce cirque ? ruminait-elle.

— Comment doit-on vous appeler ? demanda Double Huit, tout en envoyant un clin d'œil à Lara. Je n'ai jamais rencontré de reine jusqu'à aujourd'hui.

— En voilà une question ! Appelez-moi Bernie, comme avant.

— Où on va ?

— Au bosquet des baguettes.

— Le quoi ?

— Tu verras.

Ils continuèrent à marcher dans les rues creusées dans l'arbre, à traverser des plateformes branlantes et différentes tours rondes. C'était une véritable ville, comme le Havre-du-Roi ; il y régnait la même effervescence, à ce détail près que les gens portaient de longs manteaux de mage et que les boutiques proposaient des potions et des sorts plus étranges et merveilleux les uns que les autres. Dans les vitrines, on pouvait apercevoir des créatures marinant dans des bocaux, des poudres et des cristaux lumineux. Des messages en papier enchanté volaient en permanence au-dessus de leur tête, d'étranges plantes grimpantes recouvraient les façades et des oiseaux s'y posaient pour déguster leurs fruits mauves… Lara réalisa que l'Arbre-mère n'était pas simplement le support sur lequel s'était construite la ville, mais qu'il *était* la ville, vivant, respirant, relié à toutes les âmes qui vivaient là. Même après une seule journée, elle commençait à ressentir le lien puissant qui l'attachait à l'Arbre-mère et à sa Floraison magique.

Ils arrivèrent devant l'un des ponts de corde qui reliaient l'arbre aux îles environnantes. Tandis qu'ils traversaient la mer d'Étain, qui clapotait loin sous leurs pieds, Lara vit qu'un homme les attendait à mi-parcours. Lorsqu'ils s'approchèrent, un grand sourire monta aux lèvres de Bernie.

— Rob ! Rob Nielsen !

Il les rejoignit à grandes enjambées, des étincelles dans les yeux, souriant sous son énorme barbe. Bernie le serra dans ses bras, ce qui sembla à la fois le surprendre et le mettre mal à l'aise.

— Par les crocs de l'Enfer, Bernie. Je crois pas qu'un vieux loup des mers comme moi mérite pareil traitement de Sa Majesté la Mage Suprême !

— Oh, ne commence pas, Rob !

L'expression de celui-ci se fit très sérieuse.

— Je suis affreusement désolé pour Magnus. Je me sens…

Il fixa ses grands pieds.

— Je suis le seul à m'en être tiré. J'étais accroché à un débris et j'ai essayé de le rejoindre, mais les courants… La tempête était trop forte. J'aurais dû être plus courageux. J'aurais dû nager jusqu'à lui et…

Bernie prit une profonde inspiration.

— Vous seriez morts tous les deux, Rob. Quel intérêt ? Mon Magnus… je l'aime de toutes les fibres de mon corps, mais il est mort en se battant pour une cause à laquelle il croyait, pour la liberté, et il en aurait été heureux. Le moment venu, je le pleurerai, Rob, mais pour l'instant, je l'entends qui nous crie de continuer la lutte. Je ne veux pas qu'il soit mort pour rien !

Le capitaine parcourut avec eux le reste du pont.

— Tu as pensé à nommer un nouveau conseil ?

— Oui. Le plus vite possible. J'aimerais que tu en fasses partie, Rob.

Il porta les mains à son cœur.

— Je s'rais… je s'rais très honoré, Bernie. Merci.

Ils descendirent du pont et arrivèrent devant un immense édifice qui ressemblait à une église. À l'intérieur d'un grand hall se succédaient les statues de nombreux Mages Suprêmes du passé. La plupart brandissaient leur baguette, d'où jaillissaient de petites flammes.

— Vous êtes prêts ? demanda Bernie, une fois arrivée devant de grandes portes au fond du hall.

— Prêts à quoi ? s'enquit Lara.

Elle ouvrit les portes, révélant une vaste forêt tapissée de feuilles mortes. Les arbres étaient imposants, leurs branches tombant vers le sol comme de longs doigts. Leurs fruits petits et ronds, comme des baies, luisaient de toutes les couleurs possibles. La musique de la magie résonnait dans l'air et une odeur de givre et de sève évoquait à Lara des souvenirs d'hiver. Cependant, le lieu produisait un effet étonnant : une douce chaleur imprégnait chacune de ses pensées. Comme appelé par la magie, Ailes-de-lune sortit de la poche de la jeune fille et vola à travers les arbres.

— Vous le sentez aussi ? demanda Lara.

Double Huit se tourna vers elle. Ses cheveux noirs broussailleux se dressaient sur sa tête.

— Qu'est-ce que c'est ?

— C'est les arbres qui vous causent, les renseigna Rob. Ils vous appellent. Écoutez-les. Laissez-vous guider.

Double Huit parut perplexe.

— J'ai déjà une baguette. Les mages blancs m'en ont donné une.

Bernie fit entendre un rire méprisant.

— Une baguette ! Ne me fais pas rire, mon garçon ! Les mages blancs ne savent pas faire de vraies baguettes. Ils n'ont pas d'arbres comme ceux-ci. Cette baguette est tout juste bonne à faire des sorts de mage blanc, mais attends d'avoir une vraie baguette dans les mains, Double Huit. Allez-y, tous les deux. Choisissez une branche.

Bernie les poussa plus loin, et ils marchèrent au milieu des arbres, levant les yeux vers les branches chargées de fruits lumineux. Lara laissa les feuilles lui effleurer les cheveux. Des étincelles de magie la parcouraient.

— Il y en a tellement ! s'exclama Double Huit. Je les veux toutes ! Comment choisir ?

Une des branches envoya à Lara une décharge de magie si puissante qu'elle faillit tomber par terre.

— Moi, j'veux celle-là !

Elle tendit la main et brisa la branche. Lorsqu'elle la tint, la musique se transforma en un chœur de voix cristallines.

Double Huit choisit sa baguette dans un arbre un peu plus loin et il revint avec un grand sourire aux lèvres. Il agita la branche à gauche et à droite.

— Bien, approuva Bernie. Je vais les donner au baguettier ce soir. Félicitations, tous les deux, vous êtes de vrais mages, à présent.

Le retour de Jack

On donna à Lara une chambre dans le palais, tout en haut de l'Arbre-mère. Cette nuit-là, après s'être régalée de pain frais et de poisson frit au beurre et aux herbes, elle se retira dans sa chambre, la tête pleine de pensées et de questions.

On frappa à la porte. Lara laissa entrer Bernie et Double Huit.

— On est venus voir comment t'étais installée, dit Bernie.

— Hé, ta chambre est plus grande que la mienne ! s'exclama Double Huit.

— Ça va, j'crois, dit Lara, sentant sur elle le regard scrutateur de Bernie. J'veux dire… J'pense que ça va. Il s'est passé tellement d'choses. La Mage Suprême, ma baguette… et… et le message de ma mère…

Bernie gagna le balcon pour allumer un cigare, et ils restèrent tous les trois à contempler le ciel encore intact depuis le faîte de l'arbre.

— L'Infinuit va pas nous épargner pour toujours, c'est ça ? demanda Lara.

— Non, mon cœur. Quand elle se sentira assez forte, elle attaquera.

— Vous croyez que les Tatoués sont déjà arrivés au Havre-du-Roi ?

— Sincèrement, je ne sais pas.

— Je pense tout le temps à Joe, à Mémé, à… à tous les pauvres gens de là-bas. J'veux les aider.

— Tu penses que tu le peux ? s'enquit Double Huit.

Ailes-de-lune surgit des branches plus hautes et se posa sur son épaule. Lara le caressa, tout en tenant son médaillon de l'autre main.

— Maman faisait partie de la confrérie du Dernier Sort. C'était sa mission de protéger Ailes-de-lune et d'utiliser le sort en cas de besoin. Elle me l'a transmise.

Bernie prit une profonde inspiration, puis souffla lentement.

— On est tous à tes côtés, Lara.

— Mais j'sais pas ce que je dois faire !

— C'est pour ça que tu as des amis, Lara. Pour t'aider.

Elle sentit des larmes brûlantes lui monter aux yeux.

— J'ai peur. Maman a dit… elle a dit qu'il fallait que j'me serve de mon âme pour déclencher le sort…

Quelque chose d'autre la tracassait. Sa mère avait dit que si elle devait utiliser le sort, elle n'en reviendrait peut-être pas. Qu'avait-elle voulu dire ? Qu'elle allait mourir ? Qu'elle devrait renoncer à son âme ? Lara ne voulait pas en parler à Bernie ou à Double Huit, parce qu'ils se faisaient assez d'inquiétude comme ça, et que Bernie avait déjà tant perdu…

Un long silence suivit.

— À mon avis, reprit la Mage Suprême, les membres de la confrérie étaient tous liés à Ailes-de-lune par leur âme. Ce qui expliquerait pourquoi il ne s'anime qu'en ta présence. C'est un truc génial. Ça veut dire que personne ne peut l'utiliser tant qu'un des membres est en vie. C'est pour ça qu'ils ont été traqués, j'imagine : pour envoyer leur âme dans leur prochaine vie et rompre le lien qu'ils avaient avec le sort. Et c'est pour ça que tu es en danger.

Ils se turent, regardant la bande laiteuse des étoiles qui scintillaient à travers le ciel.

— J'suis désolée pour Magnus, dit Lara.

— Moi aussi, renchérit Double Huit.

La lèvre de Bernie se mit à trembler.

— La première fois que je l'ai rencontré, il m'a dit qu'on allait se marier. On était dans le sud, en train d'aider un groupe de sorcières à se terrer dans une petite ville poussiéreuse pour échapper à l'armée d'Argent. Je lui ai ri au nez, ce jour-là. Mais je crois qu'au fond, j'ai su que c'était vrai, dès le début.

Elle s'essuya les yeux.

— Je suis désolée pour ta mère, Lara. Je suis désolée que tu te retrouves mêlée à tout ça.

Ils se serrèrent dans les bras et pleurèrent sous les étoiles.

— C’est à nous d’être à la hauteur, maintenant. D’être forts et d’achever leur œuvre. Allez dormir, mes enfants. Demain est un autre jour, pas vrai ? Vous allez recevoir vos baguettes.

Lara la suivit des yeux tandis qu’elle partait, mais Double Huit resta.

— Ça va ? lui demanda-t-elle.

— Oui…

L’embarras se peignit sur son visage.

— Hum… tu sais, j’ai pas connu mes parents, moi non plus. Les mages blancs leur sont retirés à la naissance. Je suis peut-être passé devant ma mère dans la rue sans le savoir…

— C’est horrible, dit Lara.

— C’est juste pour que tu saches que je comprends ce que tu ressens. Ce que c’est de grandir sans savoir qui on est. Mais on n’est plus seuls maintenant. Et on peut devenir qui on veut.

Lara le serra dans ses bras avec force.

— Merci.

Elle resta un moment sur le balcon après son départ, enveloppée dans une couverture, à respirer l’air de la nuit. Ailes-de-lune virevoltait au milieu des branches et ses pitreries la firent rire. Puis la fatigue retomba et elle rentra à l’intérieur.

Il était temps de dormir. Demain, elle aurait sa baguette et…

Elle entendit soudain un froissement d'ailes, suivi d'un bruit sourd.

Elle fit volte-face. L'homme sans ombre s'avançait vers elle. Avant qu'elle pût faire quoi que ce soit, avant qu'elle pût même crier, il abattit le poing sur sa tête et elle s'écroula, sa vision se fissurant en un millier d'éclats.

— Non, parvint-elle à dire, réalisant qu'il tenait Ailes-de-lune dans son poing serré.

Elle tendit la main, mais il la repoussa d'un coup avant d'appuyer le pied sur sa gorge, l'étranglant à moitié.

— Plus la peine de t'enfuir. Jack Dombre est là, et il est temps de mettre un terme à tout ça. Ne te fatigue pas à lutter…

L'homme sans ombre ouvrit les mâchoires si grand qu'elle crut que son visage se déchirait en deux. Dans le gouffre béant de sa bouche, elle aperçut des rangées et des rangées de dents fines comme des aiguilles. Il aspira bruyamment, et une douleur fulgurante lui traversa la poitrine, comme s'il avalait une part d'elle-même. Elle voulut crier, mais elle manquait d'air. Un vide douloureux se creusait dans sa poitrine et elle comprit, dans un terrible moment de lucidité, qu'il était en train de lui arracher son âme…

Elle la vit, lumineuse, traverser son corps et la quitter. Regarder dans cette bouche sombre était comme regarder au-delà du temps, au-delà du monde qu'elle connaissait…

UNE SÉPARATION

— Joe ! Joe !

Joe entendit les appels de Mémé alors qu'il montait l'escalier. Il grimpa les dernières marches quatre à quatre et fit irruption dans la chambre, échevelé. La bougie s'étant éteinte, la mansarde était plongée dans une obscurité totale. Il se fraya un chemin jusqu'au lit, se cognant le tibia, pestant, pour trouver Mémé assise, battant l'air des mains comme si elle chassait une guêpe.

— Mémé !

— Joe ! Mon Joe ! Où est-il ?

Il essaya de la calmer. Sa peau était brûlante, ses yeux hagards. Il chercha à tâtons sa lampe de glaneur – il lui restait un peu de souffle-de-dragon – et l'alluma. Ses yeux s'habituant à la pénombre, il vit qu'un filet de sang coulait du nez de sa grand-mère.

— C'est moi, Mémé, dit-il en lui serrant la main avec force. Regarde. C'est ton Joe.

Elle le regarda avec férocité, comme si elle allait le frapper, puis elle sembla se détendre et ses yeux se posèrent sur l’urne, qui avait roulé par terre. Il se passa alors un phénomène extraordinaire : elle ferma les yeux, serra les paupières, et lorsqu’elle les rouvrit, elle était lucide.

— Elle est en danger, Joe. Tu dois la sauver !

— Qui, Mémé ?

— La mage…

— La m… Lara ? Tu veux dire, Lara ?

Le corps de la vieille femme fut alors traversé d’une violente secousse, puis se raidit.

Joe se pencha sur elle et prit sa main rigide dans la sienne. Elle essaya de parler malgré son souffle saccadé.

— L’u-u-ur-urne.

— L’urne ?

— Ou-ou-v-vre.

— Ouvre… ouvre l’urne ?

Mémé serra sa main si fort qu’il crut qu’elle allait lui broyer les doigts.

— Mémé !

— Maint’nant ! Ouvre-la MAINT’NANT !

Ne sachant que faire, Joe ramassa l’urne sur le sol. Il tenta d’ouvrir le couvercle, mais il était coincé.

— Les dessins. Suis les dessins, Joe…

Il examina l’urne, le cœur battant, le ventre noué. Du bout du doigt, il suivit les formes peintes sur la céramique, et il entendit un déclic. Il fit alors tourner le couvercle…

*

… À Mages-du-Ponant, Jack Dombre écarquilla les yeux, mais cela n'avait rien à voir avec le plaisir qu'il éprouvait à dévorer l'âme de Lara. Il retira le pied de la gorge de la jeune fille, qui sentit l'air frais s'engouffrer dans ses poumons. Puis il se redressa et referma la bouche, mettant fin à la terrifiante sensation de déchirure à l'intérieur de la poitrine de la mage.

Le djinn regarda ses mains. Ailes-de-lune battait des ailes pour se libérer de son emprise, mais il réussit à le glisser dans sa poche et la boutonna. Puis son contour devint flou et son corps se désintégra comme du sable dans un sablier, jusqu'à devenir un tourbillon de poussière, soulevant un vent sec qui piquait les yeux. Lara essaya de s'écarter en rampant sur le dos, terrifiée et perdue, tandis que la poussière se dispersait dans la nuit.

Jack Dombre s'était évaporé.

Et Ailes-de-lune avec lui.

*

La petite mansarde de Joe fut soudain traversée par des éclairs de lumière et au milieu de la pièce apparut un tourbillon de sable noir, provoquant un souffle de vent qui fit vibrer la fenêtre délabrée. Peu à peu, le tourbillon prit forme humaine et un homme de haute taille se matérialisa. Le vent alors retomba.

Joe fixa avec stupeur l'homme en noir qui se tenait devant lui, au milieu de la chambre plongée dans la pénombre.

À sa plus grande surprise, l'homme inclina la tête et mit un genou à terre, comme si Joe était le roi d'Argent en personne.

— Possesseur de l'urne, je ne vis que pour vous servir.

Joe remarqua alors que l'homme en noir n'avait pas d'ombre, et le souvenir de son agression lui revint. Il sut qu'il avait devant lui l'Étrangleur des égouts.

— Vous !

Il se jeta sur l'homme avec son pied-de-biche, mais celui-ci disparut pour réapparaître derrière lui.

— C'est que je servais alors un autre maître.

Joe lui donna un autre coup.

— Mme Hester, vous voulez dire ?

— Oui, dit-il, avant de désigner l'urne. Mais maintenant, c'est vous mon maître. Je suis Jack Dombre. Mon devoir et ma malédiction, c'est de vous servir jusqu'à la fin du monde et au-delà, jusqu'au jour où vous déciderez de me donner ma liberté.

Joe allait frapper à nouveau lorsqu'un gémissement lui rappela la présence de Mémé. Elle tendit la main, frémissante, et le garçon la saisit.

— Tu as réussi, Joe. Tu l'as sauvée.

Ses yeux se posèrent sur son petit-fils, à qui elle sourit.

— Il fait si sombre… mais tu peux aider Lara, tu sais. Tu as la force en toi, Joe. Libère leurs âmes, Joe. Laisse-les s'envoler. Tu as toujours été un brave garçon. Toujours. Elles sont dans le miroir, Joe. Casse le miroir…

Serrant la main de son petit-fils, Mémé ferma les yeux pour la dernière fois.

Le débarquement

Partout dans le bidonville, les signes de désespoir s'accumulaient. Des corps s'entassaient autour des barrages, tandis que des gens toujours plus nombreux, affamés et transis de froid, tentaient de les escalader et se faisaient cueillir par les balles des miliciens. Eux-mêmes avaient été menacés de mort par le roi d'Argent s'ils laissaient filtrer une seule âme et se montraient intraitables.

Le matin qui suivit la mort de Mémé, les étoiles commencèrent à s'éteindre dans le ciel du Havre-du-Roi. Comme souvent, ce furent les enfants qui le remarquèrent les premiers. Quelqu'un semblait se promener dans les cieux et souffler les étoiles une à une, comme des bougies. Lorsqu'il ne resta que la lune, les habitants du bidonville – abandonnés par leur roi – sortirent dans les rues pour prier leurs déesses, Dame Lumière, la Terre-mère et toutes celles qui voudraient bien les écouter. Mais leurs déesses semblaient sourdes à leurs appels.

La lune clignota une fois, deux fois, s'obscurcit et disparut. Le ciel n'était plus qu'une immensité noire, un gouffre qui semblait descendre sur la ville et tout avaler. S'agrippant les uns aux autres et se raccrochant aux rares lampes et bougies qui restaient, les gens se mirent à crier.

Les miliciens qui gardaient les barrages levèrent les yeux vers le ciel noir et désertèrent aussitôt leur poste.

Personne ne remarqua l'armada de vaisseaux qui accostaient, toutes lumières éteintes, dans le port. Le regard tourné vers le ciel, les gens du bidonville ne virent les Tatoués qu'une fois qu'il fut trop tard.

Ils entrèrent dans le bidonville et marquèrent de leur magie noire la chair des pauvres gens qui habitaient là, effaçant leurs souvenirs, les rendant incapables de penser à autre chose qu'à l'Infinuit.

Ils envahirent les rues et ruelles par dizaines de milliers.

Et la panique se répandit…

*

Le palais était presque désert : seuls le roi, Mme Hester et une poignée de serviteurs étaient restés, tous les autres étaient partis. Le roi fixait le ciel noir, sans étoiles et sans lune, et ses grosses mains se raccrochaient au mur pour rester debout. Cette vision le faisait vaciller. Son cœur déjà sec et ratatiné se rétrécissait encore davantage dans sa poitrine.

Quand une main se posa sur son épaule, il sursauta.

— Il est temps de partir, Votre Majesté, lui dit Mme Hester. Les Tatoués sont entrés dans le bidonville.

Le roi acquiesça.

— Oui. Oui, je crois que vous avez raison. Donnez l'ordre. Faites évacuer le reste du palais.

Il s'avança vers la porte, puis s'arrêta et se tourna vers elle.

— Vous pensez que nous avons fait une erreur ?

Mme Hester sourit.

— Non, Votre Majesté. Nous avons fait ce qu'il fallait.

— Et vous êtes certaine de pouvoir contrôler cette chose quand elle aura fait ce qu'elle a à faire ?

— Oui, Votre Majesté.

Si seulement tu savais, pensa-t-elle.

*

Joe Petitpied avait recouvert le corps de Mémé d'un drap propre et il se tenait debout près de son lit, tête baissée.

— Je suis désolé pour vous, maître, dit Jack Dombre.

— M'appelez pas comme ça. J'suis le maître de personne.

— Vous possédez l'urne, dit le djinn. Quiconque possède l'urne est mon maître – jusqu'au jour où mon maître me rend ma liberté.

Il fit entendre un petit rire, comme s'il savait que cela n'arriverait jamais, et ses yeux se voilèrent d'une profonde tristesse. Joe allait lui demander de s'expliquer, mais il se ravisa et pencha la tête, l'oreille aux aguets.

Une vive clameur avait remplacé le silence glacé et surnaturel qui régnait dans les rues du bidonville.

Il s'avança jusqu'à la fenêtre, puis l'ouvrit et regarda le ciel.

— Les étoiles ont disparu !

— Les Tatoués arrivent, maître. Vous devriez partir. Je peux vous emmener où vous voulez.

Joe balaya la ville du regard ; la plupart des lampadaires étaient éteints et le Havre-du-Roi n'était plus qu'un vaste théâtre d'ombres.

— C'est la fin ? On est fichus ?

Jack Dombre sortit de sa poche un magnifique oiseau mécanique en bois et or. Étendu en travers de sa paume, il ne bougeait pas. Joe effleura du doigt ses ailes dorées et froides, qui étincelaient à la lueur faiblissante de sa lampe de glaneur.

— Qu'est-ce que c'est ?

— Le seul moyen d'arrêter l'Infinuit, dit Jack Dombre. Un sort. Mme Hester m'avait envoyé le chercher. Ça faisait partie de son plan.

— Son plan ?

— C'est elle qui a fait revenir l'Infinuit.

— Mais pourquoi elle f'rait une chose pareille ?

— Pour tuer les sorciers. Et devenir celle qui a sauvé le monde.

Joe regarda le visage couleur d'os de Jack Dombre.

— Elle est cinglée !

— Oui. Elle est cinglée. Mais je ne suis plus à son service.

— Est-ce qu'on peut faire quelque chose ? Cet oiseau peut nous aider, c'est ce que vous avez dit…

— Oui, mais il ne bouge plus depuis que je l'ai arraché à la dernière membre de la confrérie secrète chargée de sa protection. Tant qu'elle n'est pas morte et que son âme n'a pas quitté cette existence, cette Goupil est la seule à pouvoir l'utiliser.

— Lara ? s'écria Joe. Vous voulez dire Larabelle Goupil ? Ça alors, je peux pas l'croire !

Il regarda autour de lui.

— Faut que vous lui apportiez l'oiseau !

Jack Dombre sourit d'un air ironique. Une heure plus tôt, il était sur le point de tuer Larabelle Goupil, et voilà qu'il devait la retrouver pour, cette fois, la protéger. Il se demanda s'il serait un jour libre de ses actions.

— Très bien.

— Attendez ! Avant que vous partiez…

Les dernières paroles de Mémé résonnaient encore dans sa tête. *Brise le miroir.*

— Mme Hester… elle a pas un miroir dans sa tour ?

— Si.

— Mais c'est pas vraiment un miroir, c'est ça ? Il y a une pièce à l'intérieur. Je l'ai vue. Elle garde des choses là-d'dans, des choses qui brillent dans des cages…

— Des âmes, confirma Jack Dombre. Les âmes de mages blancs. C'est de là qu'elle tire son pouvoir sur eux.

Joe acquiesça, la tête tournée vers le palais. Il ouvrit son sac de glaneur et en sortit l'urne.

— Vous pouvez m'y emmener, à ce miroir ?

— Bien sûr.

— Et ensuite, rapporter l'oiseau à Lara ?

— Tout ce que vous voudrez.

— Bien.

Joe fit tourner la petite urne entre ses mains.

— Ça devrait pas être possible d'appartenir à quelqu'un. C'est pas juste. J'ai besoin de votre aide, mais après, j'vous donnerai votre liberté. Je vous l'promets.

Le portail des mages

Lorsque Lara ouvrit les yeux, elle se demanda d'abord pourquoi elle avait si mal d'un côté du visage, puis pourquoi elle avait dormi par terre. Ses souvenirs refluèrent alors. *Jack Dombre!* Il avait tenté de l'étrangler avant de disparaître. Elle avait dû perdre conscience.

Elle bondit sur ses pieds, la main posée sur sa joue enflée.

— Ailes-de-lune ?

Se précipitant sur le balcon, elle regarda frénétiquement autour d'elle.

— Ailes-de-lune ! Ailes-de-lune !

Elle eut l'impression que son cœur gelait. Prise de tournis, Lara courut à la porte et s'élança dans le couloir.

— Bernie ! Bernie !

Double Huit surgit d'une pièce voisine.

— Lara ? Qu'est-ce qui t'est arrivé au visage ?

— Bernie ! Il faut que j'voie Bernie ! Il est parti !

— Qui ?

— Il est parti, Double Huit ! Bernie !

Bernie apparut au bout du couloir et, lorsqu'elle vit la joue tuméfiée et gonflée de Lara, elle s'écria :

— Lara, ma chérie !

La jeune fille courut se jeter dans ses bras.

— Bernie ! Oh, Bernie, j'suis tellement désolée. J'ai essayé de l'arrêter, mais j'ai pas pu ! Il est parti !

— Par les naseaux en flammes de la Terre-mère, ma fille ! Qui est parti ?

— Ailes-de-lune !

Lara sentit que Bernie s'arrêtait de respirer. Puis elle se dégagea doucement de son étreinte, posa la main sur son épaule et la regarda droit dans les yeux.

— Calme-toi, ma chérie. Respire. Voilà. Maintenant, raconte. Qu'est-ce qui s'est passé ?

Lara lui narra les événements de la nuit précédente.

— Il est venu ici ? À Mages-du-Ponant ? Comment a-t-il osé ?

— J'suis tellement désolée.

Bernie secoua la tête.

— C'est moi qui suis désolée. Je n'aurais jamais dû te laisser seule. Mais je ne pensais pas que… je n'aurais jamais imaginé que tu puisses être en danger ici.

— Qu'est-ce qu'on fait ? demanda Double Huit.

Des bruits de pas précipités approchèrent, et Bastien Caillou arriva en courant dans le couloir, à bout de souffle.

— Bernie. Il faut que tu viennes vite !

— Quoi encore ?

— Les Tatoués. L'Infinuit. Ils ont atteint le Havre-du-Roi, Bernie. Ils lèvent une armée!

Le visage de la femme perdit ses dernières couleurs.

— Tu es sûr?

Il acquiesça.

Bernie Blanc-Corbeau plongea son visage entre ses mains.

— Bien, dit-elle, relevant soudain la tête, Bastien, va trouver Rob Nielsen. Dis-lui de nous retrouver chez le baguettier.

Le baguettier travaillait dans les soubassements de l'Arbre-mère, dans un atelier niché entre ses énormes racines enchevêtrées. Il s'appelait Eli Louback, et c'était un mage roux, courtaud mais râblé, avec un nez en bouton et de petits yeux noirs.

— C'est pas normal, déclara-t-il, lançant à Bernie un regard de reproche, de demander une baguette dans des délais pareils!

— Je sais, Eli, dit Bernie. Mais c'est une urgence.

Il jeta un regard de dédain à Lara et à Double Huit, comme si c'était leur faute. Lara pensa que ce devait être le genre de personnes qui considéraient leur travail comme plus important que le reste du monde. Elle se demanda s'il était même au courant de l'arrivée de l'Infinuit.

Eli Louback disparut un moment derrière des rangées de grandes étagères pleines à craquer de baguettes à différents stades de fabrication. Lorsqu'il revint, il tenait deux branches de taille et d'épaisseur similaires, écorcées, laquées, munies de poignées en os. L'une d'elles était grossièrement sculptée en forme de renard, l'autre de lion.

— Elles sont magnifiques ! s'exclama Lara.

— Elles sont à moitié finies, voilà c'qu'elles sont, bougonna-t-il.

— Eh bien, finissons-les, dit Bernie.

Eli lui jeta un regard si indigné que Lara, en d'autres circonstances, aurait éclaté de rire.

Il posa les baguettes sur son établi et entreprit de les évider l'une après l'autre. Ses mains couvertes de taches de rousseur travaillaient avec une telle délicatesse et une telle célérité que Lara fut fascinée. L'outil qui servait à creuser les baguettes était très fin et paraissait fragile. Lorsqu'il eut fini, Eli Louback alla chercher deux barillets, qu'il positionna avec précision, afin que le sort de la chambre supérieure soit parfaitement aligné avec l'extrêmité de la baguette. Il emporta ensuite les deux instruments vers le fourneau, dont il ouvrit la porte. À l'intérieur dansaient des flammes blanches, qui dégageaient une chaleur si vive que Lara dut se protéger le visage. Eli, lui, ne semblait pas ressentir la brûlure. Il glissa les baguettes dans le four, referma, puis croisa les bras et attendit sans rien dire, en tapant du pied.

Il enfila ensuite de gros gants matelassés et sortit les baguettes du fourneau pour les jeter dans un tonneau d'eau froide, qui se mit à grésiller et à fumer. Quand il les retira de l'eau, il les examina, et haussa les épaules.

— Pas mon meilleur travail, mais qu'est-ce que vous voulez faire en si peu d'temps ?

Il tendit à Lara la baguette à la tête de renard et à Double Huit celle à la tête de lion. La chaleur du fourneau magique avait lissé les poignées en os et le barillet en bois avait durci et séché. Lara prit la baguette – sa baguette ! – et sourit. La sensation qu'elle produisait était douce et chaude.

— C'est assez simple de tirer, dit Eli.

Il apporta deux sorts et les chargea dans les chambres.

— Bien… tenez la baguette de façon naturelle. OK. Maintenant, pour changer de la chambre, un petit geste du poignet vers la droite.

Lara et Double Huit firent comme il disait. Et, en effet, le barillet tournait dans un déclic à chaque mouvement du poignet.

— Vous trouverez un bouton sur la poignée, sous les doigts. Vous l'avez ?

Ils hochèrent la tête.

— Bien. Il sert à charger le sort dans la chambre. Une fois que vous avez fait ça, c'est bon, vous pouvez tirer.

Lara chercha le bouton, le pressa et sentit un clic assez fort. Le sort étincela, puis se déversa dans la chambre.

— Pour tirer, continua Eli Louback, vous visez et vous appuyez sur la détente. Compris ?

— Qu'est-ce qu'on vise ? s'enquit Lara.

— Visez-vous l'un l'autre.

Lara et Double Huit échangèrent un regard perplexe, puis levèrent leur baguette et tirèrent.

Des jets d'eau jaillirent, les arrosant en pleine face.

— Par les crocs de l'Enfer ! s'écria Lara, se couvrant le visage de la manche.

— Ah !

Double Huit tendit le bras. Son jet devenait de plus en plus puissant.

— Hé ! protesta la jeune fille en crachant. Stop !

— Pour arrêter le sort, il suffit de relâcher la détente, indiqua Eli. La fiole s'éteint quand le sort est fini.

Lara arrêta le flot, se tordit les cheveux pour les essorer et considéra sa baguette en silence, déboussolée. Jamais de sa vie elle n'aurait imaginé se retrouver dans le monde des mages et de la magie. Et voilà qu'elle était à Mages-du-Ponant et qu'elle tenait dans la main sa propre baguette.

— C'est bien plus puissant qu'une baguette de mage blanc, dit Double Huit, impressionné, en clignant des yeux pour se débarrasser de l'eau. On sent la magie vibrer à l'intérieur, prête à être relâchée !

— Oh, Terre-mère, les ennuis commencent !

Rob Nielsen se tenait sur le seuil de la pièce, les mains sur les hanches, et souriait en découvrant les deux jeunes mages avec leurs nouvelles baguettes.

— Contente de te voir, déclara Bernie, mais on n'a pas beaucoup de temps. Tu sais que les Tatoués sont rentrés dans le Havre-du-Roi ?

— Oui, j'venais pour t'en parler.

Il jeta un regard à Lara et Double Huit, ne sachant s'il devait continuer en leur présence.

— Tu peux y aller, Rob, le rassura Bernie. Dis-moi…

— Ils sont en train d'envahir le bidonville et de détruire les esprits avec leur magie noire. Visiblement, ils recrutent une armée pour nous anéantir. J'ai reçu ces infos d'un ami qui travaille au port, c'est un vrai carnage.

Lara tira Bernie par la manche.

— Il faut faire quelque chose ! Mon ami Joe est là-bas ! Il faut trouver un moyen de les arrêter, d'une façon ou d'une autre. Bloquer l'Infinuit !

Bernie posa sur elle un regard grave.

— Ma chérie, tu as raison, mais sans Ailes-de-lune, je ne sais pas ce qu'on peut faire.

— J'ai vu de quoi Mme Hester était capable, dit Double Huit, le visage livide. Si elle possède Ailes-de-lune, elle trouvera un moyen de s'en servir. Vous imaginez, si elle contrôle l'Infinuit ? Plus rien ne pourra l'arrêter !

— Elle est assez ambitieuse pour essayer, dit Bernie, mais j'ai lu tout ce que je pouvais trouver sur le Dernier Sort et franchement, je ne crois pas qu'elle y arrive. Pas tant que Lara est vivante. Pour fonctionner, le sort doit être en présence d'un membre de la confrérie. Il a besoin de toi, Lara. Il faut retourner au Havre-du-Roi et récupérer l'oiseau.

— Ouaip, approuva Rob.

— Rob, reprit Bernie, je t'ai souvent demandé de me faire entrer clandestinement dans la ville. Je peux compter sur toi cette fois encore ?

— T'as même pas besoin d'demander.

— Merci. Lara, tu es peut-être jeune et sans expérience, mais par les crocs de l'Enfer, ma fille, tu es courageuse et pleine de ressources, et j'ai besoin de toi. Est-ce que tu viens avec nous ?

Lara se força à sourire, à la fois touchée et terrifiée. S'ils réussissaient à récupérer le sort, ce serait à elle de l'utiliser. Cela signifiait-il qu'elle devrait renoncer à son âme ? Et si oui, reviendrait-elle de ce voyage ?

— Et moi ? demanda Double Huit.

Bernie haussa les sourcils.

— Oui, moi ! Je veux venir aussi !

— C'est trop dangereux, Double Huit. Lara ne viendrait pas si elle n'était pas liée au sort. Reste ici, en sécurité.

— Si vous échouez, cet endroit aussi sera menacé. Vous avez pris tellement de risques pour me sauver, Bernie. Vous avez tant perdu, vous aussi. Je voudrais vous remercier… vous et Magnus.

Il se gratta la tête, cherchant les mots justes.

— Écoutez… je suis un mage blanc, j'ai servi Mme Hester, je pourrai peut-être vous être utile. Vous m'avez libéré pour que je puisse faire mes propres choix. Laissez-moi faire celui-là.

— C'est bien vu, dit Rob.

Double Huit lui jeta un regard reconnaissant.

— Je me sentirai mieux s'il vient avec nous, ajouta Lara.

Bernie regarda le garçon droit dans les yeux.

— Ne me fais pas regretter mon choix.

— Je vous le promets, Bernie ! Merci !

— Bien, reprit-elle. Je suis sûre que c'est Hester qui a envoyé Jack Dombre chercher Ailes-de-lune. Si on trouve Hester, on trouvera le sort. C'est dangereux, mes chéris, et on n'en sortira peut-être pas vivants, mais il faut penser à ceux qui sont morts pour nous – ta mère, Lara, mon Magnus, et tous les autres. Il faut terminer le boulot, pour que personne n'ait à faire le même sacrifice que nos amis. Vous êtes avec moi ?

Lara pensa à sa mère et au message qu'elle lui avait laissé. À sa mission. *On n'en sortira peut-être pas vivants.* Bernie avait-elle deviné ce qui l'attendait ? Savait-elle que Lara aurait peut-être à donner sa vie ? Lara regarda Double Huit, qui serra les dents et hocha la tête.

— Bien sûr qu'on est avec vous, Bernie.

— Tu sais bien que j'suis avec toi, ajouta Rob.

Bernie sourit à la cantonade.

— Très bien, alors, conclut-elle, on a du pain sur la planche. Allons au portail.

Avant qu'ils ne quittent l'atelier du baguettier, Eli Louback leur avait donné à chacun une épaisse ceinture en cuir qui comportait une bride où glisser sa baguette et de multiples poches pour y stocker les sorts. En chemin, Lara et Double Huit s'entraînèrent à dégainer et à tirer.

— J'aurais aimé avoir plus de temps pour vous entraîner, dit Bernie, mais la situation est si désespérée qu'il faut faire avec. Surtout, restez près de moi.

Ils descendirent du pont et mirent le pied sur une petite île. Alors qu'ils gravissaient la colline la plus haute, ils aperçurent un cercle de pierres dressées vers le ciel. Des lampes à souffle-de-dragon étaient disposées tout autour et à côté se trouvait une statue plus haute qu'un cœur-de-fer, une créature qui avait le corps et la queue d'un lion, mais la tête et les ailes d'un aigle. Lorsqu'ils s'approchèrent, la statue se dressa sur ses pattes arrière et les fixa d'un regard perçant.

— C'est bon, Griff, dit Bernie d'une voix douce. C'est juste moi. Juste la vieille Bernie.

— Qu'est-ce que c'est ? s'exclama Lara.

— Il garde le portail, n'est-ce pas, Griff ?

Bernie s'avança d'un pas vers le griffon de pierre, puis leva lentement la main et se mit à lui caresser la tête et le bec. Griff se frotta contre sa main, laissant entendre un grondement caverneux.

— Il faut qu'on aille au Havre-du-Roi, Griff. Toi qui peux lire dans mes pensées, tu sais à quel point c'est important…

La grande bête plongea le regard au fond des yeux de Bernie, puis elle se dirigea vers le cercle, effleurant du bec chacune des sept pierres en passant. Lorsqu'elle eut fini, l'île trembla et, au centre, le sol se creusa pour laisser apparaître un trou profond. Une étrange chaleur s'en dégageait et des sons distants, entremêlés, leur parvinrent – des voix, peut-être, un roulement de tonnerre, la musique de la magie…

— C'est un aller simple, indiqua Bernie. Sauf, bien sûr, si on ressort au milieu d'un autre cercle de pierres, mais ce n'est pas notre cas. Vous êtes prêts ?

— Non, dit Lara.

— Pas du tout, renchérit Double Huit.

Bernie les prit par la main et s'avança au bord du portail ; le bruit était devenu assourdissant et, en baissant les yeux, Lara aperçut des ténèbres tourbillonnantes.

Rob Nielsen s'avança le premier, se laissa tomber dans le trou et tournoya jusqu'à disparaître.

Bernie leur serra la main plus fort et, par-dessus le vacarme, leur cria :

— À trois ? Allez ! Un… deux… TROIS !

Ils sautèrent tous ensemble.

La tour de Mme Hester

Lorsque Jack Dombre s'était transformé en corbeau, Joe avait obstinément refusé de voler sur son dos. L'homme sans ombre s'était alors métamorphosé en un énorme chien noir et il avait emporté le glaneur à travers le chaos et la panique du bidonville, puis dans les rues de la ville, où régnait un étrange silence. D'un bond, il sauta par-dessus le mur du palais, puis il traversa seul la solide porte de la tour, afin de la déverrouiller de l'intérieur et de permettre à Joe d'entrer.

Le palais était désert. Mme Hester n'était pas chez elle. S'approchant d'une fenêtre, le garçon vit des bâtiments en flammes. En chemin, il avait entraperçu les hautes silhouettes des Tatoués, avec leurs bras immenses, en train d'arpenter les rues. Des cris lointains arrivèrent jusqu'à lui. Il s'arracha à sa contemplation et passa dans la pièce voisine, où trônait le miroir de Mme Hester. Il s'en approcha et en effleura la surface mais, cette fois, elle resta solide. Il n'entendait pas non plus de bruits provenant de l'intérieur. Se tournant vers Jack Dombre, il descendit son sac de glaneur de son épaule et en sortit l'urne.

Jack Dombre la fixa avec avidité.

— T'as juste à apporter l'oiseau à Lara, lui dit Joe. Après, tu seras libre. J'te le promets.

Mme Hester marchait d'un pas rapide à travers les salles vides du palais. Elle avait veillé à ce que le roi soit en sécurité mais, malgré son insistance, elle avait refusé de l'accompagner dans le sud. Elle avait décidé de rester encore quelque temps au Havre-du-Roi, afin de voir par elle-même si les Tatoués étaient aussi terribles que les légendes le disaient. Et elle espérait que Jack Dombre reviendrait avec le Dernier Sort.

Elle sentait qu'il s'était passé quelque chose. Pour la première fois de sa vie, la peur s'infiltrait en elle à la pensée qu'elle n'arriverait peut-être pas à mettre la main sur le sort.

Elle ferma les yeux et prit une inspiration profonde. Non. Elle n'allait pas perdre. Son plan allait marcher. Les choses avaient simplement pris du retard et, pour l'instant, mieux valait partir. Dès qu'il aurait le sort, Jack Dombre se débrouillerait pour la retrouver.

Elle monta l'escalier de la tour afin de rassembler ses affaires et de quitter la ville. Elle arriva devant la dernière porte, abaissa la poignée et…

*

… Joe vit avec stupeur l'urne s'envoler de ses mains. Il se tourna vers Jack Dombre, mais celui-ci ne le regardait pas ; il fixait la porte, d'où avait surgi Mme Hester, baguette à la main. Le visage de la Grande Mage exprimait une joie mauvaise tandis que, lentement, l'urne se posait entre ses mains avides. Elle regarda alors Jack Dombre, dont les épaules s'affaissèrent.

Il posa un genou à terre.

— Non, dit Joe. Il allait être libre !

Mme Hester rit froidement.

— Libre ? Mais non, petit rat des égouts, il ne sera jamais libre !

Elle dirigea alors sa baguette vers Joe. Un sort étincela et une corde de feu rouge s'enroula autour de lui, l'envoyant voler à travers la pièce. Il atterrit sur le dos.

Le souffle coupé, Joe vit Jack Dombre sortir de sa poche l'oiseau mécanique.

— Non !

Il voulut se relever, mais Mme Hester le renvoya au sol avec un autre sort. Elle s'avança vers l'oiseau comme si c'était l'objet le plus extraordinaire qu'elle eût jamais vu, puis le prit délicatement des mains du djinn et l'examina avec attention. Son front se plissa, et elle le tapota dans l'espoir de le réveiller.

— Pourquoi ne bouge-t-il pas ?

Jack Dombre ne répondit pas tout de suite. Il regarda Joe.

— J'ai été… interrompu avant d'avoir achevé la fille.

Mme Hester se frotta les yeux avec incrédulité.

— Elle est encore *en vie*?

— Oui.

La mage le gifla. Pendant un instant, il donna l'impression de perdre son calme et d'être sur le point de riposter. Mais la flamme dans ses yeux s'éteignit.

— Je suis désolé, dit-il seulement.

— Tu peux l'être, rétorqua-t-elle.

Elle s'apprêtait à le frapper de nouveau, mais elle se ravisa lorsqu'elle vit l'expression de son visage.

— Qu'est-ce qu'il y a?

Il se mit à renifler l'air comme un chien. Il avait repéré une odeur. Il s'avança vers la fenêtre, puis se retourna.

— Elle est là, annonça-t-il, perplexe.

— *Quoi?*

— La fille. Elle est revenue en ville.

Mme Hester se campa face à lui et enfonça son long doigt dans sa poitrine.

— Tu es sûr?

— Sûr.

— Alors, mène-moi à elle. Et cette fois, je vais m'en occuper moi-même.

— Et le garçon? demanda Jack Dombre.

La mage considéra Joe, qui s'était relevé, galvanisé par l'évocation de Lara. Il voulait la protéger, comme elle l'avait fait pour lui pendant si longtemps.

— On pourrait le laisser partir, suggéra le djinn. Il est inoffensif.

— On pourrait, dit-elle.

Elle s'avança vers Joe et, vive comme l'éclair, tira de son manteau un petit couteau qu'elle lui planta dans le ventre.

Il se plia en deux, traversé d'une douleur fulgurante, et s'écroula par terre. Dans un geste désespéré, il tendit une main tremblante vers Jack.

— Aidez…

Celui-ci posa sur lui un regard sans expression.

— Viens, ordonna Mme Hester. Mène-moi à la fille.

DE RETOUR DANS LES ÉGOUTS

Alors que le monde se reformait autour de Lara, elle sentit le souffle d'une flèche lui effleurer la joue. Il fallait toujours un peu de temps pour se remettre d'un voyage par portail, et le chaos qui les entourait, les cris, les coups assourdissants, les odeurs de poudre et de feu ne firent qu'ajouter à leur confusion.

Quelqu'un agrippa Lara par le coude. Elle se retourna et se retrouva nez à nez avec Rob Nielsen. Derrière lui, elle aperçut Bernie qui se secouait de sa torpeur et Double Huit qui penchait la tête sur le côté comme pour chasser de l'eau de son oreille.

Rob, le plus conscient du danger, les entraîna dans un coin.

— Tout va bien ?

— Tout va bien ? s'exclama Bernie. Drôle de question ! Tu as regardé autour de toi ?

Dans l'esprit de Lara, la brume s'évapora. Le portail les avait transportés en plein cœur du bidonville. À la lumière vacillante des lampes des Tatoués, elle vit, partout, des corps jonchant le sol. Les créatures, penchées sur eux, gravaient leur marque dans leur chair. Les malheureux semblaient ensuite frappés de folie et s'attaquaient à tous ceux qui passaient à leur portée, mordant et griffant. Les habitants qui n'étaient pas encore marqués se défendaient avec ce qui leur tombait sous la main. Certains avaient des pistolets ou des couteaux, voire des épées, tandis que d'autres brandissaient des fourches, des pieds de table ou des marteaux. Lorsque Lara leva les yeux vers le ciel et vit que les étoiles avaient disparu, son cœur se serra.

Ils furent repérés par une bande de Marqués, qui se mirent à courir dans leur direction en montrant les dents, l'écume aux lèvres comme des bêtes enragées. Bernie chargea rapidement sa baguette et tira. Une toile d'araignée les coinça contre un mur. Mais le remue-ménage avait attiré l'attention des autres.

— Tenez ! dit Bernie en leur lançant des fioles. Chargez-les ! C'est des balles de rayon de soleil !

Elle tira, tandis que Lara et Double Huit chargeaient leurs sorts d'une main peu assurée. Une lame de lumière brûlante jaillit de la baguette de Rob et trancha la tête d'un Tatoué.

Bernie les entraîna dans une ruelle. Tout en courant, Lara entendait des bruits de pas derrière eux. Elle se rappela alors les instructions du baguettier, se retourna et tira une balle éblouissante vers l'homme qui les avait pris en chasse. Elle avait tiré au hasard, mais la balle le toucha à la jambe, qui tomba en cendres. Il perdit l'équilibre et roula par terre.

Ils continuèrent à courir à travers les ruelles, emprisonnant au passage quelques Marqués dans des toiles magiques. Estimant avoir largué leurs poursuivants, ils s'accordèrent un moment de répit.

— Les égouts! s'écria soudain Lara, se rappelant que c'était *sa* ville. Mais oui, on peut passer par les égouts! Je vais vous amener au palais.

Bernie sortit un sort d'un orange agressif de son long manteau, le versa dans la chambre de sa baguette et tira en direction de la plaque d'égout la plus proche. Elle explosa, ne laissant qu'un trou aux bords irréguliers.

— Vas-y! lança Lara à Double Huit. Tu risques rien, j'te le promets.

Le garçon baissa les yeux vers le trou noir, visiblement sceptique.

— J'serai juste derrière toi, insista-t-elle. J'ai passé l'essentiel de ma vie là-dessous.

— Tu trouves que ça t'a réussi?

Il s'enfonça maladroitement dans le trou. Alors qu'elle allait le suivre à l'intérieur, Rob cria pour avertir Bernie qu'une horde de Tatoués envahissait la ruelle. Celle-ci se retourna et lança une fiole à Lara.

— Sort de lumière. Ça peut aider dans les tunnels.

— Mais… vous v'nez pas avec nous?

— Pas le temps, rétorqua Bernie. Va, Lara. Je vais resceller l'entrée derrière vous.

— Bernie…

— VAS-Y ! Trouve cet oiseau. Me laisse pas tomber maintenant !

Croisant le regard flamboyant de la mage, elle n'osa pas protester. Elle descendit l'échelle aussi vite qu'elle le put. Lorsque ses pieds touchèrent le sol, une explosion secoua la ruelle au-dessus de sa tête, de la poussière et des morceaux de brique s'abattirent en pluie. Il lui fallut un moment pour retrouver son souffle et ses idées. Elle chargea alors le sort et appuya sur la détente : une chaude lumière apparut au bout de sa baguette. Des sons étouffés leur parvenaient de la rue : les cris de Bernie, les réponses de Rob. La détonation d'un sort.

Une quinte de toux lui fit tourner la tête. Double Huit était trempé des pieds à la tête. Il regardait Lara avec une expression de profond dégoût et écartait ses mains comme si c'étaient des morceaux de viande pourrie.

— Cette odeur. Pouah ! Quelle horreur !

Lara inspira. Oui. L'odeur. Elle n'était pas agréable. Elle avait l'impression qu'une éternité s'était écoulée depuis la dernière fois qu'elle avait arpenté les égouts. Elle était devenue quelqu'un d'autre : elle comprit alors que jamais elle ne pourrait revenir à son ancienne vie. Elle se ressaisit et retrouva, intacts, logés dans un recoin de sa mémoire, ses souvenirs de glaneuse : elle revoyait chaque rue, chaque tunnel, et elle connaissait tous les itinéraires possibles sous la ville.

Au-dessus, c'était la ruelle de la Queue-de-poisson. Cela signifiait que pour aller au palais, il fallait prendre la direction nord-ouest. Elle visualisait le trajet très clairement.

— On s'habitue, dit-elle à Double Huit. Suffit d'respirer par la bouche. Allez, viens !

Tandis qu'ils marchaient, elle prit conscience que, à une époque pas si lointaine, elle aurait pu être tentée de se réfugier là, laissant le monde s'entre-déchirer. Mais plus maintenant. Ses amis comptaient sur elle. Elle avait une promesse à tenir. Et la mission que lui avait transmise sa mère.

Avec ces pensées en tête et Double Huit à ses côtés, elle ne se sentait plus seule. Comment aurait-elle pu se sentir seule alors que tant de gens se battaient avec elle et la soutenaient ? Comment aurait-elle pu se sentir seule alors qu'elle savait que sa mère veillait sur elle ?

— Courage, Double Huit, dit-elle en lui prenant la main. On y est presque. C'est bientôt fini.

— Tu as raison, déclara une voix qui n'était pas celle de Double Huit. C'est bientôt fini.

Des bruits de pas.

Des bruits qui se rapprochaient.

Splash.

Splash.

Splash.

Splash.

Son sort n'éclairait pas assez les ténèbres pour qu'elle pût voir qui avait parlé. Surgit alors un homme, qu'elle reconnut dès qu'il apparut dans la lumière.

— Bonjour, jeune fille, dit Jack Dombre.

Il sortit un couteau de son manteau. Son regard était aussi tranchant que la plus aiguisée des lames.

— Content de te revoir…

Face à face

Tout se passa très vite.

Poussant un rugissement, Double Huit tira sur Jack Dombre un rayon de soleil, mais le djinn se transforma en corbeau, l'évita et fonça droit sur eux. Avant que le garçon ait pu lancer un deuxième sort, l'oiseau lui arracha sa baguette. Lara fit volte-face, brandissant la sienne, essayant de voir ce qui se passait, mais le corbeau fondit sur elle et la lui fit tomber des mains. Le sort de lumière s'éteignit et une épaisse obscurité les recouvrit.

— Lara !

— Double Huit ! T'es blessé ?

— Non…

Splash.

Splash.

Splash.

Le garçon laissa échapper un petit cri.

— Ne bouge plus, jeune fille, déclara la voix de Jack Dombre, quelque part dans le noir. Je tiens un couteau sur la gorge de ton ami. En temps normal, je finirais le travail tout de suite, mais Mme Hester tient à s'occuper de toi en personne. Alors, tu remontes à la surface comme la gentille fille que tu es, compris ? N'essaie pas de courir. Ne fais pas la maligne. Sinon, je saigne ton ami. Maintenant, avance.

Lara se mit en route. Elle réfléchissait le plus vite possible, envisageant mille possibilités pour fuir ou se débarrasser de lui, mais elles mettaient toutes Double Huit en danger, et elle s'y refusait. Aussi fit-elle ce qu'il lui demandait. Elle trouva une échelle et l'escalada. Lorsqu'elle repoussa la plaque d'égout et sortit dans l'air glacé de l'Infinuit, elle découvrit que les réverbères étaient encore allumés. Il n'y avait personne. Le chaos n'était pas encore arrivé jusqu'ici.

— Vers l'église, ordonna Jack Dombre, appuyant son couteau sur la gorge de Double Huit.

Ils marchèrent en direction de la vieille église située au coin du chemin de la Cannelle, le givre craquant sous leurs pas. L'homme sans ombre leur fit contourner l'ancien bâtiment pour rejoindre le cimetière à l'arrière. C'était un endroit oublié, envahi par la végétation, et l'église elle-même était dans un état de délabrement avancé. Lara se fraya un passage au milieu des arbres et des buissons, butant sur des stèles tombées. Elle arriva alors dans une clairière qui, en temps normal, était éclairée par la lune et les étoiles. Mais il n'y avait plus ni lune ni étoiles.

Mme Hester attendait au milieu des tombes, et sa baguette jetait une pâle lumière sur les stèles qui se dressaient, ébréchées, comme des dents pourries. Jack Dombre poussa Double Huit à terre, puis il avança vers la femme et lui tendit les deux baguettes qu'il leur avait confisquées.

La mage les examina.

— Joli travail. Les sorciers ont toujours eu du talent pour ça. Quel gâchis, elles ne vous auront guère servi…

Elle les jeta au sol, puis s'approcha de Lara.

— Toi, tu m'as causé plus d'ennuis que je ne l'aurais cru. Mais pas d'inquiétude. Tout sera fini très vite.

Tout en parlant, elle fouillait dans ses poches, dont elle tira un sort d'un rouge sombre, au cœur semblable à une araignée noire. Elle le chargea et il illumina la chambre.

— C'est un sort de mort, mais à ma façon. J'ai mis longtemps à le perfectionner, il m'a demandé beaucoup de travail. Tu sentiras pleinement la douleur avant de partir, je te le garantis.

Elle sourit tout en plongeant la main dans une autre poche. Cette fois, Lara vit qu'elle tenait Ailes-de-lune. Il ne bougeait pas.

— Qu'est-ce que vous lui avez fait ?

Elle se jeta vers elle, mais Jack Dombre l'écarta d'un coup de pied.

— Je veux que tu saches, reprit Mme Hester, que tu as échoué lamentablement. Tu es la dernière de la confrérie du Dernier Sort, et c'est toi qui as perdu. C'est toi qui m'as donné le sort. Tu as rendu vains tous leurs efforts, toute leur lutte. Qu'en penserait ta mère ?

Lara leva les yeux, les mâchoires serrées.

— Parlez pas de ma mère !

— Elle serait tellement déçue… Après tout, elle est morte pour que tu vives. Elle t'a protégée de Jack Dombre, mais pour quoi, hein ?

Les yeux de Lara se posèrent sur l'homme, qui se tenait immobile près de Mme Hester.

— C'est vous… qui avez tué mes parents ? C'est… c'est *vous*, qui êtes venu la chercher ?

Il la regarda sans émotion.

— Elle a souffert, tu sais, continua Mme Hester, qui semblait s'amuser. Beaucoup. Il a dévoré son âme. C'est son habitude.

Lara crut qu'elle allait vomir sur l'herbe gelée.

— Et toi, dit Hester en se tournant vers Double Huit, qu'allons-nous faire de toi, hein ? Je vais veiller à ce que chaque seconde de ton existence soit une longue agonie, mon garçon. Tu prieras pour que chaque souffle soit le dernier. Mais je te garderai en vie. Je trouverai de nouvelles manières de te torturer.

Quelque chose attira l'attention de Lara ; était-ce… un éclat de lumière dans les yeux en saphir d'Ailes-de-lune ?

Hester pointa sa baguette vers elle.

Le sort de mort étincela.

Lara ferma les yeux, espéra, pria.

Pitié. Pitié, faites que ça marche.

— Ailes-de-lune. Maintenant !

Mme Hester abaissa soudain sa baguette. L'oiseau mécanique s'était relevé dans sa paume. Il tourna la tête et la fixa de ses yeux bleus.

— Il s'est réveillé !

Ailes-de-lune s'envola vers son visage et, de son bec pointu, lui transperça l'œil droit. Elle cria et trébucha en arrière, portant la main à son orbite à moitié vide d'où giclait le sang. Lara se jeta sur les deux baguettes restées par terre, lança la sienne à Double Huit et se releva d'un bond.

L'ancien mage blanc se mit debout lui aussi et tira sur Mme Hester un rayon de soleil qui l'atteignit en pleine poitrine, la projetant contre une stèle en ruine. Sa baguette tournoya à travers les airs.

Jack Dombre fit un pas vers Lara. Un deuxième.

Elle leva sa baguette, tout en sachant que la magie ne l'arrêterait pas.

— Reculez ! J'vous préviens !

Il fit un troisième pas. Il était tout près, à présent. Trop près. Lara se prit les pieds dans une racine et tomba en arrière.

Au fond de sa mémoire, un souvenir se réveilla.

Nelly Poivre lui avait donné un sort.

Un fil de clair de lune cueilli dans les nuages.

Ce sont les fils les plus solides qui existent au monde.

Elle roula sur l'herbe, plongea la main dans son manteau, en sortit la fiole et la vida dans une chambre. Puis, sans perdre une seconde, elle leva la baguette et, alors que la main de Jack s'abattait sur son épaule, tira.

Un fil de clair de lune jaillit de la baguette et tourna autour du djinn, comme une araignée enveloppe sa proie dans sa toile. Il hurla et se débattit, mais le clair de lune ne se déchira pas. Lara sentait sa baguette vibrer sous la puissance du sort. Il dégageait une odeur de métal brûlant et son souffle faisait voler ses cheveux. Une grimace de haine lui monta aux lèvres. Elle éprouvait un réel plaisir à le voir souffrir.

— C'est comme ça que ça s'est passé pour ma mère ? demanda-t-elle. C'est comme ça qu'elle a souffert ? Hein ?

Elle déplaça la baguette, et l'étreinte se resserra encore. Les yeux du djinn étaient exorbités et ses veines noires saillaient sur son visage et sur son cou. Elle continua à serrer. Toute sa vie, elle avait attendu de pouvoir déverser sur quelqu'un sa colère, ses souffrances, sa solitude…

Elle s'avança. Le sort poussa Jack Dombre contre le tronc d'un vieux chêne. Sa chaleur brûla l'écorce qui se mit à fumer. Dans l'esprit de Lara, il n'y avait pas la moindre hésitation.

Elle allait le tuer.

À l'autre bout du cimetière, Double Huit donna un coup de pied à Mme Hester, qui n'eut aucune réaction. Elle était étendue sur le côté, la tête cachée dans son coude, l'autre bras tombant derrière elle. Double Huit lui donna un deuxième coup. Rien.

Il remarqua alors une forme dans les replis de son manteau. Se penchant, il découvrit qu'elle portait, dans l'une de ses incroyables poches, une urne antique. Il la retourna entre ses mains.

C'était l'occasion qu'elle attendait.

Elle se jeta sur lui et le traîna sur le sol, labourant son visage de ses ongles. Il lâcha sa baguette pour tenter de se protéger, mais la rage décuplait les forces de Mme Hester. Ses cheveux blond-blanc étaient teintés de sang et son œil droit presque arraché. Elle criait des choses incompréhensibles et lui crachait dessus tout en le griffant.

Il était trop faible pour la repousser.

BRISÉ

Joe Petitpied savait qu'il était en train de mourir. Étendu dans une flaque de sang, sur le sol de la tour de Mme Hester, loin de chez lui. Sa blessure le brûlait et pourtant, le reste de son corps, quitté par la vie, était glacé.

Ses paupières s'alourdissaient, ses lèvres étaient sèches. Il regarda autour de lui, pensant que ce serait la dernière image qu'il emporterait avec lui.

Ses yeux tombèrent sur le miroir.

Casse le miroir, Joe.

— J'peux pas, Mémé. J'suis blessé.

Tu as la force en toi, Joe. Libère leurs âmes. Casse le miroir.

Il réussit peu à peu à se mettre à genoux. Il grelottait et le sang coulait de sa plaie sur le sol froid. Il avança à quatre pattes jusqu'au miroir. Rassemblant ses forces, il se redressa et abattit le poing sur la surface brillante.

Le verre ne se brisa pas.

La tête de Joe tomba en avant, le menton contre sa poitrine. Malgré sa vision troublée, il remarqua un presse-papier sur le bureau de Mme Hester. Il l'attrapa dans un gémissement et frappa à nouveau.

Toujours rien.

À sa plus grande surprise, il se mit à rire. C'était un rire de colère et de désespoir, et, quand il parvint enfin à relever sa tête devenue si lourde, il aperçut la fenêtre grande ouverte.

Il regarda la fenêtre.

Puis le miroir.

— Rien n'est jamais facile.

Il se mit debout en prenant appui sur le bureau, puis il entreprit de traîner péniblement le miroir jusqu'à la fenêtre. Chaque fois que les pieds du miroir frottaient le sol, ils faisaient entendre un grincement aigu.

Il continuait à perdre du sang et, après chaque effort, il devait s'arrêter pour retrouver des forces. Il finit par atteindre la fenêtre, conscient que le plus dur l'attendait. Il tomba à genoux et empoigna les pieds trapus du miroir. Puis il inspira profondément, essaya de les soulever et poussa un cri de douleur.

Oh non. J'l'ai pas traîné jusque-là pour renoncer maintenant. Allez, Joe. Allez !

Il reprit les pieds, les souleva, cria à nouveau, mais cette fois il ne lâcha pas et continua à hisser le meuble, plus haut, toujours plus haut. Il sentit que le miroir basculait lentement sur le rebord de la fenêtre : dans un rugissement de triomphe, il donna un dernier coup sec et projeta le miroir dans le vide. Il se pencha pour le regarder tomber. En bas, tout en bas, très loin, le miroir heurta le sol.

Et se brisa enfin.

Lorsque le miroir toucha terre, il explosa avec une telle force que le bruit s'entendit dans toute la ville. Dans le cimetière, Mme Hester poussa un cri perçant. Elle s'arrêta de cracher et de mordre Double Huit qui vit, aussi stupéfait qu'horrifié, sa peau se déformer et se ratatiner. Ses cheveux devinrent gris poussière et tombèrent, la laissant à moitié chauve. Ses os se tordirent. Mme Hester regarda ses mains gonflées et noueuses, son unique œil écarquillé, frappé de dégoût et de terreur.

Elle hurla. Puis, folle de peur, elle s'enfuit en courant dans la nuit.

Lara était occupée à presser Jack Dombre contre l'arbre, toujours ligoté par le clair de lune, mais elle jeta tout de même un regard vers le palais. Des milliers de créatures lumineuses voletaient et tournoyaient autour de la plus haute tour, illuminant les ténèbres du ciel.

— Qu'est-ce… ?

— Des âmes ! s'écria Double Huit à l'autre bout du cimetière. C'est les âmes des mages blancs, Lara ! Elles sont libres !

*

Là-haut, dans la tour, un flot d'âmes dorées entra par la fenêtre et entoura Joe Petitpied.

Elles volèrent autour de lui et pénétrèrent son corps, ses veines et la blessure causée par Mme Hester, réparant sa chair meurtrie. Puis elles le soulevèrent. Son cœur se remit à battre. De l'air s'engouffra dans ses poumons et il ouvrit les yeux.

Les âmes le firent passer par la fenêtre, puis le transportèrent au-dessus de la ville et le déposèrent sur l'herbe gelée d'un cimetière envahi par la végétation.

Lorsqu'elles furent parties, Joe se releva et cligna des yeux. Il avait l'impression de se réveiller d'un très long sommeil. Il se tâta le ventre à l'endroit de sa blessure et découvrit que la plaie avait disparu, puis il regarda le cimetière plongé dans la pénombre et la première chose qu'il vit, au milieu de l'herbe, ce fut une urne, qu'il n'eut aucune peine à reconnaître. Alors qu'il la ramassait, un cri perça le silence. Il contourna un arbre et découvrit alors son amie de toujours…

— Lara ?

De la sueur coulait sur son front et sa main tremblait dans son effort pour contrôler le sort. Pourtant, elle continuait à appuyer sur la détente.

J'vais l'éventrer, voilà ce que j'vais faire. Regarder ses boyaux se répandre sur l'herbe !

— Lara !

Elle écarquilla les yeux.

— Joe ?

— C'est moi, Lara, dit-il en s'avançant lentement. Qu'est-ce que tu fais ?

Lara tourna à nouveau son attention vers Jack Dombre, dont le visage se couvrait de veines noires.

— J'suis en train de le tuer, Joe. Comme il a tué ma mère et mon père.

Joe s'avança encore, paumes ouvertes.

— Il a fait des choses terribles, Lara. Je sais. Mais il avait pas l'choix. C'est un djinn. Il était contrôlé par Mme Hester !

— C'est pas une excuse !

— Je sais, dit Joe, tendant les mains. Mais, Lara… si tu l'tues, tu vaux pas mieux que lui. Pas mieux que Mme Hester…

Elle se mit à pleurer.

— Je *veux* qu'il souffre !

— J'crois qu'il a eu son compte. Allez, Lara. C'est pas toi. C'est pas la Lara que j'connais. Ne laisse pas la haine gagner. Si la haine gagne, ça sert à quoi de s'battre ?

La vue brouillée par les larmes, la jeune fille leva les yeux vers les cieux vides, l'Infinuit et les âmes dorées des mages blancs. Le médaillon bourdonnait contre sa poitrine.

Elle baissa sa baguette.

Dès que le sort crépita et mourut, Jack Dombre s'écroula dans l'herbe.

— Merci, glissa-t-il dans un souffle.

— Taisez-vous, lui dit Joe. Vous avez plus rien à faire là.

Il brandit l'urne au-dessus de sa tête.

— C’est fini. Allez-vous-en. J’vous rends votre liberté, Jack Dombre. Quittez ce monde et ne revenez plus jamais !

Joe jeta l’urne. Elle roula à travers le cimetière, heurta une stèle et éclata en mille morceaux.

Le djinn se releva et regarda Joe. Des larmes brillaient dans ses yeux. Il voulut parler, mais, avant qu’il pût prononcer un mot, les âmes des mages qu’il avait dévorées, qui lui donnaient sa forme humaine, jaillirent de sa bouche ouverte.

Lara en perdit la voix. Elle s’essuya les yeux et tendit la main vers les âmes qui s’envolaient vers leur vie prochaine, s’effaçant dans la nuit. Elle savait, au fond de son cœur, que ses parents se trouvaient parmi elles.

— Au revoir, chuchota-t-elle.

Lorsque la dernière âme fut partie, Jack Dombre se transforma en poussière et s’envola dans le vent pour retrouver ses frères et sœurs.

Le vol d'Ailes-de-lune

Le médaillon de Lara continuait à bourdonner. Elle le serra avec force dans sa main, tandis qu'Ailes-de-lune virevoltait tout autour, se posant sur elle et lui donnant de petits coups de bec. Une sensation nouvelle s'éveilla, la saisissant tout entière, comme si elle découvrait une part d'elle-même dont elle aurait jusque-là ignoré l'existence.

Elle comprit.

— Le moment est venu, c'est ça ?

Ailes-de-lune lui picora l'oreille.

— Mais qu'est-ce que j'dois faire ?

Elle chercha à comprendre ce qu'elle éprouvait.

— Mon âme est la clef. C'est ce que maman a dit. Mon âme est la clef…

Elle prit alors conscience que l'âme était la clef de tout. Mme Hester gardait prisonnières les âmes des mages blancs. Jack Dombre les dévorait pour rester vivant. La Mage Suprême et le conseil avaient envoyé leur âme voler à travers le monde pour affronter les ténèbres. Mais c'était quoi, l'âme ? Si on pouvait prendre le meilleur de chacun d'entre nous, l'amour, le bonheur, tout ce qu'on avait fait de bien, la trace qu'on laissait dans le monde, la part de nous qui vit dans le cœur des autres et les souvenirs qui persistent longtemps après notre départ… est-ce que ce n'était pas ça, l'âme ?

Elle tendit la main et laissa l'oiseau mécanique se poser dans sa paume, tandis que de l'autre, elle serrait le médaillon. Elle pensa à sa mère, à la joie qu'elle avait éprouvée à voir son visage et au sacrifice qu'elle avait fait pour elle, sa fille. Maintenant, son tour était venu.

Aussitôt, le mécanisme d'Ailes-de-lune accéléra et ses yeux devinrent encore plus lumineux. Pourtant, ce n'était pas encore assez. Lara garda l'image de sa mère dans sa tête et pensa à ses nouveaux amis, à la solitude dans laquelle elle vivait avant et à la façon dont les autres lui avaient ouvert leur cœur. D'abord le petit Joe et Mémé. Puis Magnus et Bernie. Et ce cher Double Huit. Si quelqu'un connaissait le pouvoir de l'âme, c'était bien lui. Pour la première fois de sa vie, Lara comprit ce qu'était vraiment l'amour. L'amour vivait en chacun d'entre eux et lui donnait envie de se battre pour ce monde. De mourir pour ce monde.

Ailes-de-lune brillait toujours plus fort. Une lumière dorée rayonnait à présent du mécanisme au creux de sa poitrine et la réchauffait comme un soleil d'été.

— Prends-la, dit Lara, les yeux remplis de chaudes larmes. Prends mon âme, Ailes-de-lune.

La gravure de son médaillon s'illumina soudain. Les roues à l'intérieur de l'oiseau tournèrent encore plus vite et la chaleur devint si intense qu'elle lui brûlait presque les doigts. La lumière de ses yeux en saphir s'accentua, rayonnant vers l'extérieur, de sorte que Lara se trouva au centre d'une sphère de lumière, et chaque cellule de son corps baignait dans la magie et la force.

Le sort se diffusait à travers elle, parcourait ses veines et revenait à l'oiseau, comme s'ils ne faisaient qu'un. Il faisait partie d'elle et elle de lui. La lumière devint si vive que le monde disparut, il ne resta que Lara et Ailes-de-lune, et rien d'autre.

Dans un flash éblouissant, Ailes-de-lune devint aussi grand qu'un aigle royal, et Lara se retrouva sur son dos.

Un souvenir la traversa alors. C'était Mémé qui lui lisait son avenir :

J'te vois en train de voler… sur des ailes de feu, ma colombe ! Des ailes de la couleur du soleil !

— Vole, dit Lara. Vole, Ailes-de-lune.

Les roues cliquetèrent, il déploya ses ailes d'or et l'emporta dans le ciel.

Ce qui s'élève…

Bernie Blanc-Corbeau, dont la main saignait abondamment, avançait en chancelant au milieu de ceux qui avaient survécu. Non loin de là, Rob Nielsen, accroupi, tentait de retirer une flèche fichée dans sa cuisse. Des hordes de Tatoués surgirent soudain des rues alentour, suivis de leurs serviteurs envoûtés. Ils sortirent leur arc et visèrent.

Bernie ferma les yeux.

— J'arrive, Magnus.

Tout à coup, tout s'arrêta. Un par un, ils levèrent les yeux, tous autant qu'ils étaient, Tatoués, mages et habitants du Havre-du-Roi, pour regarder la traînée dorée dans le ciel.

Bernie sourit à travers ses larmes.

— Lara !

Le vent soufflait dans ses cheveux tandis qu'elle filait à travers l'obscurité. S'accrochant à Ailes-de-lune, elle regardait la ville en bas. Pendant si longtemps, celle-ci avait constitué tout son univers, et voilà qu'elle lui paraissait si petite…

Ils continuèrent à monter toujours plus haut, vers l'Infinuit – ce démon qui avait pris possession du ciel.

L'air devint plus rare. Mais Lara n'avait pas peur. Quoi qu'il arrive, elle avait connu l'amour et l'amitié, et l'un comme l'autre brûlaient dans son cœur. Elle s'agrippait toujours plus fort tandis qu'Ailes-de-lune montait toujours plus vite, dans une obscurité si immense et si profonde que Lara avait perdu tout repère.

— J'arrive, maman.

Les ténèbres les enveloppaient.

Il n'y avait plus rien.

Ailes-de-lune déploya grand ses ailes et poussa un long cri d'appel.

Une grande explosion de lumière. Là où se trouvait l'oiseau, il n'y avait plus que de la lumière. Tout était lumière.

Lara commença à tomber.

Bernie et Rob avaient regardé la traînée dorée s'élever toujours plus haut et disparaître dans l'Infinuit. Lorsqu'elle explosa, la luminosité fut aveuglante, et ils durent se couvrir les yeux.

— Lara !

— Oh, Lara !

Elle tombait. Ils la voyaient en train de dégringoler au milieu des cieux, tête la première, à l'intérieur d'une sphère dorée. Les âmes des mages blancs tentaient de la protéger. On aurait dit une étoile en train de tomber.

Tomber.

Tomber.

Tomber.

Elle heurta le sol quelques rues plus loin dans le bidonville, et des cris fusèrent tandis que l'écho du choc traversait la ville. De la fumée et de la poussière s'élevèrent dans l'air.

Puis ce fut le silence.

Les âmes des mages blancs volaient dans le jour naissant, survolant la ville, survolant le royaume entier, avides de retrouver leur corps.

Sur l'herbe givrée du cimetière, chemin de la Cannelle, Joe Petitpied aidait Double Huit à se relever lorsque la clairière s'illumina d'une lumière dorée. Aussi effrayé qu'intimidé, Joe regarda l'âme approcher. Double Huit, couvert de bleus et de sang, tendit la main d'un air incrédule, comme s'il croyait rêver. Mais l'âme s'approcha de plus en plus près de lui, jusqu'à toucher sa poitrine, la traverser et se fondre en lui, pour la première fois depuis le jour de sa naissance.

Il rejeta la tête en arrière et inspira une bouffée d'air. Des larmes lui mouillaient les yeux tandis qu'un étrange et merveilleux sentiment s'emparait de lui.

Le sentiment d'être entier.

L'AUBE

— Regardez, là ! Le ciel !

— Les ténèbres, il s'passe quelque chose !

— Elles se fissurent, comme un œuf !

C'était le mot juste. Après l'explosion de lumière, des fissures apparaissaient et se répandaient de par le ciel. Par ces fissures filtrait la lumière du jour.

Elles s'élargirent, se rejoignirent, et l'Infinuit disparut.

Le jour était revenu.

Les Tatoués se couvrirent les yeux et tombèrent sur le sol en gémissant de douleur, alors que leur peau se couvrait de cloques et grésillait. Ils se consumèrent entièrement, laissant derrière eux des taches sombres sur les pavés des rues. Au début, les survivants étaient trop stupéfaits, trop soulagés, trop épuisés. Ils se contentèrent de regarder sans rien dire. Mais bientôt des cris de joie retentirent, des hourras de victoire, et ces clameurs se répandirent dans la ville de la même façon que la lumière s'était répandue dans le ciel.

*

Dans la baie des Médisances, sur l'un des vaisseaux noirs, tandis que les Tatoués paniqués poussaient des cris et tentaient de faire demi-tour, ceux qui avaient été envoûtés commencèrent à se réveiller.

Une capitaine de bateau se rappela qui elle était. Elle se rappela son enfance, ses frères, son père. Elle se rappela son bateau, son équipage et le jour où l'Infinuit était venue et l'avait ensorcelée.

Elle regarda autour d'elle comme si elle se réveillait d'un rêve, éblouie par la lumière, et vit les Tatoués saisis d'effroi, leur peau brûlant au soleil. Elle bouscula l'un d'entre eux, s'empara du gouvernail et dirigea la proue du vaisseau vers un autre bateau de la flotte afin de lui rentrer dedans.

Juste avant le choc, elle se dépêcha de plonger dans la mer d'Étain et nagea vers le rivage.

*

Le premier souvenir qui revint à Agata fut les cheveux blonds de son fils Joshua. Puis le reste de sa vie suivit. Elle se rappela la nuit où les Tatoués étaient arrivés, celui d'entre eux qui avait gravé la malédiction sur son front et lui avait volé sa vie. Alors qu'elle regardait autour d'elle, elle vit des Tatoués sur le pont, certains morts, d'autres qui se tordaient de douleur. Les plus costauds d'entre eux, toujours debout, tentaient de manœuvrer le vaisseau pour suivre les ténèbres. Agata ramassa un arc près d'un cadavre et tira flèche après flèche. Puis, lorsqu'elle fut à court de munitions, elle escalada le bastingage, ferma les yeux et sauta pour retrouver sa liberté, tandis que les derniers vaisseaux noirs dérivaient dans la baie ou brûlaient avant de sombrer au fond de la mer d'Étain.

La première chose que Lara entendit fut le ruissellement familier de l'eau, qui l'éclaboussait. Elle reconnut l'odeur des égouts, la puanteur douceâtre de la pourriture et de la crasse. Elle sut qu'elle était revenue chez elle.

Elle ouvrit vivement les yeux.

Comme c'était étrange.

Elle était étendue dans un tunnel et pourtant, elle voyait le ciel.

Un ciel d'un bleu éclatant.

— Dégagez ! Laissez-moi passer !

— Où elle est ?

— Bougez de là !

Tout en haut, le visage de Bernie Blanc-Corbeau se pencha par-dessus le trou creusé dans la rue, puis apparurent Rob Nielsen, Double Huit et Joe.

— Bonjour, dit Lara. J'suis vivante ? Ça m'fait plaisir d'vous voir.

Et elle perdit conscience.

Petite revanche

Deux jours avaient passé depuis le retour du soleil et les festivités ne semblaient jamais devoir s'arrêter. Des célébrations avaient lieu dans toutes les rues : on chantait et dansait, on mangeait et buvait du whisky de feu, on riait.

Lara et ses amis se frayaient un passage au milieu de la cohue, baissant la tête pour éviter d'être reconnus. Lara ne souriait pas.

Ces rues lui étaient familières, bien sûr. Elle y avait grandi et elles faisaient partie de sa vie depuis toujours. Mais elle s'y sentait à présent comme une étrangère.

La veille, elle avait assisté au discours du roi d'Argent face à son peuple, et elle n'avait pas aimé son ton grandiloquent et arrogant. Il s'était attribué la victoire sur l'Infinuit, prétendant que c'étaient les mages blancs de Mme Hester qui avaient repoussé les ténèbres. Celle-ci était étrangement absente. Lara s'était demandé ce qu'elle était devenue. Se cachait-elle encore dans les parages, tapie dans l'ombre, à panser ses plaies ?

Dans la plupart des quartiers, les habitants avaient accueilli favorablement l'annonce du roi selon laquelle les Marqués seraient arrêtés et jugés. Les miliciens s'étaient déjà mis à l'œuvre. Avec leurs cicatrices sur le front, les Marqués ne pouvaient pas se cacher. Et c'était si facile de les accabler, songeait Lara. Certains avaient déjà été pendus ! Ces gens avaient des familles, et leur seul tort était de s'être trouvés au mauvais endroit au mauvais moment.

À cause de ça, l'inquiétude grandissait dans le bidonville, dont une grande partie des habitants avaient été ensorcelés ou avaient perdu des proches dans le combat. La colère et le dégoût montaient contre le roi, qui avait laissé les pauvres enfermés dans la ville, seuls face à l'Infinuit. Lara sentait que ce n'était que le début de quelque chose de plus grand – les premières fissures, peut-être, dans l'armure du royaume d'Argent.

Elle se faufila à travers une foule de buveurs, tourna rue de l'Aiguille et déboucha dans la ruelle de l'Os.

Dingueling !

Le vieil Hans n'était pas connu pour son teint frais et vermeil, mais, lorsqu'il leva les yeux de son comptoir et reconnut Lara et ses amis, il devint carrément verdâtre.

— Pas un mot, ordonna Lara. Pas un bruit ! Si vous voulez pas voir votre boutique envahie par des mages très en colère, j'vous conseille de pas attirer l'attention. C'est clair ?

Le vieil Hans opina d'un air terrifié.

— Qu'est-ce que tu veux, Lara ?

Elle le regarda. Elle se sentait grande et puissante.

— Vous avez entendu ce qu'ils font à ceux qui ont été ensorcelés par les Tatoués ?

Il acquiesça.

— On peut pas être trop prudent, pas vrai ? Qui dit qu'ils ne vont pas redevenir méchants du jour au lendemain ? Et qui sait si les sorciers vont pas se servir d'eux, maintenant ?

— Fariboles. Ça aurait pu vous arriver, vieil Hans. Vous seriez différent ?

Il haussa les épaules et leva le menton.

Lara s'appuya sur le comptoir.

— Voilà ce qui va se passer. Je vais faire sortir de la ville tous les Marqués que j'pourrai trouver. Pour ça, il me faut un bateau. Et pour avoir un bateau, j'ai besoin d'argent.

Le vieil Hans la fixa, impassible.

— C'est comme ça que ça marche, oui.

— J'veux qu'vous me donniez cet argent.

Il lui rit au visage.

— J'ai pas l'habitude de faire affaire avec les sorciers, rétorqua-t-il en crachant dans sa propre boutique, aux pieds de Lara.

Rob bondit en avant et le plaqua contre le mur.

— Écoute-moi bien, vieux schnock. Si Lara avait pas été là, t'en serais encore à te planquer dans l'noir. Elle a sauvé ta ville et ta précieuse p'tite boutique de mes deux. Alors, un peu d'respect !

Une goutte de sueur coula sur son nez crochu.

— Lâchez-le, Rob.

Lara se campa face au vieil Hans.

— Je suis quelqu'un de juste. J'te demande pas tout ce que t'as. Mais je sais que t'as un coffre, là-bas derrière, rempli de trésors que t'as volés pendant des années à des glaneurs comme Joe et moi.

— Exactement, approuva Joe, qui n'avait pas quitté Lara d'une semelle depuis la nuit dans le cimetière. On est venus récupérer notre dû. Ça doit faire à peu près le prix d'un bateau. Alors filez, vieil Hans, allez chercher ce que vous nous devez !

Le regard du vieil Hans passa de Lara à Bernie, puis de Rob à Double Huit et à Joe. Ses épaules s'affaissèrent. Il disparut dans la réserve. À son retour, il déposa un tas de pièces d'or sur le comptoir.

— Ne reviens plus jamais me voir ! s'exclama-t-il en fusillant Lara du regard.

Elle regarda cet homme qu'elle avait autrefois pris pour un ami.

— Ça, j'vous le promets.

En route

Debout à la proue de son nouveau bateau, Lara, les yeux fermés, sentait le vent souffler dans ses boucles noires. Le soleil lui réchauffait la peau et faisait étinceler les crêtes des vagues, mais aussi son médaillon. Elle le portait sur sa chemise à présent, et ne cherchait plus à le cacher.

Ils naviguaient depuis trois jours et avaient encore une longue route avant d'arriver à Mages-du-Ponant. Le bateau était plein à craquer d'habitants du bidonville, des Marqués et leur famille. Ils paraissaient effrayés, ce que Lara comprenait facilement : à leurs yeux, les sorciers étaient des créatures étranges et dangereuses, et s'ils avaient fait confiance à Lara et à ses amis, c'était seulement parce qu'ils risquaient un procès et une mort quasi certaine. Elle savait déjà qu'elle ferait d'autres voyages, emmènerait d'autres gens terrifiés, contraints d'abandonner leur maison. Lara avait beaucoup entendu parler du roi avec haine.

— Il a fait une erreur, dit Bernie en rejoignant la jeune fille. Il sous-estime le pouvoir des gens ordinaires. Ça va devenir intéressant, ma fille, je te le promets.

— Est-ce que l'Infinuit est partie pour toujours ? s'enquit-elle.

— Le Dernier Sort la garde sous son pouvoir. Et je pense qu'on pourrait pas espérer mieux.

— Bernie… qu'est-ce qu'ils vont devenir, tous ces pauv' gens ?

— Eh bien, on va les accueillir jusqu'à ce qu'ils puissent rentrer chez eux en toute sécurité…

Double Huit et Joe traversèrent le pont pour les rejoindre.

— Ouah, ça fait mal aux yeux quand on n'est plus habitué ! s'exclama Joe en tendant le doigt vers le ciel bleu. J'ai cru que j'reverrais plus jamais le soleil !

— J'aurais aimé être là pour toi, Joe, dit Lara. Quand Mémé a poussé son dernier soupir.

Il regarda l'horizon.

— Elle t'aimait beaucoup, Lara. Mais tu le sais, pas vrai ?

Lara ne résista pas à l'envie de le serrer contre elle de toutes ses forces.

— Par les crocs de l'Enfer ! s'écria Joe. Tu vas m'écraser les côtes !

— Merci, Joe. Merci pour tout ce que t'as fait. Si t'avais pas été là…

— Je serais mort, pour commencer, dit Double Huit.

— Comment va ton âme ? demanda Lara, un sourire aux lèvres.

Il se frappa la poitrine.

— Parfait.

— Tu ressens plus le manque ?

— Non. Le manque, je ne le sens plus…

Elle pencha la tête sur le côté.

— Mais… ?

Il haussa les épaules.

— Mais… je m'inquiète pour les mages blancs. Moi, j'ai voulu fuir, Lara. Et vous êtes là pour m'aider à m'habituer à ma nouvelle vie. Ça peut vous paraître dingue, mais beaucoup de mages blancs n'ont jamais rêvé de liberté, ils n'ont jamais imaginé ce que ce serait d'être entier, libre, d'être capable de réfléchir et de se poser des questions. Qu'est-ce qu'ils ressentent maintenant ? Qu'est-ce qui va leur arriver ? Ils sont seuls.

Lara lui prit la main.

— Je crois que rien ne sera plus jamais pareil, pour personne. Et on sait pas ce qui va arriver. Mais on a tenu bon. On a survécu. Et les mages blancs aussi.

Il acquiesça, et Lara regarda de nouveau vers la mer. Tant de choses avaient changé. Elle ne se reconnaissait plus dans la fille des égouts. Elle avait l'impression que son ancienne vie était arrivée à quelqu'un d'autre. Elle avait passé toute son existence à se demander qui elle était, où était sa place, et, maintenant qu'elle l'avait trouvée, elle avait gagné autant qu'elle avait perdu.

Elle ne pourrait jamais retrouver sa vie normale. Mais elle voulait regarder droit devant elle, pas derrière, et devenir cette mage qu'elle rêvait d'être, même si ça l'intimidait terriblement. Elle avait tant à apprendre qu'elle se sentait toute petite.

Tout en observant les vagues nimbées de soleil déferler et disparaître sous la coque du bateau, elle glissa les mains dans ses poches, se rappelant comme elle avait aimé sentir la présence d'Ailes-de-lune. Il avait été un compagnon merveilleux et il allait lui manquer. Mais la magie l'attendait, et un monde entier à découvrir.

Elle sourit. Alors que les embruns lui mouillaient le visage, elle se tourna résolument vers l'avenir.

Table des matières

Remerciements

Une des joies du métier d'écrivain, c'est qu'on travaille avec tout un tas de gens talentueux et passionnés qui vous apportent énormément !

Depuis cette première fois où j'ai parlé à Charlie Sheppard, mon fantastique éditeur, j'ai espéré qu'Andersen devienne ma maison. Charlie, merci pour votre sagesse et vos conseils. Merci pour la confiance inébranlable que vous avez placée en Lara et son histoire. Je vous promets que ce n'est que le début de l'aventure !

Je me suis senti merveilleusement accueilli à Andersen. J'espère que vous serez fiers de ce livre.

Merci, comme toujours, à Stephanie Thwaites, super agent, ange gardien, pour avoir guidé mes pas dans cette aventure toujours imprévisible qu'est la publication d'un livre. Je n'aurais pas pu imaginer le voyage avec quelqu'un d'autre.

Merci, Isobel Gahan, pour la magie que vous avez apportée au manuscrit.

Sans ma famille, je n'aurais peut-être jamais trouvé le courage d'écrire les histoires qui me trottent dans la tête. Papa et maman, merci pour m'avoir dit et répété que tout était possible. Selina et Mollie, mon cœur se remplit d'émerveillement quand je pense à ce que vous allez devenir. J'ai hâte de le découvrir ! Enfin, Aileen. Ma femme. Ma meilleure amie. Ma complice de toujours. Merci pour tout.

À PROPOS DE L'AUTEUR

Ross MacKenzie est né à Glasgow, et a toujours été fasciné par les livres. À sept ans, il écrit sa première histoire, celle d'un crocodile affamé nommé Colin (encore inédite), mais son premier livre est publié en 2010. Parmi ses ouvrages, *The Nowhere Emporium* a remporté le Blue Peter Best Story Award (prix de la BBC) et le Scottish Children's Book Award.

L'idée de *L'Infinuit* lui est venue en lisant *London Labour and the London Poor*, un livre écrit dans les années 1840 par le journaliste Henry Mayhew, qui décrit le quotidien des classes populaires, tels les chiffonniers, les chasseurs de rats, les gamins des rues, les pickpockets… et les *toshers [traduit dans la VF par « glaneurs des égouts »]*, ces gens qui gagnaient leur vie en cherchant les trésors perdus dans les égouts de Londres. Ross MacKenzie a tout de suite été fasciné par l'image de ces âmes intrépides descendant dans l'obscurité armées d'une simple lampe à gaz. Ainsi sont nées *L'Infinuit* et son héroïne, Larabelle Goupil.

Cet ouvrage a été mis en pages par IGS-CP
à L'Isle-d'Espagnac (16)